庆祝中华全国总工会成立100周年
天津市职工作家创作文丛

肺活贴

普凡 著

FEI HUO TIE

中国工人出版社

图书在版编目（CIP）数据

肺活贴 / 普凡著.—北京：中国工人出版社，2024.4
ISBN 978-7-5008-8425-5

Ⅰ. ①肺… Ⅱ. ①普… Ⅲ. ①长篇小说—中国—当代 Ⅳ. ①I247.5

中国国家版本馆CIP数据核字（2024）第049278号

肺活贴

出 版 人	董　宽
责任编辑	严　春　李卫民
责任校对	张　彦
责任印制	栾征宇
出版发行	中国工人出版社
地　　址	北京市东城区鼓楼外大街45号　邮编：100120
网　　址	http://www.wp-china.com
电　　话	（010）62005043（总编室） （010）62005039（印制管理中心）
发行热线	（010）82029051　62383056
经　　销	各地书店
印　　刷	北京市密东印刷有限公司
开　　本	880毫米×1230毫米　1/32
印　　张	11
字　　数	228千字
版　　次	2024年4月第1版　2024年4月第1次印刷
定　　价	39.00元

天津市职工作家创作文丛·序

长风破浪会有时

蒋子龙

甲辰年初夏——“五一”劳动节来临之际，津沽大地绽放出一束别样的文学景观：十位作家，一套丛书，十部作品。作家居然成一个班的建制“闪亮登场”，让人有些惊奇和振奋，甚至感到有些突然。曾几何时，社会一度在关注天津青年作家队伍的现状，如今看谁还敢说“天津文学后继乏人”？！

说突然，其实并不突然。在过往的岁月里，他们都公开发表过多篇小说、散文、诗歌等作品，有的还出版过长篇小说，只是多以“散兵游勇”的姿态游离于文学界。久而久之，他们当中或许有人会成为名家，或许有人会与文坛渐行渐远，这也充分说明了机遇和平台的重要性。这十位作家来自不同的行业，他们共同的身份是所在单位的工会会员。这批俗称语境中的“业余作者”，之所以能和他们的作品一起在天津文坛集体出场，得益于天津市总工会的“职工作家培育工程”。回想起早年间，我所在的厂工会是职工的文艺之家，文、音、体、美、舞全面开花，富有吸引力、感召力和亲和力。离开工厂多年，我无论如何都想不到，天津市总工会竟办成这样一件给文学界鼓气提神、为职工生活锦上添花的大好事。

职工是社会的重要见证者和参与者，也是通过劳动创造生活的实践者。主办方天津市总工会告诉我，启动于去年春天的“职工作家培育工程”，参加条件之一是“在职职工”。在我看来，“在职职工”的视野里有真东西，生活中有真体验，情怀中有真良心，笔尖上有真表达，这就从根本上杜绝了鸡零狗碎的胡编乱造——看似写的是现实生活，却没有现实感，触及不到现实的敏感神经和痛点。纵观过往的文学大家，大都是“在职职工”。钱钟书对“纯文人”甚不以为然，他在《论文人》中就直言：“古人所谓‘词章家’、‘无用文人’、‘一为文人，便无足观’的就是。至于不事虚文，精通实学的社会科学与自然科学等专家，尽管也洋洋洒洒发表着大文章，断不屑以无用文人自居。”在物质社会、同质时代，差异就是优势，职业本身就使他们具备天然的差异性。因此，“在职职工”更容易培养和保持自己的势能。而写作，是不能失去势能的。

克莉斯蒂有句名言：“作家是缺少自信的人，永远需要鼓励。”从某种意义上讲，天津市总工会提供的“培育”更像一种鼓励。这种“鼓励”可谓形式多样、内容丰富，其中包括联系名家交流创作体会、提供修改建议等。这不仅是对“业余作者”

的鼓励，也是对文学创作“造血”机能的培育。岂止是“业余作者”，即使是名家，也需要这种鼓励。陈忠实写完《白鹿原》，先拿给一位并非声名赫赫的评论家朋友看，得到朋友的认可和鼓励后，才敢寄给出版社。同样的道理，十位作家与工会这个“知音”不期而遇，从而有了十部作品的高山流水。

这十位作家中有机关干部、产业工人、教师、公安干警、社区工作者等，他们带来七部长篇小说和三部5万字以上的中篇小说。其中的《坚不可摧》在我看来是长篇架构，只是没有完全展开，交代多于描写。这些作品无一不是从他们熟悉的生活元素中提炼出来的，题材多样、内容丰富，带有明显的天津地域色彩，创作理念也各有千秋。他们有沉实的生活底蕴，再配上足够的想象力，小说就有了魅力。

文学不能失去社会性，这十部书有着结实的人物形象和故事，写出了现实生活的骨感。《追光》中的女主人公刘少英，原是家里的墙上贴满奖状的模范人物，是村里最早致富的领头人，为支持村里办炼铁厂让全村人致富，不惜拿出全部家当。为此丈夫离开了家，而唯一的儿子死于事故。因儿子宅基地上无房，无法拆迁分房，村里干部和开发商与她多次协商无果，她成了“钉子户”和“上访专业户”。幸好后来为给山里送电，负责解决这一问题的男主人公陈进，年轻时曾是刘少英的崇拜者，诚直和厚、古道热肠，在他的调解下，刘少英主动迁走了儿子的坟墓，为“追光”工程让路。晚年，她孤身一人顽强而不倨傲地生活在山脚下，守护着儿子的孤坟。整部小说风骨硬朗、气象清扬，并不回避社会现实中的丑恶与矛盾，却令人动容，并感到温暖。

文学界似乎或明或暗、或断或续地一直在争论写“光明面”和“阴暗面”的问题。文学的力量不取决于写不写这“两面”，而是怎样写、以什么样的心态写。倘是怀着阴暗的心理歌颂“光明”，那就是对“光明”的嘲讽，效果适得其反。而《追光》的作者诤直有胆识，文不负心，持经世情怀，纵是揭露了种种社会矛盾和丑恶，却能真正打动人，反不会令人有晦暗之感。诺贝尔文学奖获得者、德国作家格拉斯曾言“文学正在从公众生活中撤退”，这才是文学被边缘化和失去感染力的原因。现实主义的基本逻辑是真实，深刻必蕴于诚实之中。现实主义的真实有超越虚构和说谎的力量。

中篇小说《坚不可摧》就具备这样的品格，两个优秀的警察，不得不躲在医院卫生间里彻夜分析案情，商量破案办法。为什么？因为他们的顶头上司公安局长是凶杀案的幕后主使。小说气格峥嵘，提供了一个很好的故事，触及了现实的痛处。直面现实，才能超越现实，富有建设性。这样的作品有益于世道人心，给人一种精神鼓舞。

长篇小说《肺活贴》也如此，主人公吴刚的亲人罹患绝症，又被现行医疗环境逼到绝境，竟发愤自己制药……从一个个剖面，层层剥开掣肘职场、阻碍顺畅呼吸的病灶，绘制一幅幅青春奋斗风貌。这样的小说才是读者乃至社会的“肺活贴”。作者把自己的灵魂注入作品之中，用真诚使文字有了一种巨大的感染力量。真诚是创作的命根子，写作不是精神逃避，有真性情才有好文字。在虚假文字泛滥、作家的虚构能力减弱的当下文坛，这十部作品尤其显得难能可贵，有一种回归创作本真的强心意义。

长篇小说《“姐夫”驾到》文思灵幻，生面别开。单是主人公获得了“姐夫”这样一个称谓，便带着亲昵、诙谐等诸多涵义。一个合资企业的代理工会主席，像“姐夫”一般千方百计、足智多谋地为职工谋求合法权益，关心职工的进步和发展，最终竟将企业的外方老板也教化成半个“姐夫”。小说气象融合可亲，用嬉戏笔法消解了企业内部的紧张矛盾，语言俊丽、文采盎然。

《一条大河波浪宽》中的“大学生村官”闫行的一段话，让我觉得这部小说的境界，高于眼下同类题材的许多作品：“我不想唱高调，对我来说，我就是找了一份普普通通的工作，自己做得开心的同时，也能让身边的大家伙儿开心，这就是我工作的价值。”这部书提出了一个了不起的观念：大学生当“村官”应该“职业化”，而不是“运动化”。就如同企业界有“职业经理人”一样，有契约、有标准、有职责，双向选择，这样的“村官”更便于融入农村。所以闫行刚进村的时候是“小闫”或“小行”，渐渐变为“真行”或“大行”，后来成为“老行”！

成熟的文学原不受题材的局限，《车间主任》《新生代》等作品，描写了现代企业生产经营、管理与发展的各种情状，看似是所谓的“工业题材”，实际是表现现代人的“职业性”，或者说现代职业生涯中的人性。在计划经济的年代，工厂车间的主要职能是生产、出产品，人际关系简单，谁的技术好，谁就会受到上级和工友的尊重。“公私合营”后企业的性质只有一种“国营”，理论上工人是国家的主人。仅这十部书中涉及的企业，就有国有、独资、合资、股份制、全民所有制……人际关系变得极其复杂和微妙，本该以生产为主的车间，人际关系成了“第一生产力”……

过去写工厂生活有个很大的困难，不写生产过程，故事无法展开，人物塑造和矛盾的铺陈都离不开“生产”这个元素，但一写生产过程，作品就显得枯燥乏味，被贬为“车间文学”。而《车间主任》等作品完全没有受这些因素困扰，其表现的是工业生产环境下的职业人生，有其特殊性，也有共性。“工业题材”是个约定俗成的概念，工业剧烈地改变了社会，改变了生活，小说是冲着被工业化改变了的社会生活以及“工业人生”去的，工业生产只是工业人性的背景。工业社会里没有容易的人，也没有容易的人生，小说有察世之智，朴诚沉挚。这是《车间主任》《新生代》乃至《肺活贴》等作品对“工业题材”的开拓和新贡献。

《暖春》题材新颖，在此之前，我还没有读到过像模像样的反映“社工”生活的小说。小说中的居委会，已经完全不是从前由一个“老大姐”，俗称“街道大妈”主持工作的居民委员会了。网络社会，网中人在微信上亲，见了面淡，住在同一栋楼，可能很久都见不上一面。而小说《暖春》，却气度温婉，文字有清趣。

《大湖长歌》显然是取材于东丽湖的开发，因为东丽区的赤土村很有名，小说保留了这个村名。东丽区曾经是天津的一块文学高地，20世纪九十年代崛起的几位专写长篇小说的东丽作家，均已年过花甲。在天津市总工会推荐的十位作家中，看到李旸的名字，令人高兴。

以前东郊区有大片的田地覆盖着黑乎乎的污水，人们钓鱼不敢去东郊。先有东丽湖的开发，后有空港的建成，不仅是一个区改天换地，天津东部半个城市的面貌都大为改观。李旸倘是把格局打开，不局限于一个区、一个湖、一座神龟亭，驰骋想象，把东部天上地下、湖里岸边、神龟金条等串在一起，纵放宕出、浑然成章，或许小说有另一番气象。作家就应对现实深切关注，同时保持易于思考和发挥想象的适度距离。

我居住的小区靠近西外环，十多年前每有西风，便会闻到一种烧胶皮的臭味。无风时也有这种臭味，天空的西边还汹涌着浓密的黑烟……岂料那竟是小说《青铜雕像》的生活原型。社会开放，被贫穷挤压太久的农民，一有了发财致富的自由，便无师自通地寻找各种“赚钱的门路”，然后不顾一切地走下去。其中一条门路是到城里收购废铜烂铝，回家稍作处理，加价卖出。

其中的代表人物李清泉，最初乘长途公交车，奔波一天再乘车回家时，要经过一个检查站。像战争年代穿过封锁线一样，他把装着金属破烂的编织袋东藏西掖，还经常被没收。后来他骑“铁驴”自行车，驮着一二百斤甚至更重的破铜烂铁绕过检查站……书中有个细节具有经典元素，收破烂走街串巷，是十分劳累和辛苦的。一天中午，主人公李清泉实在又累又饿，坐靠在一个变压器小屋的墙根下，从怀里掏出干饽饽和一块咸菜，吃着吃着竟睡着了。迷迷糊糊感到有个热乎乎的东西在嘴边蠕动，用手一拨拉，摸到一团毛烘烘的东西，睁眼一看，是一条流浪狗，正用舌头舔他嘴边的饽饽渣……

他很生气，自己不仅被人欺负，连狗也欺负他，当即把流浪狗赶跑。随后他却想到，这条狗也是饿坏了，才来舔他的嘴，其实自己比流浪狗也强不了多少，早知道就剩点饽饽给它。我想给作者再补充几句：以后这条狗就跟着李清泉到处走街串巷收破烂，成了他的好伙伴，这让他觉得轻松愉快了很多。后来他越做越大，渐渐发展到一个集装箱一个集装箱地大规模处理废旧电缆、电线和各种金属垃圾，最终创建了没有污染的“再生资源公司”。直到他去世后，那条狗还整天守护着他的“青铜雕像”。小说可以有闲笔，增加情趣和意蕴。

《青铜雕像》格调沉郁，文思饱满有力，读罢难抑苍凉之慨。李清泉这个人物不同于以前文学作品中的诸多农民企业家形象，有着完全不同的心性和智慧。从买卖废铜起家，最后为他立了一尊“青铜雕像”。

天津市总工会邀我为这套“十人书”作序。读罢书稿，神思感奋，似能与作者心源相接。于是不避妄言多失，写下读后心得。聊以应命。

作者系中国作家协会原副主席、
天津市作家协会原主席
2024年4月

目　录

楔　子

吴刚有些年没坐绿皮火车了。这次是例外，因为他不是一个人出行，还有陶立跟着一起。吴刚只买了一张票，而且是一张硬座坐票。陶立没有必要买，跟在吴刚的行李箱里就行。

吴刚起了个早，打了辆车，直奔火车站，并在站前的一家肯德基里吃早餐。早餐是一份热干面加豆浆共10元的套餐，同时还有一份6元的雪菜粥加油条。两个套餐一起，正好符合吴刚的胃口需求。

吴刚吃的速度不快，因为他老觉得陶立在盯着他。这样的感觉不好，但又冲淡不掉。好在盯着他的陶立没说话，这多少缓解了尴尬氛围。陶立已经多年没说话了，一直很安静。

每个人心中都有一个火车梦想，并且营造着各自坐火车的滋味。如今，人们出行大多选择坐高铁，吴刚之所以选择坐这趟绿皮火车回家，不为别的，因为陶立没坐过高铁。高铁的速度惊人，怕陶立会害怕。就吴刚的意思，与其让陶立一个人害怕，不如自己委屈一下。

吴刚就是这样一个简单的想法，说委屈，谈不上，毕竟这是他愿意的事。话说回来，回归的陪伴，就得有一个陪伴的样。到目前为止，吴刚还是在意这个的，至少能够保持心安。

K976次列车从东北方向慢慢开了过来，时间是7：43，站台广播礼貌地播报情况。陶立无视这些，淡定地由着列车进站。列车携着东北的气息缓缓扑面，吴刚一时间茫然不知身在何处。这个火车站经历了1988年和2007年两次大修整，早已不是陶立当初到滨城时的模样。依着陶立的话说，自从20世纪70年代初光荣地当了一名铁道兵开始，他就已经做好把生命献给国家的准备了。

吴刚明显感觉到车门开启的瞬间，心头涌过一缕伤感。他应该会很快再回到这个城市来的，可陶立就不一样，将是永远也回不来了。人们都说站台是送别的地方，可又有谁能知道，有时候送着送着，就成了永别呢？

第一章

那晚，栀子绽放花事，五彩的色泽，开了满院。院子是滨城河滨区海河畔林家码头早年废弃的棉纺厂房。院里的高清镜头没有闲着，将花开进了网络。一时间，各大网站纷纷链接，成为火热爆棚的事件。属地经济界人士蹭热点，迅速网络集结，热议行业发展趋势。

吴刚只是微笑地闭门，继续栀子基因的分离和组合。这两年来，他一直在栀子的世界里游弋，总有新的发现，反倒没了作画的兴致。

一直独居在滨城东庭院的莲姨提议，吴刚你不要一门心思在那些花身上，你不小了哩，得找个人，一起陪伴过日子。吴刚就笑，莲姨，丽云说我的时候，跟您一样的语气。没事，我这样很好的，反倒有人疼，像您疼我一样，成家后反倒不好说了。

莲姨住的房子虽老，但面积不小，吴刚这几年在滨城生活，偶尔会到莲姨家里住住，和莲姨说说话。莲姨在滨城纺织集团工作，后担任下属棉纺厂的工会主席。养栀子的院子还是莲姨找人给说下的。近年来，集团效益一般，勉强能发出工资，便索性在年初办了内退。

莲姨有一副清亮的嗓子，这成为她着迷京剧的理由，除此之外的爱好，便是养花。莲姨屋里养满了绿植，深入其间，吴刚感觉春天来了。

小院的实验室里，吴刚全身心在栀子基因里耕耘，栀子温润而坦然地接受一款黑色物质的注入，经过一番细腻的分离、一次温暖的培育和一缕细密的抚摩后，一株新的栀子品种华丽诞生。

这样崭新的生命和色彩随时出演，多株的簇拥在一起，直径可达四五米，单株的一杆花苞，干脆利落直冲天际，独树成林的高达三米多，而矮的则仅一寸出头，一起在院子里竞相呈现，吐露生息，丝毫不在意外面世界的云卷云舒。

吴刚剑走偏锋，只养栀子，且将地点选在小时候经常游水的村旁，借助倒河水和沙土地，五年工夫不到，就养出了一片天地。

每天都要到河边坐上好一会儿的吴刚，在轻漾的气息里微笑闭门，继续栀子基因的分离和组合，一株株新培育的品种孕育呈现，不时晃亮助手们的眼，更惊艳业内世界。

吴刚有两个助手，一个精通软件，另一个精通园林。

软件助手从滨城理工毕业后做过网管，搞过数据维护，后来觉得网络无形，罩不住想织网的心，为此彷徨苦恼。吴刚伸出绿枝，促其内心一方梦想滋生，不断丰盈其架构的网络空间，并且常织常新。

园林助手是北京林业大学高才生，对世界园林体系、分子结构、未来发展，尤其是全球一体化环境下园林如何为经济、为人类、为自然服务方面，有着独到的见解，大学毕业时雄心勃勃地要去西欧工作，正待他蓄势冲锋之时，吴刚借助网络助手的触须，给他发了一封邮件。邮件内容冰冷，不带一丝的感情，却瞬间让园林助手缴了械。其内容简单无比，只有一行字：周鲲鹏，我院不大，相连世界，你来我院，给你天下。

到如今，用软件助手梁宏的话说，世界是真的有了，可就是太宽广，宽广得没边际，遨游至今，都没嗅着岸的味道。园林助手白眼一翻，软件助手忙说失误，我们都行走在宽广的大道上，芳香四溢。

年初，吴刚将精心侍弄的五彩栀子在网上敞开，无偿给世界共享。园林助手看不过去，这些栀子独有的遗传基因、传导物语以及繁衍生息，不能无偿提供，得收费。收费了才合规则，才能体现价值。

园林助手的想法软件助手不认同，碍于同道，便小声劝，吴老板心思远大，耕耘栀子的世界，深度解构基因，丰富物种特性，不断探求激发栀子种群不朽的可能，哪儿有时间为这些俗事分心？况且他的专业是绘画，他的超现实印象小洋楼系列油画作品，可是有不小影响。你跟他提收费，还不如请他去街道西濯足屋泡脚来得痛快。

别看满院子的花香，还有全网络的惊叹，却无力阻挡，也无法冲淡吴刚脚的味道。原以为那些脆生生的、娇嫩嫩的各色栀子受不了，偏偏满院五颜六色的栀子花相安无事，和谐共生，吐露同一基因不同形态的模样，在许多的晴空和星空交替的日子里，组合出一个精细、多姿而别样的，足以让人惊奇的世界。

这一天，吴刚和软件助手攻关，研制出一款喷壶，正给新培育的黑色栀子浇水。说是浇水，其实不准确，对待这款充斥着浓郁生机的新品种，浇就显得野蛮了。吴刚拿着有电脑程序控制的喷壶，一点点用经过电子过滤分离的倒河水，在温暖适宜的空间里，慢慢濡湿栀子的枝叶。一条条细密的光晕随即形成，在分离出十多种基因分子的合成土壤里爆炸开来，重组的基因粒子纷飞，携细致入微的震颤，在院子里精彩舒展。

这一幕正发生着的场景，着实让走入小院的滨城药物研究部门负责人丽云不知所措。院子一片寂静，静得连栀子叶片舒展的声音都能听得清。丽云不由得屏住呼吸，胸口的心跳声咚咚响起。许久以来，她还没有这样清晰、透明地听到过。这里太纯净了，纯净得她心神大开。在一番惊奇之后，心头莫名有了冲动，吴刚浇灌的一幕，绝对不可小觑。能够把事情做得这样精致，绝非一般人啊！

丽云通过多方打听，才打听到吴刚小院的所在。有一段时间，她和她的团队在药用植物间奔忙，但进度不大，尤其是一直未寻找到一个很好的突破口。毕竟药用植物已经得到广泛运用，中药产品层出不穷。当得知吴刚的小院有丰富的植物，并且常有新的植物，在植物基因分离和组合之间焕发出新的生机，她一下子来了兴致，一缕强烈的突破感在眼前浮泛，搅乱了她的心绪，让她久久无法平复。

吴刚正在给一株一人多高的栀子剪枝，没有发现丽云的到来。园林助手和软件助手也无暇顾及，他们俩忙得不可开交。街道领导带了市里一个考察团队来调研，园林助手在院子里搞现场接待。花还没开过，旁边的栀子图谱显示即将开出豆绿的花色，且还是并蒂，网络助手将信息发布，并密切关注动向，国内的反应一般，国际上的反响却巨大，荷兰等世界几大园林学会纷纷发布消息跟进。

一条拉布拉多犬撞开了院子的门，吴刚一只拖鞋飞了出来，带着味道的鞋没砸中狗，反倒砸在丽云手上。丽云很快平静下来，然后莞尔一笑，脚步轻移，安静地站在了吴刚面前。对视里，有了熟悉的气息。

拉布拉多一溜烟跑了。吴刚微笑着，给丽云冲泡栀子花茶，说好些年或者说至少有十年没见面了吧。丽云慢品着，在一缕细腻、精致的香柔气息里，感受着高端和极致，记忆的气息浮动。最后一次见面那会儿，还是北京举办奥运会的那年。

时光流逝，不问东西，各人的身上都染了生活的色彩。此时，栀子花的世界，丽云知道难以企及，便想着背后的药物所，倒是可以架起桥梁，打通世界，也算是为经典致敬，为梦想应和。

丽云的想法和念头，已然成了昨日记忆。去年底的一次有关植物基因的学术研讨中，吴刚从栀子的功用性入手，在不断延展和扩大栀子基因的分离和组合后，提出如何从中析出力量，从而破解阻隔密码，靶向精准出击。

园林助手深吸一口气，吴老板的言语技术含量高，需要慢慢消化，细细分解。送走丽云后，仨人端着热腾腾的方便面就着榨菜吃着，院子里的味道一下子丰富了。又有一株金黄色的栀子完成嫁接和辅助培育，目前，株体、枝叶以及待发的嫩芽各项情况都不错。

这株栀子拟定两个月后参加世博园的主题展，上下左右都很重视，吴刚却并没多在意，只是与主办方碰了碰，拟安排园林助手到时候去，带着花，后顺道回家待上俩月，办点个人要办的事。

园林助手忙打断吴刚的话，吴老板，你是主角，你是权威，你得去啊，国内植物界精英们，都期待你的出席。

吴刚轻轻一笑，我不去。我去干什么？我现在正发愁，手抖得厉害，分明是要拿画笔的意思。你们不知道，曾经的我，画笔在手，浑身都是力量。眼看这天热了，我得给你们每餐整一瓶行吟阁啤酒！

软件助手打断吴刚的话，吴老板，这酒我们可以不喝的，前些日子我刚开发了一款游戏，网上拍卖了五万元，要不来一幅你的画，我们网上遛遛？我们很是期待。

吴刚搓着手，还是你们厉害，太有能耐了，我琢磨琢磨。

园林助手狠狠地瞪了眼软件助手。吴老板吃味的，味道不好，鼻子就不通气，然后传到手指，手指稍一动，“咔嚓”一声就剪断了。要知道培育出一株色彩纯净、香味透亮的品种，不知道要费多少工夫，光是手写的各种参数记录就摆了一床。

吴刚倒不至于如此，但丽云临走时的那一眼，却是让他难以把持，以至于一连好几天，这事都充满了脑海。

丽云姐，你该去看看莲姨。

吴刚说完这话的时候，本来是下意识地，很轻巧地，不想，丽云猛地站住身子，愣愣地望了他一会儿，然后离开，满地都是失魂落魄。

吴刚是通过五土认识的莲姨。五土说四水的姨一个人在滨城独居，你到滨城生活，可以去她那儿借居，很方便的。

五土的话，吴刚听得进去，也愿意听进去。进了莲姨的门后，吴刚才恍然惊觉，一个世界在他眼前徐徐展开。

半个月后的一天，滨城来了一个专业团队，就科技研发与发展花卉经济取经。吴刚说忙，没时间接待。软件助手劝，说此事得高度重视。吴刚说，我只重视我的院子，等园林助手外出办事回来，让他出面接待，给来人一些材料。

对方带队的很不高兴，在区及街道领导面前发牢骚。领导来了兴致，说这样的人才是真人才，我们要尊重，抓紧找专家论证，提出相应的对策。如有发展前景，该扶持就扶持，该扩大就扩大，全力做出规模，做成支柱产业，为河滨区域经济发展注入新的生机和活力。

时间一晃到年底。一个雪天，雪花飘得舒缓，飘出一地雪白。吴刚的院子里，炉火正旺。河滨区领导不期而至，吴刚停下手来，陪领导品花。红的、紫的、粉的、绿的栀子花竞相绽放，香飘满院。

吴刚看院外人影闪动，想来是领导的随行人员，便示意领导让他们撤离，大雪天别冻着。

这个举动不无爱心，领导颔首赞许。

领导说难得你们专心研发，并且有了影响业界的成果。作为管理者，我为你们感到骄傲。靠山原兵站那儿周边有一大块地，你来牵头负责，相关职能部门密切配合，建个栀子园，将这些都转移过去，规模大一些，最好是北部最大的，形成独具特色的栀子产业链。

吴刚只是微笑。栀子开在院子里，院子就成了独一无二的。纵然外面的空间再大，可地息不熟，就减了气脉，如同肺部气压增高，无法坦然呼吸，哪里比得了这院子的好？至于规模种植，助推经济发展，这不是我的强项，更不是我的兴致，后面都是留给能者和愿者的。

交流散场后，吴刚忽然有了绘画的冲动，顺手支起画板。夜静静的，画笔游走声和栀子呼吸的声音交相呼应，连同落在倒水河上的雪一起。

雪继续下着，淹没了一切。栀子花浓烈的气息缓缓升腾，缓缓凝合成一条清香四溢的暖流，然后朝大地奔涌而去。

第二章

这雪，在火车的行进中，缓缓漫过岁月，在划过城市的气息后，进入多年前的那个清晨，雪后的滨城七仙山区逻州镇，在吴刚的脑海里，恍然清晰起来。

逻州镇三面环山，一面临水。山不高，镇也不大。人因镇而居，镇因人而活。逻州镇的故事在一缕阳光升起的时候开始了。

逻州镇在晨光里醒来，雪已下了一晚，满天的银白，洒在一脸兴奋的四水身上，旋即悄然而去。

四水在晨光里忙着迎娶新娘五土。四水把新娘五土接上了车，迎着朝阳往逻州镇东的家里走。

车队拐过康宁大道，再前行一百多米，便进了四水家所在的居民小区。四水摇下车窗，准备指挥后面跟随的人放鞭炮。新娘五土拉了拉四水的胳膊，示意四水往小区门前看。

小区门前黑压压地站了一群人。因为迎头是太阳，四水有些看不清楚，便随口对五土说，家里等候的人来迎接你哩。

五土小声说，四水，你再仔细看看！

四水抹了抹头上的汗，顺手拿了一条烟下车，回头招呼司机说你们等一下，然后迎着朝阳向小区门前走去。五土的眼神在四水清瘦的背影里流连，心头柔柔的，满是喜悦，完全没料到一场引发逻州镇关注的事件正在悄然聚积，然后将在这个雪后的大地上徐徐推开。

甄奇抱着双臂站在人群中央，对上前来的四水说，你说你吧，迎个亲怎么那么磨蹭啊，我和弟兄们都等半天了。

四水将烟递上前去，说甄哥你辛苦了，抽烟，抽烟。

甄奇抱着双臂没动，只把支撑身体的左脚换到右脚上面。他身后的人也都没有动，齐刷刷地盯着四水。

甄哥，小弟我失礼了，请你还有其他弟兄们一起到我家里去喝酒。四水说着，示意甄奇往小区里头走。四水说的时候，额头上的汗已经流淌下来了。

甄奇没动，其他的人也都没动。

甄哥，甄哥，你是我哥哥，你借我条道，让我过去，一屋子的人都在等着啊！四水低声央求着。

甄奇开口了，说今天是你和五土的好日子，我和弟兄们一起来祝贺你们。来之前，我专门从平安镇把金哥给请了来，想着大家在这样一个好日子里交流一下。

金哥也来了？那就请金哥、甄哥还有弟兄们一起到家里喝酒去，好不好？四水说着，额头上的汗开始泛滥了。

酒是要喝的，不过水弟啊，这个时候我的胃还在睡懒觉哩，经不起酒熏。你我在逻州镇劈场上相识了大半年，可以说都是在刀和甘蔗对话中进行交流的，在甘蔗与刀的无缝对接和亲密接触里，我们度过了许多个美好的时光。今天是个好日子啊，你和五土大婚，你和我就在这个好日子里再来劈一回甘蔗，和平日一样，依照劈出来的甘蔗长短分出输赢。你赢了呢，我们一起喝你的喜酒去。如果你输了，那你就和五土委屈一下，在这里等着，等我和金哥比出了胜负，你们再过去，热热闹闹地办喜事，好不好？甄奇说的时候，双手扬了扬，后面立即响起了应和声。

我的亲哥哥哦，你看我这身行头，还有这环境，能劈吗？再找个时间吧，我家里一屋子的人都在等着啊。四水说道。

甄奇顺着朝阳的光线望向新娘五土，缓缓地对四水说，想当年张飞一人镇守当阳桥，就是凭着他披黑甲，持长矛，一身的英武和胆气，硬生生把曹操的百万大军吓退了。你这身行头吸引人哩，我也想穿了娶媳妇哩。你看看你，这身西装一穿，笔挺如刀劈，我就怯了的。只是我就是不服气，我就不相信这大半年来劈甘蔗的技艺不如你，我要和你比一比，比了，我肺部涌动的青春气息就踏实了，要不然，它始终蠢蠢欲动，搅得人寝食难安啊。

四水的心咚咚跳着，烦躁的心绪堆积。过去的大半年时间，他和甄奇因劈甘蔗成了要好的哥儿们，因劈甘蔗整个逻州镇他们两兄弟所向披靡，也因劈甘蔗劈出的无尽风采，他得到了五土的爱慕。这些事情在四水脑海里一闪而过，根本无法细想，眼前的事急啊，急得滴下来的汗已经把脚面砸得生疼。

哥啊，亲哥啊，这大清早的，什么家伙都没有，如何进行啊。四水的口气明显软了下来。他脑子里一闪而过，眼前这种局面，想躲怕是躲不过的，还不如硬着头皮，置之死地而后生。

这个不用你担心，弟兄们都准备足了。甄奇说着，手往上招了招，后面的人随即把甘蔗还有劈刀拿了过来。

甄奇把刀子递给四水，说今天是你的好日子，你先来。

甄哥先来，必须甄哥先来。朝阳泼洒一抹清爽，亮在崭新的西服上，四水就势把身子往直里挺了挺。

四弟，今天是你和五土大喜的日子，必须由你先来！甄奇说着，刀子就塞到了四水的手里。

四水掂了会儿刀，拿空着的手抹了一下额头上的汗，心里盘算，先来可是占绝对优势的。要知道，这一刀劈下去，劈开的甘蔗过了半，就赢了。

也该四水难逃今天甄奇做下的这个“局”。要是一个平常的日子，四水也便能够审视一下甄奇坚持让自己先下刀的动机，可偏偏今天这个日子，这个让四水激动，让四水永远记住的日子却因为兴奋、因为想早点结束这场相持，还有这一抹暖暖照着逻州镇的晨光而失了警惕，也便让接下来的事件毫无悬念地按照甄奇的意愿发生了。

四水下刀的时候，和平日一样，屏息凝神，用刀刃轻点甘蔗的梢头，待甘蔗平平稳稳站立后，他身子微微前倾，身体重心落在前脚掌上，紧接着，刀子在全身力道的加持下，朝甘蔗劈了下去。

四周瞬间安静，没有一丝声息。所有人都凝神静观。甘蔗令人意外地没有出现一分为二的场面，反倒只是梢头上被劈开了一小截，劈掉的那一小截甘蔗极不情愿在地上跳了跳，然后裹了些朝阳欢喜地与雪地亲近。就在甘蔗梢头离开甘蔗身体的同时，用来劈甘蔗的刀子却直接深入四水的右膝盖里，而刀柄依然在四水手里。

这样一个日子里，四水太想赢了，以至于下刀的点位、方向还有使的劲都积攒了他全部的劈技和力量。他要来把“天胡”，让甄奇没有任何和他劈斗的机会。当他无奈地看见甘蔗只是梢头掉落了一小截，并且清晰地听到锋利的刀刃撞击膝盖骨发出的声音时，他一下子就呆在了那儿，随即有些不情愿地一头栽倒在地上。

说起来坐在车里的五土始终是清醒的。她一直留意甄奇手里拿的刀子，当刀子交给四水的时候，她便瞧见刀身与刀柄的接合部有一丝缝隙。缝隙在晨光里慢慢放大，慢慢把一缕白光透过。等五土意识到这白光背后隐藏着危机时，四水已经出手了。四水用潇洒至极的快节奏，迅即劈了下去。

不知是谁把一挂鞭炮放了，轰轰隆隆炸开了寂静的逻州镇。

甄奇让一伙人散去，然后一个人到逻州镇西做房地产的亮哥家里喝酒。开始的时候，酒还喝得冲，有些滋味，慢慢地，就觉得了无兴趣了。大亮打开低音炮音响，屋里顿时筝乐环绕。

亮哥，那位抚一手好筝的姑娘哪儿去了，怎么不请来抚上一曲呢？甄奇眯眼听了一会儿说。

大亮就叹，甄弟啊，哥哥我不懂音律，让筝音封弦了。大亮说着，一丝叹息和酒咽下，眼里是半年前的场景。

桂花味还隐隐弥散，丽云正坐在大亮面前抚筝。一袭白裙的丽云端坐在亮哥家独楼堂厅的一架古筝前，纤长洁净的手指在筝弦上或拨或挑，或急或缓。筝音妙曼，曲意柔绵。高弦激动时有如流水，低弦清静时有如天籁。待几首古曲抚过之后，丽云便以《平湖秋月》封弦。大亮安静地坐在丽云对面，一边慢慢喝酒，一边细细聆听，每回都痴醉在丽云手指流出的筝音里头。

丽云到大亮家之前，在逻州镇文化站的琴堂抚筝。在琴堂抚筝的丽云，一方面练习技艺，一方面赚点儿零花钱，更多的是祈盼遇到知音。青春是要用来觅知音的。看着堂下众多的人都在静心聆听，陶醉在她纤指流出来的乐曲声里的情形，从滨城音乐学院毕业不久的她很是满足。那天，一身古装的丽云楚楚动人，两腮飘落着羞红正凝神静气抚那曲《高山流水》，大亮碰巧路过，听到悠扬如山泉静流，叮咚如情思跳跃的筝音，脚步不自觉地停了下来。

一曲终了，大亮意犹未尽，高声叫好，说难得听到如此唯美、如此飘逸的筝曲，能不能再来一曲呢？

丽云羞涩一笑，轻拨筝弦，抚出最拿手的《平湖秋月》。曲还未终了，大亮便哽咽出声，说好一曲《平湖秋月》，意境幽远，曲调圆润，轻盈柔美，绝妙无比啊！

大亮深深动容，感叹逻州镇还有如此之纤手，一个念头也随之而出。经过一番交谈后，提出以年薪二十万元聘丽云到家里抚筝。

人生旅途知己难得，加上不菲的报酬，丽云心动了。想想也到走出琴堂的时候了。于是，丽云答应并签下了合同。

丽云隔一天便按大亮所点曲目抚筝。慢慢地，丽云能够依照天时、大亮的心情以及自身感知时令和自然的情绪来应景抚筝。春天的时候，丽云叩响了属于金音的商弦，抚出代表八月的南吕乐律，筝声响处，忽然刮来了凉爽的秋风，草木竟结出了丰硕的果实。面对秋色，丽云叩响了属于木音的角弦，弹奏出代表二月的夹钟。一时间，温暖的春风徐徐吹拂，树绿花红，一派生机勃勃。

大亮极为欢欣，不时挑选物品赠送。丽云也心满意足，觉得遇上了真正的知音。

不久，大亮开始邀请七仙山区及逻州镇各界朋友到楼内，安排丽云抚曲助兴。最初众目睽睽的，丽云不好拒绝，便有些不情愿地抚一些古曲以及流行歌曲，让进入楼内的各方人员齐声叫好，流连忘返。大亮便止不住飘了，说别看我整天游手好闲，其实心里一片纯净。要不怎么能被有一张漂亮脸蛋和一手绝妙筝艺的丽云看上呢?

慢慢地，朋友们来得多了，楼里的氛围变得乌烟瘴气起来。丽云就不高兴，对大亮说，筝声抚知音，就该为你一人抚，而不是为那些不相干且低俗的人抚。

大亮好声相劝，说这些都是我商业上的朋友，你知道我爱交朋友的。丽云很生气，说，你交朋友与我无关，只是我不应该也不能成为你向朋友炫耀的工具，筝音会因此失色的。

这个我不去考虑，我有我的生活，我请你来我家里，是冲着你的一手好筝艺，你该老实听我话的，那样才能和平相处。再说了，当下社会哪有便宜之事！大亮脸上露出了不忿。

原来眼前这个人也是无情的、不懂筝音的人啊！丽云泪水涟涟，想着自己练就的这门手艺，该是孤苦自哀的。

一场“冷战”持续了一段时间。丽云有些心不在焉，筝也便抚得平淡无滋味。大亮知道不可强求，也就沉默听着，直到那一天的来临。

那天，大亮请七仙山区里一位政要还有公安部门人员来家里喝酒。酒至半酣，喊丽云来家里抚筝，以助酒兴。

丽云看来人派头不俗，也便勉强应付，一曲《十面埋伏》抚得有些水准。来人高声尖叫，要求继续。丽云抬头看大亮，大亮示意赶紧进行。丽云非常反感，一曲《其实你不懂我的心》匆匆抚就，然后便回了里屋。送走客人，大亮喊丽云出来，说我请你来家里抚筝，你就得一切服从，你要为你今天的行为承担后果。

丽云半天不语，只默默流泪，然后收拾东西准备走。大亮抓过丽云的头发，你走，首先法院不饶你。再说了，我话给你放在这里，逻州镇我能够一手遮天，我看你往哪里走！

丽云收拾东西没有理会，大亮上前一拳把丽云打昏在地。

等丽云醒来的时候，发现自己光着身子，便惊恐地呼喊。好半天，没有一点儿回应，丽云欲哭无泪，慢慢安静下来后，她坐在筝前，抚了一曲《平湖秋月》，然后狠狠地将筝摔了，推门而去。

大亮好长一段时间都没能走出自家的独楼，想着丽云纤纤玉指拨挑筝弦，流出的曲音是那样的曼妙，便觉得心里失落。当初文化站里的相遇，让他怦然心动，也便想着让丽云专门为自己抚筝，更多的是想净化自己，好更安分一些。只是丽云太纯净了，纯净得与这个社会格格不入，固执得不容一点杂质。

等大亮走出独楼的时候，甘蔗的香甜味恰好扑面而来。

第三章

逻州镇的土壤呈灰黑团粒结构，深、松、肥、碎，十分适宜甘蔗耕作，尤其那种白皮微带青色的甘蔗。甘蔗圆粗质脆，水足且甜，长度都在一米五左右。逻州镇卖甘蔗的小商贩们通常把甘蔗表面的一层保护膜刮净，将甘蔗一分为三，每截卖上一元钱，一天下来，能够卖上一二百元钱，去掉成本，有一半以上的利润。

不知从什么时候起，逻州镇闲来无事的人们，开展做起甘蔗的文章，两人或三人聚在一起，找上一把菜刀，不借助任何工具，让甘蔗立着，从上往下劈，一刀劈下后，从甘蔗主体上落地的甘蔗为有效长度，待第二人劈时，将之前甘蔗主体上劈出的有效长度砍下，然后以此为新的开始点继续往下劈，以此循环，轮流拿刀劈开，最后将劈下来的甘蔗一截截地拼接起来，看谁劈得长，从而比出胜负。劈的过程中，不能将甘蔗劈断，或者因用力不当使甘蔗折断，这样的情况直接判负。劈之前，可商议，以多少根甘蔗数量为基准，一根根劈完，然后以劈下来的长度分出胜负。当然，劈的时候，可以附带一些彩头，以保持新鲜和刺激。

这项既能娱乐又能切磋，还能锻炼身体，促进本地土特产发展转化的娱乐，一时间引起逻州镇的关注，人们纷纷参与其中，尤以青年人居多，且男女皆玩。劈甘蔗之风吹来的时候，逻州镇为此一振，没过多久，城里这儿一伙，那儿一堆，热热闹闹劈甘蔗的战场如雨后春笋般蓬勃兴起。甘蔗飘飞处，一阵阵的喝彩声响起，成了七仙山区最动人的音符。

有心人开始总结，认为这劈甘蔗还真是好东西，不仅劈出了生活，劈出了期待，劈出了职业，而且还劈出了经济，劈出了文化，劈出了品位。自从兴起劈甘蔗之后，逻州镇的甘蔗便开始走俏。从五金工具厂下岗的高明旺敏锐地嗅出了些味道，把正在经营的烟酒小百货摊子暂时放下，在城西饲料厂前的空地上扯了一顶帐篷，雇了辆货车从郊外拉回满满一车甘蔗，然后将家里两把切菜的刀拿了出来，摆起了专门劈甘蔗的摊子。明旺的甘蔗要价不高，五元一根随便挑，且辅以茶水以及板凳，让逻州镇劈友们既能解渴又能休息。

四水和平日里玩社会的甄奇便成了饲料厂门前劈甘蔗摊点的常客。四水在饲料厂工会工作，平日里事情不多，也就是组织搞些个娱乐活动，安排个歌舞晚会什么的，工作相对轻松。许多时候，四水便常常到厂门前明旺的摊点上瞧热闹。

劈甘蔗兴盛之前，逻州镇由台球掌控整个城市的热度，四水是厂里的运动健将，他积极建议厂里丰富广大干部职工的业余生活，购进了四副台球案子。有那么一段时间，他整天混在台球台子上，练就了一手好球技。球技需要切磋，四水便鼓动厂领导与逻州镇其他工厂企业搞横向交流，借机提升饲料厂在逻州镇的知名度。厂领导摸不准四水这块牌子的含金量，担心含有水分。四水就说，要不我们去棉纺厂交流一下吧，那个地方是逻州镇台球精英的聚集地。

球技与劈技都讲究稳、准、狠。四水劈甘蔗注重在手腕部用力，下刀前，他的身体重心前倾，一股力道全部凝聚在刀刃上，然后一刀下去。许多时候，他的这一刀，直接让甘蔗一分为二，来个“天胡”，动作干净而利索，常常引得围观的人赞叹。

逻州镇东的甄奇盯四水有些日子了。那天，天有些冷，饲料厂门前劈甘蔗的摊子围满了人。甄奇把宽大的风衣领子竖了起来，拿手轻轻拨开人群，四水正和同学明旺对阵，对阵的甘蔗为三根。明旺的劈技不错，甄奇打心里认定。前些日子明旺到他家里玩，和同去的一个弟兄在院子里比画了一番，几次干净利索的落刀，让甄奇留了心。

明旺今天的刀有些软，第一根甘蔗四水略胜了一个刀把的长度，第二根开始由明旺劈，黑黑的人群压了过来，明旺的手便有些飘，一刀下去，只劈下了半尺来长的甘蔗，引得人群一阵唏嘘。

四水手里掂着刀，对明旺说，看你今天的手有些紧张，这样，我让你一刀，你继续劈。

劈场上相互让刀的事常有，围观的人也便静下心来继续看。甄奇暗地里分析局势，瞄了一眼四水，心说，这哥们还不错。

明旺也不客气，定了定神，一刀下去，剩余的甘蔗便在一阵急促的嗞嗞声里一分为二。人群“轰”地叫起了好！

四水笑了笑，对明旺说，不错嘛。说的同时，拿起最后一根甘蔗，用手掂了掂。围观的人群都在小声议论，除非这一根一刀下去来个“天胡”，要不然，四水必输无疑。

还没等人群安静下来，四水已经出手了。四水拿刀刃在甘蔗的梢头上只轻轻点了一下，然后刀就劈了下去。“哧”的声息细密，没有杂质，绵长长的，伴随甘蔗的身体腾空，和着清甜分子清爽舞动。围观的人群一直很安静，待到一分为二的甘蔗与土地亲密接触，才爆起叫好声，在那个逻州冬日的午后，凝成一个经典话题。

刀刃在甘蔗里舞蹈，甘蔗在刀刃里呢喃。那一场精彩的对决结束后，甄奇便贴近并拉紧四水的手。俩人没事的时候便在一起，相互交流劈甘蔗的经验和心得。后来，俩人将台球带彩头的方式用到劈甘蔗上面，以让甘蔗劈得更精彩。

俩人互有输赢。不管结果如何，俩人都是相视而笑，感受一份相互欣赏的快乐。有时候，他们也和其他好劈甘蔗的人比上一比，相互鼓劲，也能赢下来，再去找个干净的酒馆，喝上一气。这份默契一直延续着，直到他们俩成为逻州镇劈场的精英，直到那个日子的来临。

那是春节后的一个雪天。逻州镇好些年没下这么大的雪了，雪花飘飞，洁白素净，轻盈舞动，炫得逻州镇晶莹透亮。四水和甄奇提议，在漫天飞雪中来一次对决，秀一秀劈甘蔗的精致、情趣和气派！

帝豪影城前的空地上，四水和甄奇摆开了场子。影城前聚满了人，雪依然在下，雪花在劈开的甘蔗里飞舞着，有些不知天高地厚。

甄奇和四水都凝神静气，刀法或粗放，或细腻，甘蔗在刀刃的作用下，飘动在雪花飞舞间，约定的一局十根甘蔗不一会儿工夫就劈完了，偏偏俩人竟然打了个平手。围观的人大呼过瘾，纷纷奔走相告。

雪依然下着，没有停歇的意思。逻州镇中心小学的五土和同事正好路过影城，瞧见围得不透风的人墙，便挤了进去看。穿一身粉红色羽绒服的五土很是显眼，完全没料到这抹色彩引燃了逻州镇的冬天。

一场平局让甄奇和四水相视而笑。甄奇说，我们俩引领逻州镇劈场，似乎只是小试牛刀，小小玩闹罢了，此时漫天雪花人间至美的景致，不如我们玩点新鲜花样，来场文雅的决斗吧。

四水说，甄哥，你见过的世面多，你说来看看！

甄奇说，四水，你轻轻抬头，往前方看，对的，就是那个穿粉红色羽绒服的女孩，我敢保证她一定没有交男朋友，你看她的眼神多纯净，和此时正漫天飘飞的雪花一个色泽。这样，我们俩今天赌个大的，也赌个绝的，三根甘蔗见分晓，谁输了，就去找那个女孩，不管用什么方式，让赢的亲亲她的嘴，好不好？

四水有些犹豫，不好吧，我们又不认识，而且这是公共场所。甄奇便火了，说你像个男人吗？做事这样优柔，能成什么气候？就这样决定了，人生能有几次玩，此时不玩待何时？

一场轰动逻州镇的竞技开始了。刀光闪过，甘蔗碎屑在雪地里纷飞。竞技过程惊心动魄，悬念丛生。最终结果四水赢了。四水赢得很艰难，赢得胆战心惊。他劈下来的甘蔗只比甄奇多半个刀把的距离。

身处现场的五土，压根儿没想到这场雪景比劈图，会糅合进她的色彩。她只是紧张地悬起一颗心，在一刀接着一刀的比拼里，感受着劈技带来的刺激。她的目光停留在四水身上。四水消瘦干净的身子在雪景里温暖地游动着，同时，沉稳的刀法让她觉得踏实，并由此将获胜的期待向四水倾斜。当四水赢得了胜利，她的心禁不住猛地跳动，没来由地红了脸，烫烫的，是这个雪后的风采。

一片雪花恰巧落在五土长长的睫毛上，在红得有些发烫的脸映衬下，她的眼前泛起一团红晕。红晕尽头，甄奇朝她走来，固执而坚硬。五土本能地拉了拉同事的手，想着赶紧离开。

甄奇立在五土面前，盯着五土看。五土不由得紧张，跟着发出一声惊叫，因为她和同事清晰地看见，甄奇手里正拿着那把刚刚用来劈甘蔗的刀，刀尖直指五土，整个逻州镇一下子惊慌起来。

甄奇直视五土，小姑娘，不要害怕，今天有些不好意思了，我们雪景下的决斗你看了，也欣赏了，感觉还不错吧。

五土大气都不敢出，有些发蒙地做着撤离的准备。甄奇说，小姑娘，怎么不点头呢？是不是还没看够，或者说看得还不过瘾呢？你看今天的雪多美啊，正所谓步履雪上轻，已然有痕迹。今天你欣赏了我们的决斗，那么你就得有所表示，毕竟这场决斗非同一般，我和我兄弟给它赋予了一些色彩，好让这雪的景致显得更加有滋味。因此，请配合一下，借用一下你尊贵的嘴唇，让我那兄弟亲吻一下。他今天的运气实在是好，赢了我不说，还赢得我无话可说。

五土完全蒙了。同事见形势不妙，强行拉她的手想跑开，可拉了半天竟然拉不动。雪密密地下，四周安静极了，四水哆嗦地把五土的身子揽住，然后把冒着热气的嘴，轻轻地印在五土冰冷的唇上。

吴刚就是在那个时候认识五土的。当然，后来自然就认识了四水，包括俩人身边的人。吴刚那个时候穿一身军装，在滨城七仙山区服役，军营的旁边就是五土所在的中心小学。

那时的吴刚很稚嫩，毛茸茸的胡须卷曲着，见人都不敢大声说话。那天，班长带着吴刚和一帮新兵到小学共建，擦教室里的玻璃，给学生们讲英雄故事。吴刚不怎么会讲故事，擦完玻璃后，便到操场边的劳动实践园翻地、平整菜畦。没当兵之前，他亲近土地修理地球，一手棉花种植技艺有模有样，到部队后，营区的菜地经他的手，如棋盘式呈现，深得领导和战友们夸赞。

吴刚正在细致搭建两畦菜场间的木桥，并修筑一条流经木桥的水道，五土远远地走过来，安静地看着实践园的规划是如何精致实施的，半天没动，连呼吸都轻轻地，生怕打扰了这份专注。俩人就以这样的方式相识了，彼此都没怎么多说话，但显然心里有话想说。

时间一晃到了春天，四水专门到城外山林里采了一大束桃花，直奔中心小学，送给面若桃花的五土。

五土不理会，冷脸相对。说到底，五土不是不愿意和四水交往，而是不愿意接受那个雪天那样的方式。那样的方式太被动了，太没有自尊了，太让人受伤了。逻州镇里都在传着此事，五土不愿意成为人们的话题，那不是她的所愿。自从四水出现后，她的日子都乱了，烦躁的思绪开始如影随形，让她兀自多了分忧伤。

烦躁和忧伤用工作来冲淡倒也能做到，只是四水不间断来学校找她，这就让她很不安。她不能再被动了，要不然，她的自尊还有她在学生心目中的形象就全没了。于是，五土找到在派出所工作的表哥想办法。表哥问五土，你只说你还想不想再看见四水。你要是不想看见他，那我就找人采取一些“措施”。你要是还有其他想法的话，我就听听你的想法。

五土不知该如何回答表哥。出门的时候，五土抹了抹眼泪，对表哥说，近一段时间里，我不想看见他出现在我面前。

劳动实践园里的菜长势不错，偶尔，吴刚会随其他战友的身影在学校里出现。每每这个时候，五土都会到园子里，随意蹲在一畦菜前，或拔草，或松土，嘴里说着一些烦忧的事。吴刚或松土，或拔草，认真地听着，偶尔回应上几句。这样的场景散漫而自然，无拘也无束，以至于若干年后，每每想起来，对五土而言，多了一个释放心绪的平台，从中不断地坚定自我。人生有些事，自我肯定最重要，会不断产生激励效应。而对吴刚来说，在这样的一种氛围里，感受着一缕异样的情愫，缓缓而温暖地释放在属于他的军旅生涯里。

夏天便来了，五土能够时常看见四水的身影，只要她留意，便会看见四水远远地在学校附近转悠，然后悄然离开。

那天，四水早早从饲料厂出来，在学校对面的一棵大树底下发呆。一场阵雨下了起来，四水也不知道躲避，一会儿便淋湿了。五土透过窗户看过去，莫名心里一紧，有些酸酸的滋味涌上心头，忙交代一名学生去传个话，让他赶紧回去。

自那天后，四水每天都要到学校接五土下课，递上一个苹果或一根香蕉，说你一天课上下来，腿站疼了不说，还吃了不少的粉笔灰，十分辛苦，吃点儿水果对身体好。

尽管如此，五土依然不理会，背起包来往家里走。四水也不阻拦，更不强求，任五土走出视线，然后默默回家。

四水的心思全部用在追五土上，饲料厂的工作便有些丢三落四，当然也就更没精力顾及劈甘蔗的事情了。

甄奇让人带话给四水，说找个机会坐坐，一起交流一下劈技。四水没有回话。甄奇亲自到饲料厂里找四水，说近来有一些心得，我们一起切磋切磋。

四水拒绝了。说甄哥啊，我近来一直忙于工作，疏于劈甘蔗了，根本就不是你的对手，我甘拜下风。

甄奇笑了，说四水啊，进步很快嘛。树欲静而风不止哩，你心里那点小九九，我还是能够把握得准的。不管怎样，你抓紧时间练习，下月初一我们一决高下。

四水没心思想甄奇的话，更没放在心上。五土的态度，让他莫名平添了些烦躁。好在他认准了，以一腔热血，投入追五土的伟大事业中。等初一那天到来，甄奇带了一帮人来到四水家，四水有些纳闷儿，愣神了好一会儿后，才拍着大腿说，对不起了甄哥，我认输了，我怎么劈得过哥哥你呢？四水说的时候，甄奇正在用指甲剪的小平锉锉大拇指指甲。指甲在锉子的作用下，析出一层细细的白粉，纷纷流淌在阳光里，闪着柔和的光。

甄奇使劲吹了一下，对四水说，我不想为难你，知道你现在的心思，只是我真的想和你再比拼一次，你就给我还有这些站在你面前的弟兄们一个面子吧。

四水抱拳作着揖，说，甄哥啊，你是逻州镇劈场的老大，这个地位无人能撼动，最初我勤于练习，也只能勉强与你有来有回，如今我已经疏于练习，根本不是你的对手，我认输。

甄奇大喝一声，能耐了啊，四水你等着，有你好看的，在逻州镇里，还没有人这样不给我面子。

望着甄奇一行人远去，四水发了一会儿愣，这叫什么事呢？我不劈了，你还能把我怎么样？再说了，我已经当面向你表示认输，你这人就有些不识趣了。

话虽这样说，但四水还是难掩心里的不痛快。五土这些日子感冒了，后转为肺炎，住进了医院。四水路过一家花店，买了一束淡雅的康乃馨，到医院去看住院的五土。四水说，五土，我知道你心里有障碍，我也不强求你，只是想着你的病能够快些好起来，学生们都期待着你重新光彩地站在讲台上哩。

五土的心莫名动了一下。想着那个飘着雪花的日子，想着心头的赞叹，想着那个冒着热气的吻，想着心头的美好，想着想着，五土心里头一叹，冲四水轻轻说了句，坐会儿吧。

就在五土说出这话后，四水接下来的日子都坐着出现在五土面前，一直到那个鲜亮的日子来临，一直到五土穿上了洁白的婚纱，自己穿上了笔挺的西装，扎上了鲜红的领带，行进在迎娶五土的路上。

第四章

四水和五土两人新婚大喜的日子没有进入洞房，而是直接进了逻州人民医院。当天逻州镇四处传遍了这个消息。人们纷纷议论，如今劈风正盛，连洞房花烛都可以抛弃，这劈甘蔗便劈出了意外。

五土心里不自觉埋下了恨。她恨甄奇，把她美好的婚姻生活染上了不该有的色彩。这些，她不能说出来，她只能看着，这恨在心头慢慢聚积，慢慢发芽，甚至开了花。

四水新婚之日在医院病床上躺着，非常沮丧。五土说四水你平复下来，医生说了，你那一刀伤在了膝盖软骨上，要静养三个月，休养不好的话，以后走路就成了跛子。

四水应着，说媳妇儿你也不要想那么多，今天让你委屈了，以后你看我的。五土依偎着四水，说不委屈的，我知道你心里委屈更大，你要想开些，犯不着和这样的人斗气。

四水说甄奇这东西看着人模人样的，怎么就坏了心眼呢？而且偏偏选择在这个时候。五土说，你不要说脏话，你现在是爷儿们了，已经有了家，从此就不能说脏话了。说起来这事有好坏两面，你虽然受了伤，但此事总算是个了结，从此和他断了往来，从此我们好好过日子，生活是我们的，逻州镇没有人能够比得上我们。

转天天亮，四水推了推五土，说你出去看看，怎么门口吵得慌哩。

五土赶紧披了衣服，医院走廊上，甄奇一群人站着。甄奇说，五土，你脸上有红哩，昨晚一定好舒坦吧。

五土赶紧关门，后背紧紧贴在门上，胸口咚咚跳着。

甄奇在门外高声喊着，说四水你不要继续在被窝里躺着了，赶紧出来迎接。我和弟兄们一大早便来了，来庆贺你和五土的喜事。甄奇说着，其他的人也跟着附和让开门。

四水挪动着身子，把伤着的那条腿慢慢移了下来。五土冲了过来，说你不能动的，你这一动，可就前功尽弃了，你不要急，我去应付。

四水不理会，说你一个娘儿们能应付什么？五土望着四水的腿说，我能的，你安心躺着吧，你是这个家的主心骨，你不能够动，我先去打头阵，不行了你再来。

五土说着把门打开。笑着迎向甄奇，说你们是贵客，我让我娘家哥来接待你们，他昨晚在派出所里值守，这会儿应该下班了。说着，将甄奇他们迎进病房，不一会儿，屋里便烟气熏天。

隔壁床一声啼哭，冲破了房里的气息。五土对隔壁床的旺嫂说，我替你抱会儿娃，你帮我买些早点回来。

五土抱着娃哄着，甄奇眼前一亮，说五土啊，你们很快嘛，不错，真不错。说着，他冲身后跟着的人喊，把东西拿上来。甄奇身后的一个人走上前来，将一个用红布包的东西放在桌上。

甄奇说，哥哥我今天来只有一件事，专门来为你们的新婚贺喜，四水兄弟不小心受了伤，我们大家都很惦记，就一起来看看。大伙觉得你们结合是件大好事，是逻州镇劈场上的一段佳话，大家一起备了份礼。甄奇说着，起身朝门外走。屋里一下子就变得空荡荡的。

五土怀里的娃不合时宜地哭了起来，并趁五土走神的工夫，尿了五土一身。五土一声尖叫，腾出双手把娃举着。四水大声喊，怎么啦？五土没有应声，抱着娃到窗跟前。

一只狗不知怎么跑进房里来，嗅了嗅五土的脚，尾巴一摇一摇的，很有节奏，却是不离去。

五土轻轻抬脚想把狗赶开。这只不知趣的狗，不仅没离开，反而继续嗅五土的脚，而且还拿嘴拱着。五土眼里有泪涌了出来。

通过甘蔗，她和四水认识了，哪料到这刚刚开始的日子，就和这甘蔗一样，脆弱得任人劈。现在可好，连狗都要来咬上一口。

五土脸贴向娃，以分散心里的念头。就在她低头的时候，才看见那只狗不是冲她的脚，而是冲她脚下踩着的甘蔗。

天哪，狗也迷上了甘蔗，要吃甘蔗哩。五土愣住了，好半天才缓过神来，待旺嫂回来后，她把娃交给旺嫂，然后到四水的床前，说我今天去学校把工作辞了，我要干一件事情。

四水盯着五土看。五土拿手在四水眼前晃了晃，说看什么呢？四水说，好看哩，我喜欢看，那帮学生们更喜欢看。

五土说好看什么呢？又阻挡不了被欺负。我和你说啊，我要做一件事，你也得陪着我一起做，我一定要做好，做出个样子来，让逻州镇的人好好看待我们。

五土提交辞呈。校长一脸惊愕，说你干得好好的，学生们也都特别喜欢。我们也都听说你家里的事了，甄奇是逻州镇道上的人物，咱惹不起但躲得起，没必要因为这而放弃了工作。

五土笑笑说，不是这方面的原因，我想做点儿自己想做的事。感谢学校的培养和关怀，生出这样的想法有些日子了，带着这样的想法，我怕自己的言行影响了学生，还不如辞了，好坏我都认。

校长有些不舍。想了好一会儿才说，你是我们学校好不容易引进来的大学生，这样，你先停薪留职好吧，在外面走不下去了，学校的门还是向你敞着的。

五土本想和学校中断全部的关系，可想到这个时候四水还在床上躺着，也便同意了。谢过校长后，她直接到逻州镇南一块空闲的地上转悠开了。这块空地五土看过几次，背依逻州镇，一条国道从面前穿过，国道那边是七仙山区最大的湖泊柴泊湖，湖面宽阔，水汽氤氲，好一块敞亮的场所。

四水骂五土，不知被什么给糊住了心，好好的工作不干，偏偏动些歪脑筋，这日子可咋过啊。骂了好一会儿，最后把怨气全撒在了甄奇身上。他现在不骂甄奇了，只在心底狠狠地恨。说到底，这事只能怪自己。这个世界上的事情，终究是由人来主宰的，人是决定的因素。虽然说甄奇有意识、有目的、有预谋地设套，可归根结底，是自己疏忽了，让大好的局面在一个不经意间失掉。

四水痛定思痛，等腿好了之后，一定再好好练习劈技，练到炉火纯青，然后统占逻州镇的劈场，让甄奇完败于自己的刀下。

计划归计划，也只能是先计划着，毕竟这伤腿需要休养。

四水这边安心养伤，五土那边一直没有闲着。两个月后的一天，五土拿出一万块钱，对四水说，这是我从我妈那里要来的钱，你去找个人，办一件事情。

四水一惊，说是不是找丽云？

五土说，我没看错人，你还是有潜力的，是一只潜力股。

四水说，我不能去找她。我们结婚都没有请她，这个时候，我哪儿有脸去找她啊。

丽云是四水的表妹。四水进饲料厂还是丽云老爸递的话。其实四水喜欢这个表妹。丽云不只乖巧聪明，还弹得一手好筝，后来顺利地考进了滨城音乐学院，这也便拉远了同四水的距离。许多时候，四水只是暗自想着丽云。虽然不能够开花结果，但想着便能够让心里铺满鲜亮的色彩，也是不错的慰藉。

丽云毕业后回到了逻州镇，开始的时候，四水知道丽云在文化站里抚筝，后来听说被一个老板聘为家庭教师，再后来便好长时间没有音信，一直到今年春上，丽云的母亲莲姨才告诉他，说你丽云妹子和逻州镇一个地产老板好上了。她怎么就吃热糍粑糊了心，明知道那个老板有家有孩子，怎么就糟践自己呢？

四水自从知道自己有一个姨父起，就没听到过关于他的一句好话。丽云作为当事人，自小就深受爱赌又爱喝酒的父亲折磨之苦，家里就没平静过一天。好在丽云的母亲莲姨在一次遭受近两天的严重殴打之后，毅然选择了和那男人分开，带着丽云孤苦而艰难地过活。

五土对四水说，你去看看丽云吧，一个女孩子家也怪不容易的，希望得到亲人的关怀和理解。顺便你和她说说，让她找找她跟的那个人，我要租逻州镇南那块闲置下来的地，时间不长，就三年。

四水气不打一处来，说你娘儿们书不教了，原来是想折腾那块地啊！五土冲四水笑，说我就想在那块地上经营我的理想，你现在听我的，去找找丽云吧，丽云想你过去看看她的。这儿有一条我同学从杭州带回来的蚕丝巾，你送给她。

四水去逻州镇中心的一栋小楼里找丽云。丽云感慨了好一阵子，说谢谢哥来看我，还有这位新嫂子。至于你们想做点儿事情，那是好事，我替你找找他吧。这钱你拿回去，听说饲料厂效益不是很好，你们刚刚结婚，用钱的地方多，办这事，我来想法子。

四水心里酸楚。为丽云的处境，也为丽云说的话。

五土没多久就拿到了逻州镇南那块地的承租权。三年时间，租金三十万元。这当然不是市价，要是市价，至少得翻两番。

五土四处筹钱，规划、平地、修建房屋，一切都在春节后紧张地进行。那块地以庄园模样呈现，专门用来劈甘蔗。五土单独留出一片空地，拉回甘蔗生长需要的土，然后把甘蔗放在里面，给甘蔗保鲜。

四水好些天不理会五土，觉得这娘儿们太敢想，也太敢折腾了。这事要放自己身上，可真是不敢想也想不出。五土显然铁了心，对四水说，你要是真心对我好，你就别管，我想折腾一回，你就支持我，由着我折腾，好不好？

四水拖着还有些不灵便的腿去那块地看过几次，不看不知道，看过之后就有想法了，说五土你是不是把逻州镇的品位想高了？我在劈场上混过的，知道爱经常劈甘蔗的那些人是什么德行。那些生活得好的、有钱的人不会来劈甘蔗，因为在他们的眼里，这劈甘蔗是一般人娱乐的玩意儿。而那些经常劈甘蔗的人，大多不是有钱人，像你要打造的这个高级庄园式场所，他们敢来，舍得来吗？

五土吃惊地看着四水，说你一大老爷们儿，在饲料厂里可真是待废了。现如今高档酒吧、KTV都在争先恐后转变经营理念，提供个性化服务，以赢得市场，捞一桶金。我这是顺应逻州镇人们的喜好，做好专业服务，让他们在享受劈甘蔗乐趣的同时，积极进行生活消费，既能促进经济发展，又能提升人文素养。

四水盯着五土看，觉得有些陌生，有些看不准。五土你就折腾吧，我继续上我的班，看你有多大的能耐。

五土说，四水你是搞工会工作的，给庄园起个名吧，名字要响亮一些，我敢说这个庄园一定会红火。

四水说，就你搞的这事，我就当是看天书，谁让我认准你呢？不要说我没提醒你，到时候别哭鼻子就行。你干的这事犹如无根之木，风雨难测，还不知道以后会怎么样，就叫临风庄园吧。

逻州镇不大，信息也便传得快。临风庄园从兴建开始，便不时有好事者传播消息，不久，逻州镇劈场里的人便都知道了。劈友们相约到城南观望，都想先试试场子。

五土一一回绝，说等等吧，时机还不成熟，等成熟了，让你们在临风庄园里有和在家里劈甘蔗一样的感觉。

天爷爷的，劈甘蔗能够劈出如家一样的感觉？什么感觉？逻州镇的人们猜测着，并为此满怀期待。

五土专门设计印制了临风庄园门票，拾元一张。四水反对设置门槛，说逻州镇是一个敞着的地方，你人为设置一道门槛，人家还进去吗？更何况好劈甘蔗的人随地可进行，何必进你的庄园掏那份冤枉钱？

五土摇了摇头，说四水你真没有商业头脑。正所谓有门槛才有品质，要不就大众了，哪还有档次可言？何况临风庄园定位就是高档次，就是要吸引逻州镇高品位的劈友们来参与，要是不设这一道障碍，那便鱼龙混杂了，庄园也就只是一般的劈甘蔗摊点了。

五土到人才市场招聘了五名人员，并定做了印有庄园标识的制服，和一家餐饮服务公司进行了协商，让自助餐饮进入临风庄园，为广大的劈客们提供全天候餐食、咖啡、茶饮等服务。随后，与逻州镇一家影像店提出合作意向，把投影机以及相关播放设备搬进庄园，轮番播放电影大片。

临风庄园选在国庆节开张迎客。开张那天，五土从逻州镇舞蹈团请来歌舞演员，笑脸迎接来临风庄园的多方劈友。

临风庄园天天满员，热闹非凡。五土一边忙着照应，一边留心来庄园的人群。半个月后，五土着手改变庄园内部设置，开辟出六个包间，为劈客们提供一个私密空间。五土紧急招聘几位小姑娘到庄园，专门为包间里的劈客们服务。

逻州镇轰动了，满大街都在议论，临风庄园这位女老板有能力，有眼光，把甘蔗的小事情做大了，做成了产业。

五土整天忙得脚不沾地，四水有些坐不住了。那天四水从厂里回家，顺手脱下外套，就有一股糠油味涌入鼻腔。起先他还不大肯定，当他赶紧把外套放在鼻子下面嗅，发现还真有一股子米糠味的时候，便独自坐在沙发里发呆。没过几天，四水找厂长把话挑明，不再受这味道的罪了。四水便开始担负起庄园经理的职责。五土跑逻州镇百货商场，给四水挑了一副高档的行头，让四水每天精神抖擞地迎接各方劈客。

季节更替，冬天来临。五土安排四水到逻州镇外种甘蔗的地方加紧购进甘蔗，以保证劈客们所需。并添置了大量空调机，让劈客们感受到春天般的温暖，不光劈了甘蔗，还暖了身子。

滨城及七仙山区报社的记者纷纷进入临风庄园，宣传介绍临风庄园的文章频频见报，并附加一些时评，认为临风庄园的经营方式以及理念具有一定的典型和榜样意义，充分对接受众群体的需求，尤其是在经济建设和改革开放深入推进的背景下，在市场这个大熔炉里经过这般淬火，生存的空间得以显现，拥有着广阔的市场前景。

有记者问五土，临风庄园在做大、做强上有何具体的设想？五土说临风庄园还在起步阶段，后面将按照逻州镇发展生态经济的要求，准备搞一个原生态的甘蔗园，种植一批无公害的良种甘蔗，然后改进储存方式，让甘蔗一年四季都不中断，让逻州镇的居民和劈客们想什么时候吃或劈甘蔗，都能够如愿。当然，这只是构想，需要投资，需要实验，需要时间。从目前临风庄园的情况来看，条件还不很成熟，等时机成熟了再说吧。相信这个时机很快就会到来。

甄奇走进临风庄园，并由大堂服务人员领到一个单间。灯光很亮，照得甄奇的黑皮鞋锃亮。单间女服务员端进来一壶西湖龙井，给甄奇倒了一杯，满屋子便有了茶的清香。

甄奇有些纳闷儿，觉得这屋里该是弥散着甘蔗气息的。

女服务员便笑，说老板您有所不知，我们临风庄园讲究的就是一个高品位，要是您进来后，还能够闻到留存的气息，对您来说，不就有失您尊贵的身份了吗？

甄奇点头说是，并对女服务员说，这里可以去后院甘蔗地里自己挑选甘蔗，我喝完这杯茶后，你带我去吧。

女服务员蹲下来给甄奇倒茶，半含笑半责怪说，看来老板您没来过临风庄园。甄奇便问为何这样说。女服务员说，去年底我们老板便从深圳购进了一批视频系统，客人来包间之后，就不需要再跑路了，这也是我们临风庄园让客人得到最高品质享受的方式之一。

甄奇说，你介绍给我听听，我没见过大场面。

女服务员便打开电视，接通视频，视频的那端正对着庄园后院里的甘蔗。女服务员对甄奇说，老板，等会儿您如果需要服务了，我就替您喊服务生，让他在后院里通过视频为您挑选甘蔗，您认为哪根合您的心意，他便选定哪根，然后给您送到包间里来。

甄奇随意对着视频挑选了三根甘蔗，然后躺在沙发里，心里却一个劲地发慌。真想不到四水和五土有这样的头脑、这样的胆识，把庄园建起来不说，还把服务工作做得这样好，真是让人刮目相看。

甄奇半天没动。女服务员便说，老板我看您有些疲劳，我们这里还有按摩项目，要不要给您找一位姑娘来按摩一下，解解疲劳，然后让我们的姑娘陪您劈上一局？

甄奇随口应了，并说把你们经理四水喊过来。

女服务员用对讲机喊总台，说需要特服，请马上派人前来。然后对甄奇说，不好意思，我们老板这些日子一直在医院养病，不能到庄园里来，请您谅解。

甄奇没有继续勉强。四水两口子目前人气正旺，雪地上那一刀的场景不时闪现，一起在胸前堆积，无法消散，他心中多少有些过意不去。那天，甄奇有些失落地任由女服务员安排，一瓶进口红酒喝得有些不是滋味，最终让按摩女喝了大半，而他挑选的三根甘蔗在包间的角落里静静地立着，在看着他，孤单得没有任何气息。

高明旺收到呼机传来的信息，赶到甄奇家里，看甄奇不时叹气，话语也少了，便说甄哥这是有还没摆平的事啊。

甄奇半天不答，回头看见楼梯下边几根甘蔗，就说我们俩好长时间没有较量了，操家伙比试一下吧。

甄奇有些不在状态，甘蔗也便劈得没汤没水。高明旺说甄哥你心里头有事哩，要不我们去临风庄园转转吧。

甄奇手起刀落，一根甘蔗瞬间一分为二，说我这楼里不敞亮是吗？高明旺赶紧说不是那意思甄哥，你刚才那一刀是冲着临风庄园来的吧，我知道该怎么做了。

甄奇拿毛巾擦了擦手，对高明旺说，走，我们喝一杯去。

当天夜里，高明旺在临风庄园门外招呼随行的高个子说，你带其他四个弟兄进去后只管闹，我在外面接应你们。

临风庄园的大厅里便“热闹”起来。高个子说女服务员态度不好，倒的水太热把嘴烫了，让你们老板赶紧出来陪同去医院。

五土正好在庄园里。她安排女领班去了解情况。看见女领班来了，高个子把上衣脱了，问女领班这事该如何处理。女领班说，今晚你们几位放心劈甘蔗，费用全部算我的。

高个子对女领班说，有你这个态度就好，这玩是要玩的，劈也是要劈的，只是医院还得去，这会儿我的话都快说不清楚了，你先来给我揉一下吧。说着，把嘴向女领班伸了过去。其他四人马上起哄，说可得好好揉一揉，要不然，我们头儿就没有舒坦日子过了。

五土密切关注监控系统，给四水BP机上发了信息，说有人在庄园闹事，你和我表哥联系一下，安排所里人员，赶紧来处置。

四水正在医院里做电疗。这是他这些日子的常态。想着赶紧让腿好了，然后全身心投入庄园的经营与管理中，好给五土分忧。现在临风庄园太需要人了。四水让五土稳住，马上用BP机喊人。

五土安排女领班再探探口风，摸清他们的真实想法。

女领班再次面对。高个子见依然是刚才的女领班，就直接伸手朝女领班的脸上摸了过来，人群也便一下子混乱了。

大厅不一会儿工夫便被砸得不像样子了，而且还有客人受伤。

临风庄园的经营理念是让人进入后有如同家一般的感受，眼下客人不光没得到享受，反而被打了，这事就有意思了。

接下来的几天时间里，五土和四水托人处理善后事宜。

第五章

四水查看监控，将相关情况反馈给五土的表哥，随后也便心知肚明了。四水想着找人整点儿动作，表明一下态度，五土一把拉住，说忍忍吧，做生意讲究和为贵，经过了这件事，我想通了，我们要借机再把羽翼丰满起来，尤其是外面道上的关系，得维护好。

四水气得牙痒痒的，说我咽不下这口气，我要出出来，他们不能这样糟蹋你的心血，我心痛。

五土沉默了好一会儿，说还是算了吧，我们好在还知道是谁在后面使绊子，这比逻州镇近来连续发生背后打闷棍、飞车搞抢夺的事要好得多。我们要按兵不动，静观其变，越是没有行动，他们便越忌惮。

打砸事件后，临风庄园的生意有些下滑。五土适时地推出一些措施，把门槛去了，着重加大单间管理力度，安排四水指导女服务员练习劈技，以找寻新吸引劈客的方式。很快，临风庄园又恢复了之前的热闹。

逻州镇的天地很大，五土只是想着安身做点想做的事，好好和四水过日子。临风庄园开到现在，基本上都按照她的想法发展着，每天笑迎劈客，把甘蔗清甜的香味品吸，倒也是不错，也便觉得满足，全然没想到四水心里的疙瘩越积越大，而且到了喷发的时候。

四水的想法是逢双的日子在庄园里搞个劈甘蔗比赛，让逻州镇众多的劈友提提劲，热闹热闹，积攒更多的人气。

五土反对，说民间的小摊点倒是可以，我们现在是一个实体店面，是实体店面就得回避，避免形成赌场，那样庄园便没法开下去了。

四水阴着脸，有些不高兴。五土觉察出来，便说，我反对的目的其实就是不想把甄奇、明旺这样的人吸引到临风庄园里来，他们来了，绝对没什么好处。

四水有自己的想法。劈场都讲究规矩，把他们吸引到庄园来，自己用一手劈技镇场，让他们从此安分，不再找庄园的碴儿。

五土盯着四水看，说，你不觉得你的腿还在疼吗？你不觉得庄园很稚嫩吗？你想让他们安分，你想过没有，他们什么时候安分过呢？

四水握了握拳头。拳头微微抖动着，上面有愤怒和不安的气息萦绕。四水决定主动出击，去找甄奇，两人再来一场拼斗，彻底了却恩怨。四水挑了个大晴天阴着脸找到甄奇。四水不时地告诫自己，要注意把握好交谈的时机和方向。别看甄奇没多少文化，可其使出的阴招是极具杀伤力的，稍有不慎就会被击倒。

甄奇窝在沙发里示意四水坐。四水挺直了腰板，临风庄园总经理的身份让他的腰板硬多了，自然也就不把眼前这个曾经让他恨得牙痒痒的人放在眼里。

四水说，我敬你是哥，临风庄园开到现在快一年了，还没正式请哥过去喝两杯，是兄弟我的失礼。今天借机向哥哥赔个不是。

甄奇点了支烟，说，你这话说得好，说得我爱听，说明你眼里还有我这个哥。好，冲你这话，今天晚上你安排一下吧，我带人去。

四水稳稳地坐着，含笑直视甄奇。等甄奇发现四水目光里有内容的时候，才把烟使劲扔在了脚下，然后拿脚使劲踩着，踩出一地的火星。

四水目光里分明是鄙视和挑衅。

四水你想干什么？

四水不动，含笑说，喝两杯去没问题，但你先得把那天砸临风庄园的高个子交给我。四水说着，把二郎腿跷了起来，而且还有节奏地点着，嘴里哼着《追捕》里那首著名的旋律。

你给我滚！甄奇说着，拿手指着门，示意四水出去。

四水没动，有节奏的腿依然不停。告诉你，甄奇，不要出口成脏，多不好，也有失身份，逻州镇是座文明城，文明城需要你我共同维护，以后记住不要说了啊！四水说的时候，忽然

“噗”的一声笑了出来，赶紧拿手捂住，也就把后面说的字音遮住了一半，这样一来，有如清晨公鸡的第一声啼鸣，惊起一夜的静寂和浊气。

甄奇坐回沙发里，冲四水说了个“滚”字。字音未落，四水的声音响起，不是告诉你甄奇了吗，不要出口成脏，这样的字从你嘴里吐出来，可把你的嘴给脏了，真是让人失望。

四水说着，站起来往外走，走的同时，扔出一句话，三天之内我要见到那个人，要是见不到，你就等着看好了。

甄奇哈哈笑了，四水啊，听说你当上了总经理，那可算是有身份的人，怎么还像是饲料厂里打杂的混混呢？我们还是好哥儿们的，还是能够在逻州镇劈场上引领风骚的。你这个样子可就不体面了。要不这样，咱哥俩还是文明一回，我们因甘蔗而认识，那么今天就在我这里再来劈一回甘蔗，你我的目的都很明确，输赢就见分晓。

四水拿眼盯甄奇。无论怎么说，甄奇终究不是个好对付的人，再来劈一回虽然与自己的想法不谋而合，但终究不占地利优势。这个时候要是同意了，那便是送上门来挨打。如此一寻思，干脆把心一横，冲甄奇说，就你那点儿技术也配和我较量？结果只会脏了我的手！就这样了，三天后我要见人。

甄奇愤怒了。愤怒使他的脸涨如猪肝色。那好，那好，四水你出息了，你等着瞧吧，等着有你好看的，我就等着看你在逻州镇里怎么混了。甄奇说着，抬脚向玻璃茶几踹了过去。

四水出门的时候，玻璃碎裂纷飞的声音一直响在耳畔。四水抬手抹了抹额头上的汗珠，右眼皮跳得厉害。自言自语道，我这是怎么啦，这不该是我啊，我这是怎么啦？

这段时间，因五土的离职，吴刚出现在中心小学的身影也淡了，劳动实践区的地也有荒废的迹象。五土不在，这地似乎也没有了生机，他发现也没有多大的期待了。吴刚知道，事情绝对不能这样来想、这样认定，但五土要是在，他的劲头就不一样。毕竟五土绝对是一个好的听众，或者说是一个好的大姐。

从七仙山区报和相关信息中，吴刚知道了五土以及她的临风庄园，这些场所不是他能去的，但并不是不能关注，并在关注中静静地等待着什么。

一辆警车开进了四水家的院子，下来了好几个警察。

警察拿了张纸在四水面前晃了晃，说这是搜查证，有一个案子怀疑是你们夫妻俩做的，我们需要进行搜查。

四水和五土相互望了望，俩人不约而同地想到了那个红布包。

警察在床头的柜子下面把那个红布包搜了出来。红布包上布满了灰尘，警察解了半天才打开，屋里便腾起一层灰雾。警察看了一会儿，便对一直站着的领头说，头儿，就是这东西。

领头的便对四水和五土说，请吧，公安局里去。

四水说，我得和家人说一声。领头的就说，不用，一会儿全逻州镇便都知道了情况。

四水和五土被分开关着，讯问也是分开进行的。四水说，我不知道这里面是什么东西，也不知道发生了什么案子。五土也同样这样说。

讯问的警察有些生气，说你们倒是口径统一，这么跟你们说吧，这可是一件大案子，是滨城督办的，你们还是配合一点，免得受苦。

四水说我上个厕所想想。一个警察在后面跟四水进了厕所，四水弯下身子对警察央求，我借用一下电话。

四水说着，掏出两张票子递了过去。警察的手便招呼了过来，非常职业地扇在四水的脸上。这里没电话，还想着贿赂，没门儿，收起你的小伎俩吧！

四水的脸火辣辣的，愣在那儿心想，完了，完了，麻烦来了。

五土也说我上个厕所想想吧。一个女警察在后面跟五土进了厕所，五土仰头对女警察说，我借用一下电话。

五土说着，掏出两张票子递了过去。女警察的手，硬生生地挡开。这里没电话，还想着贿赂，收起你的小伎俩吧！

五土的脸有些麻，出厕所的时候，抬头望了望天，这是怎么啦？老天不让人安生过日子啊！

逻州镇当天便传开了，一时间各种说法都有。有的认为应该早一点儿抓，好好杀杀他们的锐气，看他们平日的那股牛劲，平民老百姓进临风庄园还得经过保安几番询问，指不定里面搞些藏污纳垢的勾当。有的认为是合法经营，照章纳税，这冷不丁地抓进去多半是有人眼红了，故意整点儿事得点利益。但更多的是观望，想知道结果到底是怎么回事。逻州镇本是一潭静水，这下好了，有一些东西开始蠢蠢欲动。

警察对五土说，你当过老师，是有觉悟的，你说说吧，说说一年多前你们是怎么做的，我们的政策是坦白从宽，抗拒从严。

五土当然记得这红布包放在她家里的时间了。一个女人别的日子可以记不住，嫁人的日子那是永远也不会忘记的。五土想说是甄奇他们送给自己的结婚礼物，可想了一会儿，觉得不能说出来。就算说出来，那也只是一面之词，你能够证明是甄奇送的吗？到目前为止，她还闹不清公安局此番动作到底是为了什么，尽管她清楚地知道有人看临风庄园不顺眼了，在后面开始搞动作，更确切地说，应该是甄奇他们，这回是动真格的，来硬的，非得整出让逻州镇惊诧的动静。

想到这儿，五土反倒冷静下来，想着那红布包里面到底是什么东西呢？这样的欲望很强烈，有些让她迫不及待。她也想知道，这红布包放家里都一年了，公安部门为何到现在才开始追查？由此看来，红布包里包的东西一定有些名堂，而且这名堂足够让人进去。

如是，五土便向警察提出要看看红布包里的东西。

警察都笑了，说你倒是装得像哩。这世上有这样蹊跷的事吗？放在自己家里一年了，你们都不看一下？平日里我们也去你的庄园里劈甘蔗，没见你装什么啊。你会来事哩，又是烟又是茶的，哄得我们怪舒服，一个劲儿往外掏钱。

警察没有理会五土的要求，而是去四水那里寻找突破口。

四水的目光散漫。说那是一年多前我同学给我们结婚送的礼。

警察来了兴致，说好啊，继续说，说详细一些，我们需要的是细节，看你如何把这细节说圆了。

四水便说，我是做生意的，不会骗人，也用不着骗人，真是我初中同学送我们的。那东西不起眼，我们便没关注，随意收了起来。

警察见口子要破了，便加紧讯问。

警察盯着四水看，说你这两天是不是没休息好，或者说我们没把你照顾好？这个时候你竟然敢把脏水往甄奇身上泼。

四水蓦然惊醒，知道自己说错话了，错得没有任何回旋的余地。甄奇的姨父掌管逻州镇的政法委员会，你现在到了他们的口袋里，你不说出来慢慢让事情冷着，慢慢地查个究竟，倒还可以有些余地。可此时你却说了出来，人家不得马上在背后想法子封你的嘴？

四水拍了拍脑袋，瘫坐在地上。

警察忽然问四水，你就不想知道那红布包里包了些什么？

四水一声苦笑，警察同志，我现在都进来了，而且一直觉得莫名其妙，我哪儿知道那红布包里有些什么。再说了，知道了有什么用呢？又不是我的，和我有什么关系？

事情在逻州镇高层关注中有了转机。

逻州镇有线电视播发了一则新闻，说本城经营红火的临风庄园日前关园，其法人涉嫌盗窃，现在调查取证工作正在紧张进行中。逻州镇负责人拿红笔在一张空白纸上画着，画了半天画出了一截甘蔗的素描。负责人把电话打到公安局局长办公室，说你们为逻州镇的经济社会发展和安全稳定作出了巨大贡献，要再接再厉，切实加大维护稳定和打击违法犯罪工作力度，保护好人民群众的切身利益。

局长吸了口气，镇定了好一会儿，说请您指示。

负责人说，经济发展是大局，一切工作要为经济发展开绿灯啊。

局长琢磨着，负责人在关注什么，要给谁开绿灯呢？

局长拿不准，刑侦大队大队长敲门进来的时候，他一口茶正喝在嘴里，茶有些烫，随即便喷了出来。大队长赶紧拿纸给他擦，说局长您不要着急。局长说是啊，我不能着急，我着急，逻州镇便闹腾不清了。对了，有什么事？

大队长说，向您汇报临风庄园的事。

局长心不在焉地听着，冷不丁问大队长，凭你办案多年的经验，这案子有可能是这两口子做下的吗？

大队长愣在那儿，好半天没有说话。

先放了吧，有那么大一个临风庄园，不怕他们跑了。你们赶紧调查，争取早日结案。

四水和五土就这样回到了家里。四水冲五土欲言又止。五土冲四水欲言又止。四水说，他×的这成什么事呢？

五土说，不要说脏话，你现在的身份是总经理，要注意素质。

四水把桌上的烟拿了起来，抽出一支，放在鼻子下面嗅，好一会儿，才深吸一口气，五土，你说，那包袱里到底是什么玩意儿？

五土说，我去烧点儿水，身上都臭了，得好好洗洗。

四水没动，抬头望屋顶，一只壁虎在上面四下里张望，短粗的尾巴有节奏地甩着。不知怎的，四水觉得自己很像一只壁虎。

五土说，你得赶紧找找人，至少得让我表哥盯紧，这事我觉得还没了。事情没了，临风庄园便无法开门。

四水换了套西服，说我去找找丽云。五土说，你要不要再考虑一下？是不是先找找我表哥，把情况摸清楚了再说。

真是妇人见识，我们俩双双被关了进去，这事已经到顶了，再往下走就该进监狱了。我们平日里没得罪什么人，怎么就进去了呢？而且还是成双地进去。我他×的想不通，我得去找丽云。

五土说，不是和你说了，不要说脏话，我们现在不是自由了，不是刚刚洗干净了吗？

你说得轻巧哩，干净，什么是干净？只要进去了一次，这身上就别想着干净了。我们是有头有脸的人，逻州镇里的人们会觉得我们身上干净？四水说着，身子已经出了门。

丽云把四水约到逻州镇西的一家咖啡馆里。哥啊，我听说了你和嫂子的情况，你们在里头没受什么苦吧？如今在商言商，商场如战场，战场一上战略战术都要精通，事事都要精明些的。

四水说，妹子，一言难尽，我们疏忽了，好些关节还没有打通，所以造成现在这个局面。你看能不能动用你那位在逻州镇上边的关系，帮哥关注一下，重点看甄奇那边有什么动作。

丽云慢慢地品着咖啡，眼神有些散漫。

四水默默看着丽云。他有好长时间没有这样近距离看丽云了。说起来这个堂妹挺让人怜惜，只是自己一直未好好关注，更谈不上关心了，反倒净出难题。四水心头充满了感慨。

这样，哥，你今晚准备一下，把礼备足一点，去一个人家里。丽云望向窗外说。

四水说，我一个平民百姓，能随意去他家吗？他能见我吗？

你必须得去。你和嫂子这次能够出来，就是他说了话的，你把这层关系攀上了，以后就必然会风光无限。

要不你陪我一起吧，我真挺害怕见领导的，一见这腿就哆嗦，要知道我是从饲料厂出来的，没见过世面。

这事哪能陪同呢？而且我还必须回避的。要知道，你们从去年发家起来的时候，行政审批等部门都在追查那块地的手续问题，国土及税务也没放过，我跟的那个还算是个男人，四处洒香水，才没让人从中嗅出些味道。我这有地址，你直接去。

晚上，四水一个人去了逻州镇那位负责人家里。负责人没在，四水倒松了口气，自报家门，把带的东西放下后，便离开了。

五土埋怨，说你怎么就不等等呢？这是多么好的机会啊。我还想着，这事过去后，好好地再把临风庄园整理打造一番，以全新的模样亮相逻州镇。

第六章

临风庄园关闭，银行那边动作不断，催贷人员盯得紧。五土听了不禁长叹，逻州镇是个大世界，脱离不了“势来相连，势去相离”的宿命。

丽云的留言通过BP机传了过来，约四水见面。四水来不及换衣服，随手拿了件外套就出了门。

丽云问四水，哥你说说，甘蔗好吃吗?

四水不明就里，说丽云我没有时间也没有心情和你开玩笑。

丽云说，你真得告诉我，要不然这后面的事情不好办。

四水说，你嫂子和我自开办临风庄园以来，就没有吃过一口甘蔗。我只是劈，不断地劈啊，就是没有吃过。我只看见一根根甘蔗被一刀刀劈开，一根接一根地积累着让庄园壮大起来，人多了起来，热闹了起来。至于说好不好吃，我不晓得。尤其经历了进局子事件之后，我便觉得自己如同这甘蔗一样，可以任由人劈了，我都没有能力左右命运。

哥啊，你有这样的感觉就好。甘蔗不是好滋味哩。我打听了，甄奇送你的东西你不是一直想知道吗？告诉你，是一根甘蔗。

四水啪地打了自己一个耳光。丽云，你说什么？你哄我哩！

丽云说，真的，只是材质不一样，是一截甘蔗化石，两年前从滨城博物馆里偷出来的。

什么？甘蔗化石？甘蔗还能够成为化石？

是啊，应该说这截甘蔗化石是比较珍贵的。据了解，全国还没有哪个地方发掘过甘蔗化石，这截甘蔗化石是在逻州镇城东的土地里发掘出来的，由此，便可以证明我们逻州镇这个地方在几千年前就有甘蔗出现，并推断出逻州镇是全国甘蔗的发源地。从这个角度来考虑，这截甘蔗化石便具有不可估量的价值了，尤其对逻州镇来说。本来这截甘蔗化石不是什么打眼的东西，可就在前年失窃之后，博物馆里的人才惊觉这不是小事了。因为与化石甘蔗同时存放展出的还有金银器具、陶罐等文物，而偷盗的人偏偏只把甘蔗化石给偷了去。为什么？说白了，这截甘蔗化石价值不菲。于是，博物馆方面便赶紧收集相关材料，向公安机关报了案，由此被滨城列为重点督办的案件。

那目前有何动向呢？四水急急地问。

现在我掌握的情况是你和嫂子的嫌疑已经脱不掉了，因为东西在你们家里，而且也没有任何证据显示有其他人作案的迹象。好在东西已经找到，且逻州镇的负责人关注此案，公安方面也因为没有铁证证明是你们所做，因此，此案便僵持着，待进一步收集证据完结此案。

明白了，丽云，我能想象，如果滨城直接下来督办，到那时，逻州镇怕是拧不过滨城了。你可得帮哥和嫂子想想办法。另外，你还不知道吧，银行正在查封账户，临风庄园关门已成定局。

丽云慢慢拿小勺搅动咖啡，就见升腾而起的咖啡雾在慢慢消散。哥，你们得有个思想准备。丽云说的时候，有些忧伤。

哥，这件事情到现在看，肯定是有人在背后蓄谋，让你和嫂子进到局子里去，其最终的目的我想应该是冲着临风庄园来的。我倒是觉得，想办法化解也好，谋个出路也好，你和嫂子得做好打算，把临风庄园全部赔进去。临风庄园赔进去，想来你们会没什么事的。这里面也不排除他们采取措施，把你和嫂子关进去，然后再堂而皇之地接手临风庄园。这样的局面，我想，你和嫂子得有心理准备。

四水盯着丽云看。妹子，你觉得逻州镇那位负责人会力保我们吗？毕竟临风庄园开办以来，我们按章纳税，促进就业，并且带动其他相关产业的发展，对逻州镇的经济建设来说，是有积极作用的，尤其是对一个区域经济发展和业态调整，所带来的样板作用不可忽视，逻州镇管理和发展的负责人不会不管吧。

哥啊，话说到这儿了，妹子就和你说句真心话，你一个人知道就行了，不要与我嫂子说，免得她伤心，毕竟临风庄园是嫂子一手办起来的。你知道逻州镇公安部门还有一些老百姓如何看待临风庄园吗？他们说，庄园有娱乐场所的性质，属于暴利行业，少不了藏污纳垢。起初冠冕堂皇，难免有所顾忌，蒙蔽一些老百姓，一旦时间长了，各样的花色都会有，势必成为危害社会安定的毒瘤，必须会给予重点打击的。

丽云，你不要吓我，我现在胆子可小了，临风庄园一直本分经营，真没有干过什么见不得人的事情。四水的声音有些发抖。

哥，我相信你说的话，可现在我相信是不管用的，逻州镇的老百姓会信吗？他们只信你们被抓进局子里去了，至于什么理由，谁去管，谁会在意？不和你说这些了，你回去后，赶紧和嫂子商量，趁着你们还自由，找个中间人，把这件事情理清，说透，避免引来官司。当然，重要的是你们得有狠心放弃临风庄园的决断，依嫂子的能力，从长计议，未尝不能东山再起。

四水闷头抽了会儿烟，说五土刚才我去了一趟银行，我们的账户已经被查封，看来是真的没有指望了。

五土正贴面膜。五土的手停顿了一会儿，随后缓缓把面膜揭了下来。我能够预想得到的。说着，五土的身子一下子软在沙发里。

四水把丽云说的相关情况和五土说了。四水说的时候，很是轻描淡写。四水回来的路上已经想好了，他要劝说五土抓紧时间把临风庄园盘出去。五土的眼泪便下来了，说起来这些应该全部怨我。我就不该让你参与到临风庄园中来的，你参与进来了，我就不该让你管事，你管点儿事吧，我就该整天盯着你，不让你擅自行动去找那个该杀的甄奇。说到底，这一切都应该由我一个人扛着的，那样就没有现在这些事情了。这难道就是命吗？

四水劝五土，我知道你经营临风庄园的辛苦，好在这辛苦一年下来，也赚了十来万块钱，差不多就行了。要知道眼下的时势，就算我不参与进来，也一样有找事的。临风庄园经营得那么火，谁见了心里都会不平衡，何况甄奇那短寿的早已经垂涎三尺哩。从这件事情上我算是看出来了，临风庄园太过招风，里面有太多东西，让人不知道该如何去驾驭。另外，我觉得劈甘蔗这东西不会长久，也许过些时候便会销声匿迹。它太浮躁了，太功利化了，成了年轻一族消遣的手段，而这种手段太不合当下社会的要求了，可以说是一种另类的赌场，让人把精力还有金钱消耗在这上面。说到底，大家一窝蜂全部聚拢过来，争强好胜的，让临风庄园来引导逻州镇消遣娱乐的方向，我觉得肯定长久不了，而且必然会被摒弃。我想，这个时候，我们及早抽身出来应该是明智的，不要忘记，一根甘蔗不都是甜的，它也有味同嚼蜡的梢头部位！凭你的经营理念和智慧，等这事过了，你再策划一个项目，我们好好经营，幸福的日子就在前方等着我们。

五土的心情低落，默默流了好一会儿泪。四水安慰着，我们现在自由了，五土你觉得没有，这自由是多么的好啊。我还没有向你说哩，我在里面被他们打了，我堂堂临风庄园总经理被这些连三流都算不上的人给打了，我这心啊，一下子把方向给丢了，我得借机把方向找回来，要不然今后的日子总会迷失的。

五土召集临风庄园里的人员开会，然后安排财务人员给大伙结账。大伙都不愿意拿钱，只是不停地问，老板，这做得好好的，为什么不做了啊！五土也不解释，只是说，以后还会需要大家的帮助，到那个时候，我再把大家召回来。

临风庄园空荡荡的。五土一个人安静地待着，然后慢慢在庄园里走着。这一走不要紧，却是一步一心酸，一步一心痛。想想世事无常，自己耗费了全部的心血打造经营这个庄园，到现在却不得不面对这样一个人去楼空的现实。这人活着到底是为了什么呢？

五土想大哭一场，不为别的，为着当初那条狗给自己的启示，为着人与动物间那份来自大自然的相融，以及被自己不经意地捕捉到了的机缘，由此才有今天这个临风庄园。想想当初四水给庄园取名的时候似乎已经意识到了一样，真是事事都有因果啊！

五土没哭出来。五土知道，现在不是哭的时候，而是赶紧增添储备。

按照五土的想法，四水不动声色地找人处理。

逻州镇一家饭馆里，甄奇说四水啊，听说你进去了？不错嘛，滋味如何？

四水闷头喝酒。甄奇笑笑，说这进去一回了，怎么就馋上酒了？这不是你的性格哩。

四水把一杯酒全部倒进嘴里，猛地站起来，手指着甄奇说，你信不信，凭我现在的实力，我在逻州镇外找人来要你身上哪个部件，便能够立马做到，你信不信？

甄奇仍然笑，说不错嘛，当了一回老板，口气就是不一样！听说你在卖临风庄园？那可是一块肥得滴油的肉啊，这样吧，我找个逻州镇外的人来搞个竞标，买下临风庄园，你是不是先透露一个底价给我？我们还是有合作空间和可能的。但这事要快，我可等不起。

四水闷头喝酒，觉得这酒有些凉。想让服务员加加热，可逻州镇没喝酒加热的规矩，也便作罢。才想起其实这会儿自己的心是凉的，就算把酒热了，也感受不到。

四水，说起来你与甘蔗有缘啊，我那帮弟兄也是恰巧碰上了，竟然找了这么一个称心如意的结婚礼物。这世界上的事，真的太神奇了，我原以为你会看那件礼物，然后把它供在临风庄园里，因为你的庄园是以甘蔗为营生的嘛。可你没有，你要是供起来，也便没有这回事了。因为供起来，说明你们两口子在意我们弟兄，把我们弟兄送的东西当回事，可你们没有这样做，这分明是不把我们弟兄当回事嘛。四水，你和五土要相信那截化石甘蔗是有灵气的，它会给你们带来好运。可你们却轻易放弃了！

四水沉默着，慢慢点了一支烟，把烟圈吐在空气里。

四水啊，四水，叫我怎么说你呢？你啊，生得一双好手，劈甘蔗劈得那么漂亮，让我一直没有脸面对弟兄们。当然，你还有五土，当初要是我赢了，她不就给我做老婆了吗？我当时的手咋那么臭啊，搞得到现在还一直想着她，一想到输给了你，便是把最美好的东西给输掉了，我这心里就憋得慌，就坐不住，就得使劲折腾，才觉得舒服一些。我这活着也难啊！人说眼前看的是什么，心里便照应什么。这话是说给我听的，我心里照见的是，她怎么就和你走在一起了呢？

四水沉默着，慢慢再点了一支烟，在空气里吐着烟圈。

四水你怎么就不说话呢？是懒得和我这样的人说话吗？你不说我不怪你，我知道你心里有话要说。我们之间的这些事，像做梦一样，你的临风庄园也就是梦中楼阁了，那可是我们青春时代的模样啊！

五土在一个大晴天去了甄奇住的独楼。

五土说，四水把你的话与我说了，我也细细想了，在逻州镇里你是场面人，今天我来就是把话和你说清楚，过去的事情就此过去。自此以后，我和四水与你是陌路人了，逻州镇里我们再也没有瓜葛了。

窗外邓丽君的《小城故事》柔美而甜蜜，甄奇朝窗外挥了挥手，想把音乐挥走，可音乐不理甄奇的心思，依然播放着。甄奇手指停了下来，深深地来了个呼吸，空气凝结了。

五土眼前奇怪地飘出来了劈甘蔗的影像。影像里，四水拿着劈刀，在一根直溜溜的甘蔗梢头上点着，奋力做着下劈的准备。甄奇在一旁大声地说，四水你倒是快啊。

四水不紧不慢地拿刀刃在甘蔗的梢头上点着，没有理会甄奇。五土在这个时候惊奇地发觉自己成了那根待劈的甘蔗了，四水有些颤抖的手扶住甘蔗，凝气准备下劈。

时间过了好一会儿，四水的动作重复，只是没有下刀。甄奇站在一旁大声吼着，说四水，你娘儿们了，你倒是快啊！

五土感受着冰凉的刀刃在身上停滞，禁不住抖动了一下。五土抖动的时候，冷冷地冲甄奇说，你给我找一根甘蔗来，我要吃。

甄奇麻利地到外屋拿了一根甘蔗给五土。五土顺手接了，刀呢？你去把刀子拿来。甄奇有些犹豫。五土拿手捉了甘蔗上的败叶，然后用力扯了下来。甄奇你没有听到吗？甄奇茫然应着，然后到厨房拿了刀递给五土。甄奇说，我来帮你削吧。

五土没有理会甄奇，左手拎起甘蔗来，右手手起刀落，就见一团水雾溅起，甘蔗便分成两截，屋里便弥漫着甘蔗的清香。五土深吸了口气，冲一旁呆站着的甄奇扬了扬刀，然后使劲扔在了地上。

五土出门的时候，顺嘴咬了口甘蔗，然后狠狠地把甘蔗渣吐在地上，一缕灰尘便在甄奇眼前散开。

甘蔗还真是甜啊，怎么平时就没有觉得呢？五土边走边嚼着甘蔗，才想起来有好些年没有吃甘蔗了，已经忘记了甘蔗的滋味。

四水坐在自家门前的水泥台阶上，太阳光慢慢地照了过来，照在他的左腿上。他拿手使劲拍了拍，说，都是你做的好事啊，要是当初软一些，便不会有这些事了。这事也难为你了，跟着一起受罪。只是啊，从今以后可以站稳了，站直了。说着，眼角流淌出一行泪来。

此期间，吴刚正紧张地进行着考军校的各项准备。在考试结束之后的一个休息日，他约了五土，在逻州文化站阅览室见面。

第七章

世间最动听的声音，莫过于胸中沁润而出的水流声。

吴刚和五土两人的话语都不多，相见时，都只颔首微笑，礼节有加。慢慢地，俩人有关生存观点、认知及抵达路径等，随着相通的地方越来越多，便不约而同地闪烁出欣喜的光芒，久违的相知情愫悄然绽放，并在各自生活里欢快地游弋。

四水的粗糙，局限在日常生活里越发显现，越发令五土心力交瘁。在疲惫应对生存的各项争斗之时，还得拿出一份精力，来应付家里的各项琐事。许多时候，五土知道在当前这样的生存环境里，日子其实就是这般过着，但又隐隐觉得，自己这般地选择和拼斗，生活不应该这样对待她，让她始终感觉乏力，陷入无尽的失望之中。

阅览室里，吴刚和五土心照不宣，分外小心，不让好不容易氤氲出来的相依气息冲淡。他们默契地在各自的责任和时光里，挤出些温热和激情来发酵，给了无生趣的日子提供所需的养料，好新奇而激奋地呼吸，激起生命里的精神原貌。

生活无法进行预演，往日一些时光也不可能重现。他们俩都珍视这份相知，这份相遇，勾兑乏味的生活，精彩地任由生命清爽地呼吸。对各自的过往，始终不去触及。尽管五土比吴刚大了将近六岁，但依然无法阻挡这份感觉。俩人互相关心，尽情享受相见恨晚的愉悦和契合，不断给灵魂里注入香气。

五土和吴刚精心营造的氛围、约定不为外人知道的空间“倏”的一声，在这阅览室里破开了一道口子。当吴刚站在五土面前，不知道是没料到，还是压根儿没想到，五土硬生生地不动，一阵眩晕的感觉轰然降临。

你好。五土将几根飘动着的头发往耳后捋了捋，轻轻吐出的字苍白细微。五土话语里的苍白和失落，在吴刚脑海里纷飞。

俩人其实是高度紧张的，旁边有人走过，或者有说话的人员，凡动静和话语，都能够很清晰地进入他们的感触里。

五土轻轻凝神，鼻息小小深吸，然后缓缓吐出一口气，窗外蓝蓝的天上有白云掠过，映照在她的心头。莫名地，她的心抖动了一下，胸前一紧，就有涓涓细流的声响，穿透出来，欢快地舞动。

五土有信心吴刚能够应对从容，但在自己的地盘里，她还是一脸的紧张，不得不拼命握紧拳头，并下意识夹紧大腿，绷紧全身。

俩人一晃认识三个年头了，依然由心欣赏彼此，相互宽心慰藉。许多时候，俩人一句话语，一个动作，甚至一个眼神，就能清楚地知道对方的想法，清晰无比，如一泓清泉徐徐流过，清洗他们的心灵。

这样的一种相惜，自然令人神往。哪个女人能躲得开这样的感觉？许多时候，五土兴奋得暗自流泪。多年委屈的生活，多年未能指望的未来，让她不去奢求什么。当这些重新以贴心的模样来临，她忽然觉得相知的滋味盈满心间，世间的一切都柔和起来，可以轻快地吹着口琴，并任由琴音谱出爱的旋律，将生命歌唱！

许多时候，五土甚至会想，觉得世界在吴刚出现之前，还没有认真地对她敞开，如一枚光滑待雕刻的原石。

没有敞开。敞开是要有呼应的。多年来，五土没有感受到这样的滋味，反倒自身的气息也渐渐在日子里消融淡化。至于为谁敞开，敞开到什么程度？她没搞明白，也没时间和心情搞明白。到目前为止，她顶多只算得上是一个人勉强活着，还没成为一个有思想，或说有灵魂的人，根本做不到从容而有质量地发现并感知生活。

吴刚望着五土。五土的脸上升腾起一团潮红，到这个时候，她不再否认，扪心自问，她和吴刚就是灵魂上的知己，怎么定义都不为过。有了这心灵的接纳，让她欣喜地来坚守，好好丰富和发现自己，充实和美好灵魂，继而给灵魂的另一半带去宽慰和温暖。

五土轻轻地咳嗽了一下，很快，吴刚的目光就递了过来，是一缕担忧。五土轻轻一笑，微摆了摆头，示意没事，世间一切安好！

吴刚拿衣服去擦五土额头上的汗。五土也随着吴刚的动作把头倾斜着。只是下意识地，五土跳了起来，虽然是小小的动作，但还是从吴刚伸手可及的范围里挣脱开了。

吴刚轻轻走近五土，抬了抬双手，目光柔和地望向五土。

我想抱抱你。

五土轻轻地颤抖了。她明显感受到了吴刚的目光，以及目光里灼热的气息。同时，吴刚不仅感受到了，还看到了，那颤抖有些用力，全身禁不住组合成一件人形艺术品。他愿意看这样的艺术品，能够从中引申出无穷尽的灵感，供生命滋养。

五土半天回不过神来，身体僵硬，连呼吸都不顺畅了。此时，吴刚有了动作，只见他伸开双臂，一把将五土抱住。五土身体腾空，急速进入吴刚的怀抱。

这是他们的第一次拥抱！

五土的脸一红，红得透心亮堂。

好半天，空气凝结，气息凝固。吴刚朝五土望了过去。吴刚一直望着五土的眼。这样的眼，融入了眼前的全部气息，眼前的整个世界。

来吧，让我们一起来吧。

这之后，逻州镇一直没有停止过视觉更新，没过多久，街头上便出现了少男少女边走边啃甘蔗的场景。甘蔗还是甜啊，还是有着特别滋味的。只是逻州镇的街市上，再也没有看见劈甘蔗的人群了。

真是可惜！短短一段岁月，匆匆发生了一些事，又匆匆地消失了，让人想念着的，让人向往的该会是有一些的，然后慢慢融入生命中。

好在这个时代便是如此，在不断更新之中慢慢地把一些过去的东西拿出来翻晒，在日光和星光的扫描下，慢慢地消逝，然后等待下一轮的更新，逻州镇的故事也便会接着往下发生。

间章一

车厢里的人不多，吴刚对号找到位置，先安排陶立坐好，将水杯、食品等放到小桌板上，然后坐了下来。

7点51分的时候，火车准时从滨城出发，慢慢过海河，朝西站奔去。这个时候，吴刚轻轻碰了碰陶立，然后给老家的母亲打电话。电话刚响了一下，母亲的声音就在耳畔响起。

吴刚有两年多没回老家了，平时和母亲用视频或电话的方式联系着。儿行千里的路上，这个时间段到了哪儿，下个时间段到了哪儿，母亲都能准确地说出方位坐标。

在母亲的坐标系里，吴刚感觉到了行程的凝重。此时，和陶立一起，随列车移动，开始回乡的旅程，送陶立回故里，入土为安。

火车慢慢走着，沿路的建筑大多是熟悉的，毕竟在这座城市生活了二十多年，灵与肉都融入了进去。吴刚想着，陶立也应该是这样的。那个年代，陶立从老家山村里出来，非常想也愿意在外面好好干，然后生存下来，融入进来，尤其是像滨城这样的城市。而相对吴刚来说，这样的念头就要淡一些了，毕竟改革开放已经多年，提供了众多的机遇，选择的机会也多。因此，这两座城市都是他奋斗过的地方，奉献过青春的地方，有着共同的情怀。

车厢里坐了不少的人，吴刚用胳膊肘碰了碰陶立，说："坐好了，列车员查票了。"列车员查票的速度很快，比这更快的是查票员口里的吆喝声，声音非常职业："将票拿出来。"三声高亢的通知过后，查票员的身影出现。查票员的右手握着一枚开车厢门的银色钥匙，钥匙犹如公鸡啄食一般，迅速在大家出示的车票上点一下，动作规范而有力。还没等大家反应过来，查票员已经结束了动作，直奔下一排座位而去。

趁大家都在各自的位置上坐着，走道上没有人，吴刚起身到茶水间打水泡茶。盛满水果、食品、饮料的手推车推了过来，售货员基本不再叫喊。

第八章

伴随车轮碾过铁轨的声音，时光透过清明，气息缓缓浮动，夹带一缕七彩色泽，好些年前的事，就在眼前铺陈，花儿一般开放，不带一丝停滞。

那时，吴刚刚满17周岁，青春灿烂鲜活，没有经历风雨，当然也不曾见过彩虹。稚嫩的气息吹拂得清明前夕的日子叮咚响，在鼓胀的梦想里一直流淌着，不经意间，径直溅湿了邻家大叔的烟卷。

邻家大叔陶元坐在晨光里，看一缕青烟缓缓升腾，烟丝安静地燃烧着，“嗞嗞”的声线旋转过来，勾动着他的心跳。每年清明前夕，他都要去本省西部山区收购一批明前茶回来，好让小城飘满春茶的清香。今年他想找个人做伴，青涩的吴刚就进入了视线。

清明前的气候温润，处处春的生机潮涌。吴刚在升腾的晨光里亮相，着实让家人期待。这一去得好几天，他想收拾收拾，却发现没有什么可以带的。沉默了一会儿，轻声感叹，青春就是这个样子啊。

邻家大叔带着吴刚，先坐短途客车到省城，之后在长途车站旁的旅馆住上一晚，转天天不亮，长途汽车就摇摇晃晃出城，沿着国道一路西行。吴刚没什么兴趣爱好，但知天高地阔，就偶尔在地图上行走世界。从省城到目的地，他早就拿手比画过，一大拃长的距离，慢慢在一路风景里稀释，那散去的景致让人意犹未尽，化作满眼的新奇。

这是吴刚第一次出远门，也是他第一次长时间坐车，感知到目的地的一切都在前面等待，生命一下就有了张力，等待着他去丈量。

客车奔跑着，穿村过镇，天快黑时，到了目的地所在的县城。看着缓慢亲近的西部山区，吴刚抑制着心头的亢奋，觉得自己像一朵荒郊野外的云，洁白无瑕地横冲直撞，带着天空的气息，无拘无束就进入了群山的怀抱。这该是青春的滋味吧。夜宿旅馆的时候，他的心中竟是一直如踩在云朵里的感觉。

邻家大叔嘴上叼着的烟卷以嘴唇为桥，从左边轻松滑到右边，然后从右边滑到左边，全程没有声音，却动感十足。

接过邻家大叔递过来的一小杯白酒，吴刚的手抖动得很分明。吴刚还没正式喝过酒，面对这透明的液体，心里正在紧急论证，不知道身体能否接受，场面一时间有些僵住。邻家大叔一声笑，意味深长的，连同这夜陌生徐徐拂面的风。

夜深人静，邻家大叔呼噜声一阵接一阵，使得异乡多了分吵闹以及莫名的烦躁。吴刚无法入睡，昨晚就已经有了感受。

昨晚在省城旅馆睡觉前，邻家大叔说你踏实睡你的，不用管我。起初，吴刚还真想睡，可一想不对。邻家大叔喊他一起去，做个伴。这话说得非常明确，他是给邻家大叔做伴的，说得再直白点，是保障邻家大叔平安的。既然是做伴，怎么能睡觉呢？

省城的夜晚，吴刚给邻家大叔做伴，不去管城市的喧嚣，更没想着感受城市的声息，只在邻家大叔悦耳的呼噜声中，与困顿交战，直到后半夜来临。显然，正青春的吴刚“熬”功不足，等第二天早晨醒来的时候，看到邻家大叔坐在床上抽烟，一缕不安就此在心里扎了根。

凡睡觉的地方就有呼噜声，这番景致倒很哲学。吴刚不习惯这样的景致，可这些是人生中的境遇，回避不掉，也无法消除，唯一能做、要做的，就是适应，让思绪里的感观，和这样的音频同步。

听着邻家大叔的呼噜声，想着自己的人生，显然不能对等，也无法对等。好比被一枚旧钉子扎了脚底板，不仅当时会感觉到疼痛，后续消炎、包扎、收口、恢复等许多事项都会伴随而生，并在往后的日子里蔓延。最终，这蔓延定格成一句话：一起去，做个伴。邻家大叔的话，虽然没作具体解释，可任谁一听，就知道背后有深意，加上昨晚的“失态”，吴刚真的有些自责，今天无论如何得坚守好阵地。

邻家大叔的呼噜打得吴刚生无可恋。吴刚索性坐起，打开电视随意看着。这一夜，异乡的夜，显得格外地长，和漫漫长夜续接在一起，无边无际，细细地都能拧出汁液来，浇灌在吴刚的心中。

夜深，人困。吴刚硬撑着不入睡，无奈眼皮实在沉重，根本不受控制。待他猛然间惊醒，背后已有汗水急速流出。怎么可以这样呢？邻家大叔带你出来，就是想着你保持清醒，及时处置相关事项，这是做人的规矩，也是基本的礼数。要不人家带你出来做什么？

一定得坚守住！吴刚起身，在房间里稍稍挪动。他没有放开脚步走，担心惊醒了邻家大叔。他得保持绝对的清醒，为邻家大叔站岗放哨。青春就是这样的状态，没有什么色彩，也不需要色彩。在这异乡的第一个夜里，他要做的事，就是熬着，坚守一个睡着了的人，保护好对方的安全，其他的都无关紧要。

转天一早，晨曦知心知趣地泼了过来，泼到吴刚疲惫的脸上。世间是平和的，过去的，都不再回来。一辆客车慢慢沿着乡村道路，进入大山的腹地。吴刚头倚在车窗玻璃上，看着满山的青翠，昏昏欲睡的感觉始终伴随，让人根本没有好好欣赏的欲望。山很深，车跑了大半个上午才停了下来。吴刚跳下车，发现腿脚是软的，强烈的呕吐感如影随形。邻家大叔在前面走着，他强打起精神，在后面紧紧跟随，以便发生情况时，好第一时间处置。

邻家大叔显然熟悉此处，车一停，便顺着一条山道，脚步轻快地一路朝山里的一座茶园进军，以至于在后面紧跟，一直处于迟钝状态的吴刚，竟然有些腾云的感觉。茶园清甜的气息涌来，深吸一口，呛得他青春的嗓子好一会儿无语。

吴刚没怎么接触过山，这里的山虽然不高，但有群山的相聚，深入其间，一下子有了渺小的感觉。渺小的是人。吴刚提了提气，决定到邻家大叔的前面，当好开路先锋。这是他的职责，更是他此行的使命。他已经失了一次手了，不能再有问题发生。

吴刚在山道上奔走，他要蹚出一条道，以便邻家大叔行走。尽管这个时候他的脑袋还晕乎乎的，但并不妨碍他不断吸收从脑海里激发而出的热情。他侧着身子，将被各种藤草占领了的小道掀开，好现出道路来。这样的活儿，他小时候就干过，如果有镰刀等工具，他能更加潇洒地面对。

邻家大叔背着手，不时和紧跟着的茶农说着话，俨然带着一种派头。吴刚分明觉得是自己的经营成果，正在这大山里显现。要不是随后一根树桩扎入脚底，他还就带着这胜利的旗帜傲视群山了。

行走山路，吴刚还是很小心的，哪怕这个时候他意气风发，他也还没到盲目地一意孤行状态。事后，细细想来，还是与昨晚没有睡觉有关，或者说与这大山醉氧有关。随着慢慢上到山中，他开始感觉到吃力了。这个感觉并不好，但没办法，山路有些泥泞，想来是雨水的原因，吴刚用一根粗枝条，将路上覆盖着的刺藤给挑出。这一段刺藤较多，在一番用力后，小路开阔了。

吴刚示意邻家大叔过去，他则站在下方，保持着防护动作。这一路看上去都很正常，不想吴刚忽然感觉脚下一软，“噗呲”

的声响传来，他下意识地想着要坏事。果然，一根早已割过的蔷薇藤正朝天礼拜，而还有旺盛生命力的蔷薇藤很尖锐地穿透吴刚穿的胶鞋，直接进入脚底板里。要不是吴刚年轻，浑身充满活力，甚至临危时本能的弹跳反应，那裸露着的尖锐，可就会让世界哑然失笑了。

吴刚极不情愿地中招了。在那声轻响传出之后，他的脚没往下继续踩，但还是在一缕刺痛的感觉袭来后，飞身朝地面扑倒而去，以缓冲身体本能反应而带来的力道。邻家大叔一把将吴刚拉了起来，确切地说，吴刚是以肚子为支点，在邻家大叔右脚尖向上无可限量的力气作用下，身体迅速反弹起来，然后稳稳地站立，尽管这样，他的脸上还是沾了不少雨水和泥，左脸颊出现一处伤口，正缓缓地渗着血，整座大山也因此而变得狼狈起来。

邻家大叔在林子里转了会儿，手里多了好几片构树叶子，一番搓揉后，就有一枚浮泛着绿色黏液的卵形青团细密闪现。吴刚伸手接了，然后紧紧地捂在左脸颊的伤口上。

一场风波到山顶后便消除了。茶农招待洗手、喝茶，邻家大叔兴头正浓，就今年的雨水、雾气、芽苞、叶片等与之交流着，吴刚在一旁云里雾里。别看端正地坐着，此时，他根本就没心情品茶，更没心情倾听，只想着能睡上一觉，好好补补这场醉青春的青涩滋味。当然，除了脸颊的伤口隐隐作痛，脚底板的疼也不时传来，显然，那儿也出现了伤口，但这样的局面不能袒露，那属于青春的磨砺，需要掩藏。

山里的空气新鲜，在丰茂肥美的茶树掩映下，真的可滴出绿绿的水来，伸手便可触摸。那些阳光正在上面舞蹈的芽尖尖，在能触摸得到的生机活力里，扑面而来，折腾得吴刚手脚发麻，既想着逃离，又挪不开脚步。虽然同在一个省，可他分明觉得这里才像故乡，这里的气息和色泽，和梦中的色调无缝对接。吴刚一时搞不清楚，只是想着怕是青春都是这样的色彩，之所以选择了关闭新奇，不愿意张开双臂，是得紧握拳头，保持清醒，和伴随青春一路的成长抗争。

接下来几天时间里，吴刚由邻家大叔带着，走遍了好几个山头，在一片又一片的茶园里，和茶农们交流，安排茶农趁春光，趁节令，抓紧采摘，抓紧炒制，然后全部装袋。吴刚早已经从“沉醉”中清醒过来，青春的活力在群山里涌动。他的视线在山林间奔涌，和嫩绿的茶芽捉迷藏。这样的迷藏，分量十足，连同茶农的世界。

天不亮，茶农就起来了，背了背篓到后村的山上，踩着露水采茶。晨光从手指上的褶皱里穿过，岁月的余温在上面升腾，伴随着翠绿绿的茶叶片儿跳跃，一起成为清晨呈现给大地的一抹最温馨的景致。

太阳斜斜照过来，落到茶农家的土坯屋里，茶农们在不断升腾热雾的灶台上忙着，翻炒绿汪汪的茶芽，额前的汗水被晃悠悠滴落，汗滴里透明的是大山的影子。妇女们则坐在阳光下，闻着明前茶散出的香气，在蓝色布衫上绣红山茶花。那已经绣成了的两朵红山茶花开得旺旺的，随意摊开，金黄花蕊上，正停落着几只振翅的蝴蝶。

呼吸着山里的空气，以及氤氲在空气里的茶香，在满眼浓浓的绿以及厚厚的生机面前，吴刚发现呼吸有些顾不过来，内心里的热望也随之徐徐升腾，携带着身体，竟是有些飘飘然了。有这样的感受，想来是亲近自然的缘故，并没有什么稀奇。不管怎么说，就算他不这样，那些属于山里的气息，也会无穷尽地往他的鼻息里钻，无须用心，也不需要犹豫，轻巧地将这些拥有在怀。

这样的感觉一直在吴刚眼前涌动，他分明意识到，属于他的青春，在这山里平静地觉醒。

茶农们抓紧采摘，抓紧炒制，一直与时间赛跑。吴刚忽然想着，这一辈子与茶的关联就此建立，这样的气息，这样的影像，在他的身体里、思维里生了根，往后的岁月里，只会越发地旺盛。

几天后，八箱明前茶封装好，然后由茶农的车送到县里，再由县里坐长途车，直奔省城。茶叶扛到长途车里后，从后座开始，慢慢塞到车座椅下面。茶随人行，人随车走，慢慢地，长途车迎着晨光，朝省城而去。几天在外的日子，视角连同神经被新鲜占驻，加上使命在身，吴刚并没有怎么放松。当感受着车慢慢朝家的方向行驶时，吴刚心里多少有些惆怅，觉得生命似乎又要进入最初的状态了。

邻家大叔话不多，或者说和吴刚的话不多，一路沉默，偶尔对视时，只是微微一笑，赶紧将目光挪向他处，各自宽心面对。目光所及的地方很多，幸好如此，让青春成长阶段的一些不想面对、不愿面对、不能面对的东西，都轻巧回避掉，进入宽心状态。

客车行进在江汉平原大地上，清明时节，秧苗正集中在培育的田头，新田已经犁熟，平整的田里，一片片白云缓缓落下，就等插上绿绿的秧苗，洒上一片绿油油的生机。一只又一只的鸟追逐着车飞翔着，洒下一地的播谷声，有些落在水牛背上，有些则泼向灰黑的屋顶，把这一路行程整成一幅速成的水墨画。

时间已到了正午，经过半天的行程，车内的乘客大都昏昏欲睡，要不是车载收音机里正放着“吉祥鸟”节目，吴刚也有可能睡着了。毕竟这个时候的邻家大叔以及茶叶都是安全的，用不着他来照看。收音机里，主持人正在为一对年轻的新人送上新婚祝福，当《特别的爱给特别的你》旋律响起，伍思凯的嗓音在车内弥漫的时候，吴刚浑身震动，不由自主地随音乐的旋律哼着，并且欲罢不能。

车慢慢停了下来，路两旁是泛着青的稻田，两个歪戴着鸭舌帽的小青年不知从哪儿钻了出来，径直就上了车。司机关门的时刻，俩人手里都多了把刀，车里一下子安静下来，连同车外的天空。俩人的年纪虽和吴刚差不多，但出手的动作很快，那动作随着刀子直接就顶在乘客的脖子上，另一人的手则麻利地在乘客口袋里搜着。

吴刚睁大着的双眼用力盯着，仿佛要把那安静、那运作照亮点，好看清楚些。吴刚听到自己的胸膛剧烈地敲了起来，咚咚的声响越过车身，朝稻田匍匐过去，径直向大地，向那个午后飞腾过去。

俩人一路扫荡，慢慢地朝车尾处进发，危险连同令人窒息的气息，在客车里弥漫，扑腾得吴刚的周身都是。

邻家大叔正在打瞌睡，吴刚侧眼望了望大叔，身子不由得右倾着，好将邻家大叔整个身子给挡在视线之外。这样的举动，并不能够保持身体的平衡，尤其是他有了起脚的动作之后，整个人的重心便向前移，越发地不受控制。

那俩人过来，距离吴刚不到一米的距离。吴刚猛地站了起来，身子急急地向前冲了过去，可是，情况有变。空气仿佛静止了一般，他的身子在向前奔腾过程中，突然一下子卡顿了，以至于他的上半身还在往前冲的惯性下，脚已经轻巧地弹了起来，从而保持整个身体的平衡。而中间地带，确切地说，是腰带的地方，那儿一只手正用着力，然后“砰”的一下，吴刚回到了座位上。

邻家大叔醒了。就在吴刚冲上前去的瞬间，他出手了。他伸出的手紧紧地抓住吴刚的腰带，借助吴刚向前冲的力道，轻巧地将其提了起来，然后一个回拉，吴刚就重新回到座位上了。而就在同时，那俩人恰好侧过身去，正拿刀指着司机，大声喊着停车开门。

“哐”的一声，车后门开了，车还没停稳，那俩小青年已麻溜地下车，转眼就没了踪影。与此同时，吴刚也重重地坐回到座位上。

车继续一路东行，车厢里充满了骂声，连同抱怨的声音，一直到省城，都没有消除。车到省城的时候，天已经黑了下来。邻家大叔拉吴刚到车站门前的小馆吃饭，还给吴刚来了杯酒。吴刚没喝，只是吃着菜，想着车里的场景，心一个劲地跳个不停。

邻家大叔和从省城到老家的长途客车司机熟悉，提前和司机说了，将茶叶搬到车上，并且放在座椅底下。等茶叶都安顿好了，邻家大叔对吴刚说，今晚早些在旅馆里睡觉，明天就可以回家了。

吴刚没有去旅馆里，而是对邻家大叔说在车里就好，守着那些茶叶，心里踏实。邻家大叔说不用的，车门会锁上，没人会惦记。

没人惦记，但吴刚会。他想着这些茶叶可真不容易，也真不错，经历了这么多，没有走味。他低下身子，靠近纸箱，轻轻嗅着，好让茶叶的味道徐徐升腾起来，让自己的心慢慢平静下来。

看好这些茶叶，是吴刚最大的责任，此次远行，他的责任和任务就是保护好这些。青春面前，没有什么成本需要去计较。

那晚，吴刚在车后座上或坐或躺，不时看看省城的灯光，在一路追随流动的光晕里，感受省城的气息，伴随身子底下的明前茶味道，久久没有睡去。他想着，和这些明前茶来一次关于保护的交流，就非常有意义，比什么都值得。吴刚躺在座椅上，缓缓进入梦乡。等他猛地惊醒过来的时候，一缕涎水正幸福地绵延而下，在微弱的灯光里，闪过一缕纯白，一直久久地蔓延到这个世界。

日子不是标记过往的符号，而是一个又一个晶莹的岁月。随后的那年底，吴刚一身军装到了滨城，开启了在七仙山区的生活序幕。

第九章

滨城七仙山区南郊山脚下一处小区，吴刚的视线缓缓回转，落到一栋精致的楼门面前。

陶加理好衣服，回头望了望那纸和秀兰离婚的协议书，默默叹了口气，出门的脚步就有些释然。释然的脚步轻快，完全没有预料到陶立的天空因此而坍塌了。

陶立把窝在沙发里的身子挺了挺，拿眼看了看茶几，看了看茶几上的协议书，然后重新窝在沙发里。

好一会儿，陶立起身，推开屋门，准备到小区里活动活动，可迟疑了半天，还是把伸出院门的脚收住，才想起是那纸协议书，确切地说，是那纸离婚协议书把他的脚给牵引了回来。

陶加凌晨出门时很安静，不像平时口里都要骂上一句，脚下要踹点什么东西。不过细说起来，这个凌晨陶加要是和平时一样，他倒会觉得舒坦一些，至少会在清晨6点的时候，隆重地穿上解放鞋，然后出门到小区的小花园里，拖着稍微有些跛的左腿，把筋骨活动活动。可是，今天他没有出去活动。那纸协议书把他保持了多年的生活节奏给打乱了。

好在陶加走时包括走之前，没有把要和秀兰离婚的话说出来，这便让陶立觉得陶加还算懂事，知道让自己的老娘一大早可以安心地出门买菜。至于他，早已不轻易动气了。唉，不动气是不动气，可这好一会儿他都没法把呼吸调整均匀。

老伴儿孙桂花提着菜篮进屋，见陶立还坐着，便问，是不是一会儿有事？陶立没说话，只慢慢起身，然后泡了壶龙井茶。

孙桂花择菜的时候，陶立喝了口龙井，然后再喝一口。喝了三口后，陶立说，桂花啊，我们的好日子到头了。陶立已经好些年没有喊老伴儿桂花的名字了。陶立喊桂花的时候，孙桂花的腿就打了个哆嗦，手里拿的菜也掉在了地上。

陶立就笑，说老伴儿啊，这可不像你该有的动作，我目前负责滨城最大的食品厂，耳濡目染，你的镇定和气度都该是修炼到家的。

孙桂花弯腰捡起竹叶菜，眼睛盯着陶立。

陶立说，我们俩辛苦养的儿子要离婚了。

陶立说的时候，弯腰拿手理了理裤角。涤棉材质裤子洗得已有些泛白，折叠线已不那么清晰。陶立没事总喜欢弯下身子拿手理理，用力蹬直了，好显得棱角分明一些。

孙桂花坐了下来，眼睛一直没离开陶立。

陶立说老伴儿你看我干什么？是不是看我老了，说话直接了？我也想着迂回一下的，把话说得动听一些，可他×的迂回有什么用？

孙桂花示意陶立安静，说你是领导，要注意语言，更别动气，该怎么办就怎么办吧，你得好好活着，我还要跟你过好日子哩。

两人就没有说话，一起坐着喝茶。快中午时，陶立说话了。陶立说老伴儿你打个电话，把吴刚喊过来，我想和他喝点儿。

孙桂花把菜端上桌的时候，陶立问吴刚什么时候来？

孙桂花说，我打电话问吴刚了，他一大早就去邻城参加环首都城市群生态主题书画展览活动了。

陶立“哦”了一声，就不再说话。孙桂花给陶立倒了一杯酒，陶立端起来一饮而尽。孙桂花的手便打过来，说陶立同志，你可不能出问题，你想让我累死啊。这么多年，仅照顾你这曾受伤的左腿，就耗费了我大量的青春和精力。

陶立便冲孙桂花笑。笑里满是苦涩，苦涩随一大滴眼泪“啪”地就下来了。老伴儿啊，你再给我倒一杯，我和老领导喝一杯。

陶立的老领导王光明从来没有在屋里出现过，只要陶立的话语里有了老领导的字眼，老领导便在屋里头的话语里出现。陶立默默地喊了声老领导，然后把酒洒在地上。老领导啊，我对不住你啊，我没把儿子陶加管教好，我无能啊。

孙桂花不作声，默默从书房里拿出一个红檀木盒子来。盒子里是一杆秤。秤是一杆老秤，秤杆和秤盘是和田的羊脂玉，秤砣是一块赤金，拴着秤盘的是丝绸，其间裹着金丝。秤的做工精致自是不说，在历经百年光阴后，依然光彩熠熠。

秤是用来称名贵药材的。陶立拿手轻轻抚摩，边抚摩边想，当年不知道有多少名贵药材从秤盘中溜过，而现在却没有了。因此，这杆秤该是受委屈的，该是没灵魂了的。受委屈也罢，没灵魂也罢，倒都还能以秤的形象存在着，哪像此时的他，不知道心放哪儿了。

陶立对孙桂花说，桂花啊，你说老领导把这么贵重的东西交给我，有什么意图呢？

孙桂花不作声，把秤轻轻放回木盒里。放的时候，就有飞机的轰鸣声在头顶上响起。陶立站起来，望了望天，下意识地说，陶加你个浑小子，不能就这么飞走啊。

孙桂花把外套递给陶立，说既然有心想着要走，你拦也是拦不住的。别想那么多了，赶紧到厂里看看吧。

站在镜子前，陶立拿手把散落在额前的头发往后捋了捋，就有几根白发在其间跳动。出门的时候，他使劲把腰板挺了挺，回头对老伴儿说，看我这身板还行吧。

陶立坐车到了滨城食品厂，批阅了几份文件后，党办刘主任敲门进来。陶立示意刘主任坐。刘主任说陶厂长，有几件事向您报告。

陶立把笔记本拿出来，一边听刘主任说一边记着。滨城市场监管委、国资委发来文件，食品厂改制事项进入实质性操作阶段，同时，引进丹麦烘焙技术，进行产品技术革新事项也已经由生产部和研发部拿出了具体方案，这些，都需要您确定，并召开党委会议，以确保和全城同步，和发展同步。

这些情况，陶立是主导者，之前反复论证磋商过，用不着他此时多动脑筋。因此，陶立听着听着就有些走神，陶加就如一只咬秋[①]的蝉，在他的脑海里折腾开了。

陶立闭了闭眼，强行把陶加从脑海里赶走，对刘主任说，有关食品厂改制和技术革新等方面的事，我提议下周三召开会议，早些议定，早些实施，坚决贯彻落实好上级的决策部署，对了，记得邀请那两个单位的负责同志出席并指导我们的会议，宣传部门做好报道，确保全厂的职工都知晓，支持配合我们的决议。

晚上，陶立看完《新闻联播》后便关了电视。孙桂花在一旁打着小盹儿。陶立拿手推了推孙桂花，孙桂花猛地一下惊醒过来，对陶立说，把那杆秤给秀兰吧，我们不要了。

陶立坐直了身子，拿手贴了贴孙桂花的头，不烧啊，怎么说起胡话呢？孙桂花把身子也坐直了，说你看我这脑筋，出了问题哩。刚刚秀兰悄悄地对我说，她很喜欢这杆秤，她想拿去把玩把玩，然后踏踏实实和陶加一块过日子。她说得可真了，我都被她打动了。但她哪知这杆秤的意义啊！不给，这杆秤谁都不给，我们自己留着。当年要是没这杆秤，我说不定就嫁给别人了。现在想想，要是嫁给别人肯定比嫁给你日子过得好，我开始烦这杆秤了。

老伴儿啊，说起当年的事情来，我记忆犹新哩。你不知道

---

①这里咬秋指时逢立秋，将其咬住，寓指炎炎夏日。

吧，老领导还没送我这杆秤的时候，我就喜欢上你了。你还记得你以前工作的外贸局门前的那棵歪脖子枣树吗？那天你从你们外贸局出来，你伸出你修长的手摘枣树的叶子，那动作一直牵着我的心哩。

孙桂花朝陶立笑。那会儿怕是我一身粉红的衣裳吸引你吧。要知道那会儿我的这身衣裳被你的眼睛给看脏了，我得赶紧摘几片枣树叶子来，回家好当肥皂洗这身衣裳哩。

嗯，当年吧，要不是那棵歪脖子枣树让你伸出你纤细的手，要不是这棵歪脖子枣树有当肥皂的功效，我还就不能够确定你、欣赏你的。真得好好谢谢那棵歪脖子枣树！

孙桂花就笑，说你就贫吧，我没工夫跟你贫，我得把儿子儿媳的相片拿出来看看，我再好好地看看他们俩，到底有没有夫妻相，怎么结婚不到一年就过不到一块去了？怎么就不能学学我们，耐心地就把几十年光景一起过来了？

陶立叹息了一声，说老伴儿啊，现如今的年轻人，要是能够听话就不叫年轻人了，要是能够自己把一切事情处理好也不叫年轻人，要是能够减少一些意气用事那也不叫年轻人。

从陶加上小学时开始，我便用心来抓他的学习。想着他是不能输给我的，得上大学，而且得上名牌大学。我没上过大学，便指着他满足我这个小小的心愿，我这样的要求该不过分吧。说起来我是给他压力了，我不给行吗？现代社会竞争是那么残酷，我再不好好管教，我的愿望如何能够实现？这是我的心思，我想他也会理解的。哪承想打小开始，他就跟我的想法拧着来。就说一件事，小区里和他同辈的孩子那么多，可他偏偏只和外面的孩子玩。他怎么就不明白，和小区里的孩子一起玩，他是有绝对心理优势的，这样的生长环境绝对能让他“尊贵”。可他没这样做，我就是想不通，他怎么就没有我那股闯劲呢？没有闯劲，我不指望，也没让他走我这条路，任由他发展。我私下里托关系，找门子，给他铺好路，可你看看，发展成什么样？跑到一家外贸公司给人家打工。我这心，凉得很啊！现在更好了，给我整出这档子事来。这是小事吗？不小啊，我的脸往哪儿搁啊，我怎么面对全厂一千来口子啊？想起这些，我胸口就疼。

孙桂花起身到卧室里拿儿子儿媳的相片。陶立有些生气，你就不能让我把憋在心里的话说完啊。我知道说这些什么用也不管，可我就是想说说，我不和你说，我找谁说去啊？

孙桂花说我听着哩，你说你的，我好好瞧瞧。

转天下午，吴刚推开陶立家的院门，然后走了进去。一缕冷清的味道沿着他的脚背，蔓延到他的全身。吴刚心里咯噔一凉，觉得要发生的事肯定已经发生了。

孙桂花正在厨房里择菜，便安排小吴坐，说好长时间你都没来家里坐了，是不是发生了什么事？各项情况都还好吧。

吴刚蹲在孙桂花身旁帮忙择菜。吴刚说是有好长时间没来家里了，自己穿着军装，得尽可能少来一些，免得旁人看到了讲闲话，这样对陶厂长不好，有损他在滨城的威信。

孙桂花浅浅一笑，说难得你这孩子心细。你陶厂长吧，我晓得厂里有些人恨不得他赶紧挪地，想着法给他找事，时不时地找上头主管单位和部门打个小报告，整点小动作。如今小人多啊，我们还真得提防！一会儿你就在这里吃吧，你也好长时间没尝阿姨做的菜了。

吴刚应着，在孙桂花忙碌的身影里想起第一次进到陶立家时的场景。去年国庆节滨城工业题材美术展上，他的两幅反映新时代技术创新和员工风采的油画作品入选，并且引来众多关注。当时，滨城众多国企老总也应邀参观，陶立随人流走着，并没用心去看作品。毕竟对他来说，还没有那份欣赏的心思和情感的对接。偏偏正这样想的时候，一幅画深深勾起了他的兴致，他快步上前，身子竟然没有晃动。

吸引陶立的是油画作品《员工的休憩》，一名员工席地而坐，背后依着现代化的一张机床，头微微扬起，目光深邃地望向远方。作品名为休憩，旨在用这样的一种节奏来展望，来放飞。陶立静静地看着，忽然有一缕温热，顺着他的脊柱慢慢蠕动着，一直进入他的胸腹。

陶立深深感动着，随后也便见到了创作者吴刚，并邀请吴刚到食品厂去漫谈企业文化，再随后便邀请他到家中做客。随着交流的不断深入，俩人竟然都是湖湘人，自此也便走得更近了。

小区朝南延伸，不到两公里的地方，柴泊湖的雾气在洁净的空气里喧腾。孙桂花把西瓜端出来的时候，秀兰走出了房间。秀兰穿了件睡衣，粉红色丝绸质地睡衣直晃吴刚的眼。吴刚就不知道怎么办好了，这个春节，陶加和秀兰举行了结婚仪式，隆重的婚礼仪式，一直如梦幻般闪现在吴刚的脑海里，炫得他喘不过气。

吴刚赶紧拿别的思绪来冲开，要不然，这样的念头会在脑海里生成茧，茧里头有一只白蛾，会冲着亮光飞身朝他扑过去。

吴刚站着用双手把孙桂花递过来的西瓜接住了，却不知道该如何进行下面的动作。

秀兰扭过头说吴老师坐吧，这屋里随便你坐。

吴刚嗅到一股香味。香味从秀兰身上飘散出来，一点点，一点点地弥散。吴刚感觉脸蛋有些发热，思绪有些飘忽，地上有一滴西瓜汁，那是他吃西瓜的时候滴落的。

陶立说小吴非常不错，不仅是军队干部，还有一手好绘画技能，年纪轻轻的就有这样大的出息，比我那个时候强太多了。我这个小老乡真给我争气哩。

孙桂花起身拿了一块毛巾，让吴刚擦擦手。说这里就是你的家，出门在外，家乡人不亲哪里人亲啊。

那天，吴刚在院子里散步，心里有了创作的冲动，便倚着一棵树，拿了画笔素描起来。陶立背着手慢慢过来，并站在吴刚的身后静静地看他作画。一时间，大地安静，共同融入苍穹之中。

吴刚在那样一个午后，开始寻觅到一种绘画表述的可能，即在安静生存状态下，如何将跳动的心用色彩来呈现。生存可以安静，心跳却不能，如何将这不能，合情合理地表达出来呢？

陶立家的小区是典型的欧式风格，很适合入画。吴刚多次多角度让景致呈现在画布上。

秀兰屋内的装饰、音箱、吊灯以及蔚蓝色的地毯加上这台超高档背投，让吴刚心头猛然灰暗。这些都能很好地进入画中，但这样的物质条件，自己何时能够抵达啊！

站在梳妆台的镜子面前，看着有些落寞的自己，吴刚觉得心里头空荡荡的。在滨城电视台当主持人的秀兰，轻巧巧便把日子美好地过着。这样的日子自己连梦都不敢梦啊！

孙桂花把菜端上桌，将一瓶酒拿出来，说小吴啊，你自己把酒打开喝点。吴刚说，等陶厂长回来一块儿吃吧。

孙桂花说，不用等，他出去办事了，一时还回不来。

吴刚说那就不喝了。孙桂花说，喝点吧，我陪你喝点。

吴刚忽然觉得孙桂花的话语里透着一点儿落寞的感觉，深深的如七仙山区柴泊湖边肆意生长的芦苇草一样，在瑟瑟秋风里寂寥地挺着。

吴刚知道这缕落寞背后的缘由。自今年小满以来，确切地说，自5月底秀兰怀上孩子却又意外失去以来，孙桂花的脸上就一直没有笑容。他能够理解，但没有亲身经历，也便难以真正感同身受。

那还是2月初的一天。食品厂改制进入关键实施环节，进展并不顺利。集体与食品厂共荣共耻的观念，已经延续多年了，大家都适应了这样的模式，温暾水的环境，职工们都没觉得有什么不好，在这样的大经济环境下，倒也能稳步前行。虽然工作的创造力还有创新力不够，但有足够的亲和力，工作的执行力还是很好的，大家有精力和心情关注工作以外的世界，也都很珍惜这样的一个局面。改制犹如分水岭，将工作和生活推向另外一边，这个时候，职工们都在算平衡账，以改制为支点，走向另外一边后，会不会倾斜，甚至崩塌？

就在职工们找平衡点的时候，一小群职工到滨城二商局上访，说陶厂长滥用职权，借改制之机，倒卖、侵吞国有资产。组织上从对访民负责，对正在进行的改制负责，对整个食品厂的发展事业负责的角度，派了工作组下来核实情况，暂停陶立的职（务），改制也暂缓。最终查无此事，陶立也就在那个时候起，觉得工作干得很无趣，便萌生了退的想法。但二商局没同意，说你是久经考验的优秀领导干部，正是干事创业的好年纪，要坚定信念，不要轻易被这些问题吓倒，后续组织上也会更好地发力，支持配合企业改制。

后来改制事项倒是顺利推进，但依然有不同意见，十多名职工因病或家庭其他原因，导致无法入股。陶立安排厂里领导，采取一对一方式，逐一做工作，积极解决问题，取得认同。最终，经过陶立的协商，除三名职工转到化工系统工作，其他人的问题都获得了不同方式解决，改制工作得以圆满完成。

随后的周六，陶立喊吴刚到家里吃饭，俩人一起在楼下院子里剥着花生，屋里的电话响了起来。吴刚在电话响第一声的时候便听到了，电话响了一会儿，吴刚朝陶立示意，准备自己上楼去接。陶立伸手拦住，同时喊孙桂花快接电话。孙桂花的声音从窗户飘了出来，说你就不能去接一下啊？我这腰板不舒服。

吴刚坐着没动，悄悄地抬头看了看陶立。恰好陶立目光也望向了他。吴刚便跳了起来，然后冲进屋内。

电话在吴刚一把抓起的时候挂断了。吃饭的时候，陶立对孙桂花说，刚才秀兰打电话，说晚上台里加班不回来了。

吴刚回连队的路上，脑海里不时闪过秀兰台里加班的情景，这会儿想起来，结合孙阿姨的几次埋怨，便找到了缘由。

陶加近来去了深圳，并在那边负责刚刚成立的公司分部。要说，陶加完全可以留在滨城这边的总公司，可似乎是有意回避和秀兰在一起，硬生生不打招呼就去了深圳。

陶立还想着，是不是近期厂里因改制，头疼烦心的事多，在家里没有好脸色，影响了他们。后来，孙桂花说，你的孩子你不知道吗？你们厂没改制前，他就不屑，倒是我觉得秀兰对你可是有了意见。还记得刚嫁给陶立的时候，她提及过她一闺密的父亲在你的手下，想着让你关照一下，提拔提拔，可到如今，也没见你行动。这一改制后，你说的话就更不算了。

陶立声音立即高了起来，这么多年你还不知道我，我最烦的就是这类托关系、走后门的事，不会办，也不允许他人这样办。

孙桂花拉陶立坐下，都是知天命的人了，要越来越柔和才对。不说你了，说你，你也不会改，也改变不了。你有没有发现，这秀兰和陶家就不是一家人，一点儿都不亲热，见面都一副冷冰冰的样子，陶加这一去深圳，她又这么老在台里加班，肯定是有问题的。

时间一晃到了3月下旬，那天晚上，吴刚正和陶立聊着天，孙桂花的甲亢犯了，并因虚脱而引起昏迷。经过紧急处理后，由救护车送往滨城总医院。陶立随车一起去了医院。吴刚犹豫着问秀兰，嫂子你怎么不去医院陪伴呢？秀兰没好气，我去做什么？我都要人照顾，我去能照顾得了她？！

吴刚觉得这些话语好陌生，但也没计较，倚着门准备和秀兰招呼一声，然后回部队上去。秀兰倚着另一边的门，说吴老师你画画得好，我给你当模特吧。

吴刚直直地站立，想说点什么，却是嚅动着嘴半天没有说出来。

说心里话，吴刚害怕当模特的女人，那样一种呈现，逼迫你用全部的心思来面对，倾其所能来发现美，注入美，还要隐藏美，这是他目前所无法把控的。

最终，吴刚没有同意，招呼一声后回了部队。不想，快到营区的时候，一个熟悉的身影映入眼帘。五土手里牵着一个小女孩，显然是她的孩子。吴刚愣愣地望着，好半天没动。自上次逻州文化站阅览室一别后，一晃时间就过去了六年，他不仅自军校学成归来，而且成了干部，更涉足绘画领域，并且小有建树。

自从再次看到那个熟悉的身影后，吴刚才发觉，其实他心里一直是期待看到五土的，甚至因此选择回到原部队，回到逻州镇。

第十章

滨城工业题材美术展成功举办之后，入展的作品报送中华全国工业题材美术展，吴刚的《员工的休憩》脱颖而出，成为滨城入选的两幅作品之一，整个文艺圈里都在热议此事。

吴刚经常到陶立家，主要是感觉有一种氛围，可以有效地触摸和释放自我，会让他觉得踏实。陶厂长和孙阿姨会尊重人，能尊重人。他也知道，在这个家里出现，应是顺从，不会也不可能较劲，特别是和陶加较劲。他清晰地知道，自己永远无法和陶加比。

那天，陶加从深圳回家，吴刚去陶立家待了一会儿，并留下一起吃饭。吴刚吃到兴头处，喊了陶加一声哥。没想到陶加不干了。陶加说这哥是随便叫的？你也不好好看看自己。

吴刚一脸通红半天消不下来，手里端着的碗放也不是，不放也不是。吴刚那声哥，喊得情真意切，没有丝毫的攀附想法。吴刚知道自己的分量，知道起码的踏实。陶加的话语犹如一把刀子，在他精神防线上重重地划出了一道口子。

吴刚在经受了那不经意的一刀后，虽然面上没说什么，也没有表现出丁点儿不满，但显然，他感觉到胸口堵得慌。许多时候，他需要用力挺直身体，然后深呼吸，才觉得身体好受一些。他是真的难以接受，一抹深深的失落随即涌满了他的心怀。他知道这样的失落来得有些荒唐，有些可笑。他能和陶加比吗？眼前在陶立的屋檐下，能够在一起吃顿饭就已经是幸运了，你还能有其他想法？

可吴刚有想法。他不能没想法，不知怎的，他就想到了那杆秤，那杆陶立家收藏的古秤。那和田玉的秤杆用手轻轻抚摩起来，也是滑滑的，温温的，软软的，和抚摩眼前秀兰的脸惊奇地相似。

吴刚发了好一会儿呆，好久都不敢呼吸。

人活着，有时候没什么想法倒也安静，任由时光溜走。可一旦有了，也便会在一个想法中衍生出另外的想法来。

孙桂花劝吴刚吃菜。当她把一杯酒倒进喉咙里时，禁不住猛烈地咳嗽起来。吴刚赶紧起身，用拳头轻轻替孙桂花捶着。孙阿姨，您不要喝了，伤身哩。

孙桂花叹了口气，说好的，不喝，不喝了，我多年没喝了哩。

吴刚看孙桂花稍稍缓过来了一些，便说您的身体本来就不好，可得注意啊！上次您的甲亢发作，可是把我们都吓了一大跳。看您现在这样清瘦的身体，我这心里头疼啊。

孙桂花苦苦一笑，小吴啊，我刚才照了一下镜子，都不敢看了，镜子里怎么就出来个小老太太呢？勾着腰，眼无神，这是怎么了呢？

吴刚给孙桂花夹了点菜，说孙阿姨，或许您是在为嫂子的意外而难过，知道您心里头难受，可想想也没什么的啊，嫂子可以再怀的，您看现在陶加哥都当经理了，多好啊。

孙桂花嗯了一声，是好啊，很好的。

吴刚心里头一沉，觉得孙桂花的语气有点儿不对头，便想着说点儿什么，却又不知道说什么比较合适，便埋头吃饭。

6月的时候，陶加在滨城河滨区红顶花园小区买了一套120多平方米的房子。孙桂花粗略算了算，儿子他们住进去还没满百日哩，怎么就分开不过，闹起离婚呢？唉，现在的年轻人，都不知道珍惜啊。

说起来陶加和秀兰结合算得上是亲上加亲的。秀兰的爷爷王光明就是当年培育、提携陶立的老领导，因那段特殊时期，坚持练兵提高战斗力，而被相关部门以另立山头、培育力量为由调查审查，最后黯然地离开军队。这件事成了秀兰父亲王连军心头的一个结，始终有意识回避这个事实，从来不提及王光明的过去。因此，这件事知道的人很少，包括秀兰也都不知情。

孙桂花想起院子里黄金菊盛开时的景致了。春节的时候阳光灿烂，院子里的菊花争相吐艳，菊香浮动。陶加和秀兰在这一天举行婚礼。院子里从前几天就开始热闹，连这满院子菊花也知道要好好开放一下应应景。

孙桂花记得在商量婚宴场所的时候是真的够热闹，热闹得陶立和陶加几乎闹翻。陶加说婚宴最低标准要选在一家四星级酒店里举行。陶立就反对，说结个婚搞那么隆重干什么啊？现在都讲究节约办事，有个像样的饭店就可以了，婚宴只是一种形式。

陶加说虽然是一种形式，可像我们这样的家庭，形式得像样，不说最高，至少得有高档次相配，不能让你这位厂长大人丢份。

陶立说我不怕丢份，我只想简单点。做什么事都要有个度，把度把握好了，事情就顺了。这个时候你就听我的安排，不要再让我操心了，你还嫌我为你操心不够啊。

陶加站起来说，你为我操心？操什么心了？这个时候，你是想借机在食品厂人面前展现一下你的高风亮节，博得上下一致的称赞。告诉你吧，这些在我面前屁都不是！

陶立愣在那儿。孙桂花赶紧把陶加支走，然后劝说陶立，你就由着他，这是孩子一辈子的大事，就由他自己当家吧。

陶立一口气好几天没喘匀过来。他知道，如果按照秀兰父亲王连军的想法，婚宴定在五星级酒店也不为过。王连军掌管着一家房地产企业，是滨城的利税大户，各级领导都得高看三分。如果换作王连军娶媳妇，他只要说出自己的想法，他的一拨儿手下定然会给操办得风风光光的。可现在是他陶立娶儿媳妇，那得按照他的规矩来办。可这个混账儿子，就是没法知心。

观念的不同，直接导致结果朝另外的方向发展。这是一个新的课题，不知不觉中摆在陶立面前。他还真没有这份游离于国企管理之外的学识和经验来认知，来理解。

婚宴最终定在本城一家四星级酒店。陶立知道，这样的选择不高也不低，都是能接受的。城里老百姓看结婚场面多了，也便没有人去在意这场婚礼。过后人们才想起来，这场婚礼不简单哩。

当接新娘秀兰的车停在酒店门前，新郎陶加手挽着秀兰的手，踩着婚礼进行曲将要进入婚姻殿堂的时候，司仪拦住了他们，请两位新人接受天空飘来的鲜花洗礼。

陶加拥着秀兰仰头望天，就见一团团五颜六色的气球缓缓成梯队形状升上天空。陶立安然坐在厅堂的中央微笑着，不时对身边的王连军说，这里环境简陋了一些，现在滨城对廉洁自律要求得比较紧，我们想按孩子们的想法再办隆重一些的，思前想后便把环境控制了一下，还请多担待。

王连军全部都含笑应允，说很好的，很好的啊，我们很满意。

孙桂花想起这件事，就觉得陶立是有智慧的，是能定住方向的。哪承想有现在这么一出戏啊！

吴刚盛上一碗汤放在孙桂花的手边，说阿姨，您喝口汤。

孙桂花应着，屋里的电话响了起来。

电话是陶加打来的。孙桂花刚想说说儿子，问问到底怎么回事。可陶加不给她机会。陶加说妈你听我说，我不想在国内待了，我已经办好了去国外的相关手续，临走前和你们招呼一声。另外，我离婚的事，你和爸多费心，替我去办了，我实在是没时间。

孙桂花想再说点什么，陶加那边已经把电话给挂了。孙桂花拿着电话，愣在那儿。

吴刚在孙桂花接完电话后，小声问，是陶加哥打来的吧。

孙桂花说是的，是你陶加哥，你陶加哥要出国了。

吴刚应着，说阿姨这事多好啊，是去深造吧？您和陶厂长真有福。

孙桂花叹了口气，说小吴，你多吃菜，没事就常来家里坐坐，不要在意外人说些什么，只要行得正，就什么都不要怕。

吴刚点头，说阿姨我知道了。

看天色不早了，吴刚起身对孙桂花说，阿姨，您歇一会儿，我去把碗收拾了。孙桂花示意吴刚别动，说，小吴啊，你坐会儿吧，没事，我一会儿自己收拾。孙桂花说的时候，下意识地拿手揉腿。

吴刚赶紧上前蹲下，轻轻替孙桂花揉着。揉的时候，他想起湖湘老家的娘来。娘的腿也不好，风湿得严重，常年勤巴苦做[①]的，不知道现在是不是也在疼着。

城市是暂时的模样，乡村则是永恒的牵挂。吴刚知道，走出乡村是必然，但他越发挂念乡村。有时候这缕思维不可控。越是想着不能这样想，脑海里就越是挥之不去，浓浓的如潮水般，淹没着他。

---

① 方言、指勤劳苦干。

秀兰对陶立家那杆秤有了想法，是在她父母来陶立家之后的事。亲家相聚，自是有一番热闹，而且一个从商，一个从政，都活得有声有色。陶立让陶加打电话把吴刚喊过来。陶加有些不愿意，说一个外人掺和什么呢。

吴刚之前听秀兰说过她父母要来串亲的情况，也便赶紧跑到农贸市场里，买了几只大螃蟹，然后在厨房里给孙阿姨打下手。

陶立在酒酣之时把那杆秤拿了出来。秀兰的父亲王连军见过世面，便只小小地看了一下，然后坐到一边喝茶。秀兰却不同，半天放不下，侧过身子不时和陶加耳语着，说你看这玉不错，温润色纯，要是能给我打个佛像挂在脖子上，一定特别漂亮。

满屋子人就笑，说那不糟蹋了这杆好秤啊。

秀兰就不再说话，眼睛却一直没离开过秤。一旁的吴刚恍然间明白，许多时候人心渴求和占有的欲望都是相通的啊。

为确切了解这杆秤的相关情况，吴刚去了滨城沈阳道古玩市场。一通溜达后，他走进了一家旧钟表店。店内的生意不错，店老板接待了一拨又一拨顾客，尽管没有交易，店老板的脸上却是笑意盈盈。

店老板姓陈。陈老板对着紫砂壶嘴，刺溜一声把一口茶饮下，说，这行当不需要经常交易，一年交易一两次，就够了。

吴刚明白，也便没再细问。陈老板却不住口，说你看我这里的玩意儿，随便一件，就够普通人几年的薪金。不要不信，我这里的物件都有一把年纪了，而且越有年纪，就越有市场。

陈老板说着，拿放大镜在一枚古钱币上细细搜索。搜了一会儿，把放大镜往桌上一扔，拿手抹了一下额头，厉害，现如今造假不得了，不得了啊，造得太真，让人一看，反倒假了。

吴刚赔着笑，说现如今的人还不是一样，太想好好做个人了，偏偏越做越假，你说是不是呢？

陈老板把腰挺了挺，嗯，是这个理，是这个理。前些日子我盘了一把秤，一把宋朝的古秤，你想不想见识一下？

吴刚摇了摇头说，我对那玩意儿不感兴趣，更没有研究。

陈老板大声笑着，研究，你还想研究，你看都没看过，你研究什么？你等着，今天让你大开眼界。

陈老板把一杆秤拿了出来。秤杆呈浅绿色，秤盘由银打造，秤砣和秤杆是一样的材质。

吴刚斜眼瞄了瞄秤。这杆秤显然没法和陶立家的那杆秤相比，便摇了摇头，让陈老板收起来。

陈老板眯眼望了望吴刚，你知道这秤做什么用的吗？是什么材质吗？我告诉你吧，这是一杆宋朝的古秤。宋朝人讲究哩，不能用铁器、木器之类的物件来称药，而是用玉。你知道玉吗？用玉来称药材，便把大自然集天地之灵气的玉的神韵置于药材之中，让药材更增添一分功效。那个年代，只有具备名望称号的药铺和王侯们才用这样高级的玩意儿。你看见没有，这呈浅绿色的是玉，而且是和田玉，值老多钱了。

吴刚笑着，只说了声材质太差便不再说话。

陈老板愣了愣，说你行，我最开始盘这杆秤的时候，第一眼也感觉这玉的材质不好，有些暗。但你还是外行，这玉是温软东西，见空气多了，见阳光多了，就慢慢把大自然的灵气吸收了，呈现出现在这样的色调。你没把玩过玉，你要是把玩了，你就会有一种深入其中的感觉。好比你把你的指纹留在玉的表面，一会儿你细看，你的指纹会慢慢由玉的表面游进玉的里面。这个过程你只有一眼不眨地盯着，才能够看得满眼。这个游的过程啊，就是一个玩玉的过程，玩着玩着，你的魂就游到玉里头去了。

吴刚细细听着，觉得倒真是一门高深的学问。便笑着说，你跟我说这么多，我还是不懂，倒是愿意到你这里当个学徒。

陈老板就笑，说行，你来吧。你猜猜看，我这杆秤值多少钱？

吴刚心里琢磨，能值多少呢？往高了说至多值五万块钱吧。便说我不懂行，也不知道这东西值多少钱。说完，转身便走。

陈老板摇摇头，真差劲，这点儿勇气都没有，白沾了我这杆秤的光，三十万块钱啊，换成钱能把你脑袋砸扁了。

吴刚把陈老板的话玩味了半宿，没想到这东西还真值钱哩。如果是陶立家那杆秤的话，至少得值八十万块钱。八十万块钱是个什么概念？吴刚不敢想，只觉得有汹涌的血往脑袋上冲，汹涌得他整夜睡不踏实。

陶立回家的时候已经十点了，天上飘起了雨。孙桂花把冒着热气的稀饭端上来，说老头子吃点吧。

陶立坐在沙发里没动，说老伴儿啊，怎么屋里有股酒味，谁来了？

孙桂花说，就小吴来了，是我喝的，我想喝两口。

陶立盯着孙桂花看，老伴儿啊，可别想不开，没什么事啊！大小事情这么些年我们一起都经历了不少，这件事情很快就会过去。对了，你感觉没感觉小吴这孩子有包袱了啊，脸色阴阴地。我有些奇怪，是不是我哪儿做错了？还是我官僚了？

孙桂花就说，小吴这孩子不错，有合适机会和他合作一下，提升他的艺术身份。如果有可能，做做他的工作，让他申请转业，然后收到你的集团里，组建一个部门，好好任用，发挥其特长。

陶立就叹，你说得容易啊。企业文化在当下不能过重，要不然会偏移方向，被一些人拿出去当话说，就不好处置了。当然，集团可以向他敞开，但显然他的心没在这个上面，我们不可勉强人家，毕竟搞艺术的，要的是尊重和认同。

孙桂花就说，我知道你的心思，你也别多想，什么时候我再找小吴说说，说说你的难处。

老伴儿这样想就好，他知道他无法向吴刚说什么，还得靠吴刚自己悟。悟清楚了，表明还有些素质。现在的年轻人，更多的应该是志气，是奋起，如果心存依赖就不好了，就让人轻视了，这对将来一辈子的生活肯定不是什么好事。

陶立挪了挪身子，冲孙桂花说，律师那边的事已经办妥了。按说办妥了应该舒坦的，可我这心咋堵得慌啊。

孙桂花就叹气，说近来是怎么了，怎么不好的事一档接着一档，该不会是我们陶家遇见了什么“灾星”吧？

这两天，陶立通过滨城公安口找到一位律师。律师很忙，等了好一会儿还不见人影。陶立耐心等着，边等边觉得心里窝火。原想这养育儿女是想让儿女成为自己的骄傲，哪料到骄傲的感觉没找到，反倒成了堵心的事。陶立摇摇头，觉得近来不知道怎么了，事事都板着劲，事事都让他吃力。

想想一晃在食品行业工作就快大半辈子了，还真没遇到过打官司的事。虽然他担任过多个管理角色，也曾经因一些纠纷当过被告，但他根本就不知道被告是怎么回事，所有的工作都由党办或后勤部门安排，他也从来没有进过法庭。哪曾料到临退下来的时候，却亲自打起了官司，而且是替儿子打离婚官司，这事叫人怎么说得出口啊。陶立忍不住悲悯起自己。

年轻人做事草率可以理解，可父母不能草率，得全身心投入，把好关，维护好属于自己的利益。陶立把陶加的相关情况和律师说了。律师对陶立说，您儿子离婚相对来说还是很省事的，把动产不动产分割清，婚也就离了。从您提供的情况来看，动产也就是生活的一应日常用品这块双方都不会有什么争议，随意分割一下就清了，唯独这不动产也就是您儿子、儿媳共同享有所有权的房子有些棘手，按照法律条款，您儿子、儿媳将进行平均分割，您提到了您儿媳那边也有这个要求。因此，您心里得有准备。好在您有由您出资购买这套房子的证明材料，我就在这上面做做文章，不过把握并不大，我尽力给您维好权。

第十一章

屋里的灯亮着，灯光照下来，给人宁静和平缓。

陶立对孙桂花说，老伴儿啊，这事会不会是秀兰提前谋划好的陷阱，然后让我们往里头跳呢？你说吧，这些年我们都过来了，该是齐心的，怎么当时你就偏心了呢？唉，也怪我，被这混账儿子一闹，也失了立场，没了主意，你说我当时要再坚持一下，不就没现在这些让人为难、让人心痛的事了吗？

孙桂花坐着发愣，心说这世道怎么这样呢？陶加和秀兰结婚到现在还不到一年，就得把财产分割一半给秀兰，这怎么也想不通。这房子，这房里一应家伙什都是我们花的钱，凭什么这样分割呢？

老伴儿啊，你以为我心甘啊！我现在不光心里头失望，而且还心疼买房子的钱，都是你，硬要站在他们那一边，这下好了，平白要把辛苦攒的钱给外人掏一半，我这心里头凉啊。

孙桂花便不言语。她怕再说下去，老头子会受不了，要是再气出个病来，陶家的天可就塌了。

转天，孙桂花起了个早，她想去找秀兰，看看这孩子到底有什么想法。昨晚她又失眠了，脑海里一直被这些事牵扯着，无法安然入眠。

孙桂花打了辆车，去儿子居住的红顶花园小区，到了后，她慢慢上楼，敲了好一阵子门也没有人开，这才意识到儿子和儿媳其实是分开住的。

陶加房间里一应物件是在新房下来后搬过去的。物件很多，而且全部都是新的。这当然符合陶加和秀兰小两口生活的实情，只是现在因为要分割，也就成了一个棘手的问题。

孙桂花给亲家打电话。亲家母接的，孙桂花客套了一会儿，然后问秀兰是不是在家里。

亲家母说，秀兰出差了，走了半个月了，陶加没和你们说吗？

孙桂花哦了一声，说过了的，我这脑筋近来老犯迷糊。挂了电话，才想到亲家那边可能都还不知道情况。唉，这两个孩子啊，好好的日子怎么就不知道过呢？

说起来她和秀兰婆媳之间关系还是很融洽的，至少没什么隔阂。秀兰思想言语前卫，行动举止新潮，她便留心当前的新词，不时从网络上寻找，倒也能和秀兰很好地进行沟通。平时只要秀兰在家，她便想法炖些汤、煲之类的，里面加一些利于美容、去内火的中药材，倒也把秀兰的胃抓住，常常把外面的饭局推掉回家来吃。就这样她也便在自己亲手维系的空间里把这段安宁的日子过着，直到那个早晨的来临。

那个早晨，孙桂花从柴泊湖边上的早市里，买了一小盆刚刚打上来的小鲫鱼，收拾干净后，用盐腌一下，然后用油煎。陶立好这口，吃起来特别酥脆，特别下饭。

秀兰的反应就在吃一条小鲫鱼之后开始了。秀兰刷完牙后，看见饭桌上炸好的鲫头鱼，便顺手捏一条放在嘴里吃。鲫鱼吃了不到一半，秀兰便感觉胃里有东西往嗓子处顶。她咽了口唾沫，使劲压了压，才不至于让胃里的鱼吐出来。

秀兰站着发了一会儿呆，然后冲在厨房里弄菜的孙桂花喊，妈，我想吃草莓。

孙桂花当时下意识一愣，这个季节上哪儿找草莓去？

秀兰只吃了点儿稀饭，胃里几次有往上涌的感觉。孙桂花是过来人，饭后便悄悄地对陶立说，老头子，我们陶家有后了。

陶立正在看报纸，一时没回过味来，脑子里还在滨城日前会议提出的精简机构、着力提升工作效率的要求里头。等他觉得老伴儿一直在看着他，他才猛地把老花镜摘了下来，老伴儿，你说什么？

一个新的生命在秀兰体内孕育。陶立家一时间热闹起来，老同事、老部下、公司相关部门领导纷纷来家里小坐。

隔壁楼的程姐近来和孙桂花走得比较勤，没事就过来找孙桂花说话，不时还帮忙招呼客人，盯着厨房瓦罐里炖的排骨、鸡等食物。

这样的场景维系了不到一个月时间便被陶加的提议打破。

陶加提出现在秀兰怀孕了，家里房子不大，一楼灰尘比较多，想在外头买套商品房，好给未来的儿子一个安静的孕育生长环境。

陶立有些纳闷儿，说现在我们居住的小区多好啊，要多安静有多安静，还能接触地气。再说了，你常年在外头跑，秀兰现在怀了孕，有我们照顾着，你不就可以专心搞你的事业了吗？

陶加不高兴，一连几天没有回家。陶立也为厂里改制开相关现场会而忙碌，便把这事给搁了下来。原想着大家都不说，这事就当之前没提过，可那天吃完晚饭后，陶加还是把想买房子的事提了出来。

陶加说，我们公司出台了政策，给予买房的员工一次性住房补贴。我觉得买房正是时候。我也不想和你们吵闹，只是想在外头有个房子安心住着。你们要是不同意，我便和秀兰在外面租房子住，你们看着办好了！反正我的想法你们从来都没有支持过，从来就没有接受过。

说起买房的事，是秀兰出的主意。秀兰和同事们在一起闲聊，说的都是买房子的话题。现如今年轻人结婚都得给自己买套房子，有个单独的空间不说，房子还是一大笔财产，就算将来过不到一起闹离婚，还可以多分一份财产。说者无心，秀兰却是听进去了。和陶加结婚以来，她一直心里头不痛快，始终找不到一种家和依靠的感觉，陶加太文弱了，太把不起眼的工作当回事了，对她也不冷不热，缺乏一份激情，一份刚强。她把想在外面买房子的意愿和陶加说起，陶加思索了一会儿表示反对，说我们现在哪有钱啊，再说了家里这么多房子够你住的，无缘无故提出买房，你是不是有什么想法啊？

秀兰当然有想法。见到陶加这样的态度，秀兰坚持说自己只是想要一个独立的空间，好安静地让孩子在她体内孕育。另外，妈做的饭菜不合胃口，你不在家的时候，我一个人起居不大方便。

秀兰的话，陶加无法反驳，也便找个时机把想法对父母说了出来。

陶立一听，猛地站了起来，说我不同意你们的想法。我和你妈妈供你吃供你喝，供你上大学，上完了大学又想着法把你弄到体制内工作，你偏偏不干，偏偏要自己找事做，你说你现在做的那点事，那叫做事吗？那是给人打工！没想到，我陶立的儿子竟然在外头给人打工，我的脸早就挂不住了。现在倒好，你学长进了，在我们面前耍起了威风。好，好，你们出去吧，就按照你们的想法去做，我不阻拦你们。

孙桂花两边劝着。陶立和陶加都把脸扭向一边，不理会她。

孙桂花觉得十分委屈，没有人能够听进去她的话。好半天，她才安静下来，然后到卧室里躺下，暗自抹泪。

秀兰一直在房间里听外面的声音。她也没说什么，第二天便找了个理由回娘家住去了。

孙桂花首先泄气了，找陶立磨，说都是过日子，都是想着往好的方面过，陶加他们想买房就买吧，家里头还有些钱，也够买房子的，不要因为这点儿事，让一个家没法安宁。尤其是现在，得让秀兰心气顺着，这气要是不顺，会直接影响到我们的孙子生长。

陶加也几天不照面，说在外头筹钱买房子。这样一来，陶立就有点四面楚歌的味道。买就买吧，对这俩冤孽没办法啊。

就这样，陶立把攒下来的60万块钱拿出来，在红顶花园买了一套120平方米的商品房。买的时候，他坚持房产证上写他的名。不为别的，他出的钱，他得落个心安。

哪想得到，房子下来，陶加和秀兰还没住进去，秀兰便出事了。

吴刚那天走出陶立家的时候，天正下着雨。在这霜降季节，雨也下得有些冷清，有些萧瑟，整个城市沉浸在一片淡淡的雾霭之中。

那天临走前孙桂花对他说，你陶加哥和你秀兰嫂子准备离婚了。

吴刚惊愕地看着孙桂花，说阿姨，这怎么可能呢？他们在一起多幸福啊！

孙桂花没再说什么，只是软下身子，放进沙发里，犹如一朵开败的花，在花蕾上无力地耷拉着。

陶立把陶加秀兰离婚的各种材料都准备好，并和律师见了面，做了细致的交代，提出务必要把好房产分割的方向，在法律范畴内，尽最大能力争取。

属于自己的东西，得通过法律手段要回来。陶立近些日子除了工作就一直钻在法律条文之中，熟悉了解相关的法律。想想以前虽然也经常学法，但接触这样具体条款内容的法律他还不曾有过。

律师表示尽全力来做。从目前掌握的情况看，房子有您出资付款的证明，也基本上可以保证您这边不会在房产分割上吃亏。

尽管律师这样说，但陶立心里还是没多少底。陶加这个冤家后来竟然背着他把房产证上的名字改成他和秀兰两个人的。就这么一改，房子在法律上就明确为他们的财产了。

唉，陶立叹着气，叮嘱孙桂花多盯着点。实在不行，让食品厂的人员出面，反正这事也捂不住。

律师先行反馈情况，说目前当事人双方都不在本城，都委托双方父母全权负责。建议你们双方在一起坐坐，一起商量个办法，避开法律上的条款，大家以不伤和气的方式，把问题和平解决。

厂办秘书找陶立汇报情况，说孙阿姨打来电话，家里有点儿事找您。陶立就烦，关键时候你孙桂花怎么就稳不住呢，不就是那点儿事吗？

陶立回到家里，孙桂花蔫蔫地在床上躺着。陶立赶紧上前问怎么了？你可真不像领导夫人，一点儿小事就把你折腾成这样。

孙桂花勉强笑笑，说这两天腿有些不对劲，和走路的节拍不合，休息一下就没事了。

陶立说，你可得注意，对身体也讲究个战略战术，在战略上要藐视，在战术上是要重视的。陶加往家里打电话了吗？

孙桂花说没有的，也不知道他现在在什么地方。

陶立暗自生气。孙桂花就劝，眼前这个状况，你就尽力而为吧，我也慢慢想明白了，这不是替儿子打官司，这是替我们自己打官司，我们自己动手亲自为自己的利益维权哩。

孙桂花起来坐在板凳上择菜，边择边对看文件的陶立说，要不我们找找王连军去吧，一起说说孩子们的财产分割情况。

陶立斜歪在沙发里，半天没有说话。等孙桂花再次提及时，陶立猛地坐起来，找他们做什么？丢人还不够，还要在他们面前现眼啊。

孙桂花说老头子你不要动气，都到这个时候了你还要顾及你的面子啊？我这不是没有什么好办法才这样想的，这也是律师的想法。陶加要是在，就不会让你我这么堵心。偏偏秀兰也到外地去了，我是想着，我们大人之间可能要好说话一些，也说得上话。

好说什么啊，那王连军是什么角色？他会老老实实依照你的想法来做？不可能的，我知道王家人这点儿脾气，遗传基因在那儿呢。算了吧老伴儿，别因为这点儿财产让他们小瞧了我们。我们既然有律师，就交给律师全权处理吧。

现在年轻人的思想与我们那会儿完全不同，什么百日恩，什么同船渡，在他们眼里都是虚的。早晨起来，如果相互看着不顺眼，上午就去民政局了。不负责任嘛，闹着玩嘛。你们闹闹就好，你就不知道这背后拖着两个家庭，简直就是胡闹啊。看来我们真的都老了，已经搞不懂年轻人的想法了，你说这么好的日子不好好过，怎么偏偏就选择了这条路呢？虽然是吃喝不愁，也知道他们现在都在追求思想的舒坦，可追求总得有个度吧，把家庭都抛弃了，把亲人们为人的那点儿尊严全都给抹杀了，你说人做到这份儿上还有什么意思？

陶立这边按兵不动，秀兰那边的情况则反馈了过来。风风光光嫁到你们陶家，好日子没过上一天，这要离了，作为男方应该大度，不要去计较，尤其是在滨城有一定影响的领导。

陶立立刻发了火。这话不明摆着冲我来啊！好像事情是由我引起来的，事事是我在中间作梗一样，我招谁惹谁了？

孙桂花也不劝，知道劝也没用，自己心头也有气哩。想想这一家人和睦相处时是一好百好，彼此敬着过，让着过，抬着过。可一旦起了分歧，所有不和谐的事情、话语都开始反复被提及。

陶立生了会儿闷气，摇了会儿头，对孙桂花说，我懒得管了，我当领导搞管理搞了大半辈子，处理过大大小小数不清的事，都没有像眼前这样难过，这不叫处理事情，这叫玩弄人性于股掌之中，我做不来。儿子的事由他们自己去做吧，我和你年纪大了，没那个智慧了，我们要好好地保存体力，好好地享受生活。

孙桂花犹豫着说不好吧，事情都管到这份儿上了，要是再撤出来，陶加的意见就更大了。

陶立盯着孙桂花看，看得孙桂花心里直发虚。孙桂花说，老头子，你不要这样看我，我又不是你部下。一会儿我再联系陶加，你和他说，你说怎么办就怎么办，由你最后定夺。

孙桂花接连几天联系陶加，好不容易在第五天的时候联系上了，陶立一把把电话抢了过来。孙桂花赶紧示意他冷静，一定要冷静。陶立拿眼斜了一下孙桂花，心想，我冷静得下来吗?

陶立正想着大声训斥陶加，不想陶加不容他说话，命令一般对他说，我不管这事了，我连媳妇这个大活人都没管好，还能去管什么呢?你们一直都管着的，现在你们就继续管好，房子一人一半，其他的我都不要。我丑话说在前面，差不多就行，这婚反正是离定了，财产这块我们发扬一下风格，反正我们家也不差那几个。你们不是老说，一日夫妻百日恩，你们差不多就行，不要让我被外人说不懂人情世故。

陶立抓着话筒，半天没有动身子。

间章二

列车过肃宁的时候，天慢慢阴了下来。人生要走许多的路，不是所有的路都记得清晰，走得明白。一抹心酸爬进吴刚思绪里，这一路走着，他想着与陶立的交集。说真心话，与陶立的交往并不那么敞亮。

吴刚侧过身来，冲着陶立笑，“是这样的吧。”陶立端坐着，没有理会吴刚，依然一副深思状态，在车上一动都不动，仿佛一位看透了生活的智者，正徐徐播撒忠诚和热血的气息。

那是1983年初的事了。那时，陶立正在铁道兵第八师第39团服兵役。那年，“引滦入津”工程正如火如荼地进行，39团受领任务，负责十号斜井引水隧道的开挖任务。

逢山凿路，遇水架桥，铁道兵前无险阻；风餐露宿，栉风沐雨，铁道兵前无困难。为了早日让人民喝上甘甜的滦河水，铁道兵们用青春和热血，一起推着隧道往前进。陶立所在连队的干部战士一起，以苦为荣，视荣誉为最高理想，投入火红的为驻地人民谋幸福的征程中。由于设备十分简陋，隧道完全靠人工开挖，打人海战术。施工中，为相互激励，通常一个班与另一个班开展劳动竞赛，以激发活力和斗志，促进任务的完成。

在一次十五连一班和四班的竞赛中，因隧道里阴冷潮湿，地上满是冰碴子，战士们都犹豫着，没有动。事事抢在前、干在前的一班小个子战士陶立牙关一咬，率先脱了棉衣，甩开膀子挖起土石方。班里七八个战士也纷纷效仿，光着膀子，在工程现场大干开来。最终，一班勇夺红旗。

隧道开挖，风枪的操作往往由骨干人员进行。因为陶立的勇敢和过硬技术，连队安排他独立操作风枪。隧道在不断向前掘进，出事的那天没有什么征兆，陶立单独一人在隧道掌子面前打风枪钻炮眼。没有身高优势的陶立在排架上踮着脚，单手举着风枪，借助右肩往前倾而形成的力，钻着炮眼。因为前倾过度，风枪打着打着，安全帽猛地震动了一下，刹那间，两米多高的排架连同风枪朝他砸了过来，陶立顿时失去了知觉，被战友们用担架从隧道里抬到战地卫生队。随后，被紧急送往滨城新开河边的254医院。

第十二章

秀兰自小就对过高品质生活充满了憧憬，毕业后，通过父母的关系，进了万人瞩目的滨城电视台工作，之后与有着深厚商业背景的陶加成家，觉得离梦想越来越近。

蜜月里倒还不错，小日子过得蛮有滋味。蜜月一过，陶加便把心思放在了工作上，经常和外面的一帮酒友喝酒。回到家里事事都不做，偏偏又事事做不了主。她便觉得陶加活得有些窝囊，没有一点儿刚强气质，和他父亲简直没法比。她便有些失落，想着法儿来改变陶加。她和陶加商量，不要给人打工了，自己开一家公司。

陶加嗤之以鼻，说有吃有喝就行了，自己也不是那块料。她便有些生气，自我安慰了一番后想着先把事业搞好再说。陶加也懒得过问，不冷不热地不时拿话噎她。由此，她便怨恨起陶加来。怨恨的心一有，秀兰就有些放纵了，就有些对什么事都无所谓了。

有那么一些日子，滨城电台门前总是停着一辆车，大亮坐在车里，安静地等秀兰下班。车里总有鲜花，看到秀兰走出电台门，大亮便捧着鲜花迎接。

滨城主管土地审批的人以大亮的名义攒了个局，说儿子从逻州镇进军滨城，还请各位房地产业界大佬们关照，王连军也在受邀之列。一来二去熟悉了后，大亮与秀兰就有了交集。

大亮年龄大秀兰不少，加上和陶加已婚，几番攻势之后，秀兰便放下了全部的顾虑，和大亮缠绵了在一起。放纵后，秀兰不小心怀上了。怀上的时候，她感觉很是惊恐。公婆倒都特别高兴，而陶加依然不冷不热，一门心思地泡在外面，对她不管不问。于是她被彻底地激怒了。

秀兰要把孩子生下来，让陶加好好地来承受。哪知天不遂她愿，本想着陶加对这件事该有个态度，哪想到他干脆不闻不问，一门心思要离婚，像是知道她的那些事一样，而且以公司在深圳开了分公司为名，远远地去了深圳，扔下她一个人。眼见着这日子没法过了，孩子自然就没法要了。当然，秀兰清楚地知道，大亮这人根本靠不住，玩玩可以，但要来真的，基本不可能，她可不敢赌，也赌不起。

细细想来，当初因为陶立在她的世界里出现，自己没来由地心动并决定嫁给陶加真是个错误。好在还能够回头，还能够重来。秀兰便在接下来的时间里一门心思盘算着如何争取到更多的财产。

王连军找秀兰谈话，说你和陶加过得好好的，怎么就想着不过了呢？我和你妈妈对陶加都是满意的啊。

秀兰拿小锉刀修着长长的指甲，一缕缕白白的粉雾在屋里头飘散。秀兰说，你们觉得满意，我表示认同。只是他吧，现在在我面前就好比这指甲，在锉刀的力道下，慢慢从我的手指头上消失了，我没法找到在一起过日子的感觉。

王连军无奈地摇头，日子是你自己在过，过得好坏只有你自己知道，我们尊重你的想法，只是有些事情你还得听听我们的意见。

秀兰说，我知道的，我也不会太过火，只是想着吧，你们就这么一个女儿，风风光光地嫁给了他们家，不能就这样蔫蔫地就打发了，如果是这样，想来你和妈妈心里也不落忍[①]的，是吧。

王连军一脸的严肃，行了，差不多就行了，双方都较着劲的话脸面上都过不去。爸爸我还有你公公都算是滨城有头有脸的人，和和气气地把事情解决了，不要闹出个什么事来，引起城里人乱猜想，以后还得好好过日子的。

秀兰没再言语，默默地进了自己的屋子。进入屋子后的秀兰站在镜子前面，看着镜子里头憔悴的自己，就有一丝伤感爬上她的额头，觉得整个事情还是自己做得不对。人心里有了恶，就会在面容里表现出来。这样一想，秀兰的心就柔弱了起来，就平和了下来。平和的心头蓦地一亮，她想起了陶立家的那杆秤，这个时候正是得到秤的最好时机。

---

① 方言，不忍心的意思。

陶立知道王连军的态度后，心里就有些坦然，有些感动。他打电话给王连军，说我们再一起商量商量吧。说起来，这要是我们俩的事，我们就不用商量，由你说了算，可眼下是孩子们的事，我们还当不了这个家的。

王连军就说，不用商量了，这点儿小事还需要商量吗？内部矛盾内部消化不就解决了嘛！秀兰也便转变风向，让律师带话，说房子可以不要，但必须要那杆古秤。

陶立知道情况后一愣，忽然一下笑了，冲孙桂花说，老伴儿啊，你说当年老领导送我这杆秤，到底包含些什么意味啊！

孙桂花说怕是意味很深的，我们还需要慢慢消化。从现在的情况来看，我们掌握着主动权了，秀兰她要她的，这是她的想法，不管怎么说，这杆秤是不能给的，其他的我们就依照法律办。

经过沟通、协商，半个月后协议就形成了。陶立这边拥有房产所有权，一次性给予秀兰经济补偿30万元。剩余的便按法律的相关规定办，等当事双方签字，就算正式解除婚姻了。

陶加在国外，说我不能为这事在天上飞来飞去的，既劳神又伤财。陶立在电话里冲陶加发了脾气，说你个浑小子，我限你这个星期回来，把婚给离了，也就是去民政局签个字，简简单单地给我把事了了，一个星期后，要是不见你回来，我就登报，不要你这个不孝子了。

回望几个月的奔波，陶立就有些气短，疲惫的心空空的，没有一点儿踏实的感觉。一场官司就是一场战争哩，一种人情之间的战争，自己拿的是法律的枪，射出的子弹却不通人性，打在对方身上，自己心疼不说，还得不断质问自己，这样的战争到底为了什么呢？最后虽然把想得到的利益都得到了，可细细一想，觉得又好像什么也没得到。

陶立轻轻叹息着，觉得生儿育女说透一些，其实就是今生与父母的官司。官司一旦有了，怎么打，都是伤心伤情伤身的事，把一个家庭闹散不说，亲情也被生生撕裂。

陶立明显感觉身体不行了，脸上没有风采不说，处处都避免与人碰面，精神也大不如以前。陶立便和老伴儿商量，想提前退下来，好好休养身体。孙桂花表示认同。

时间过得很快，吴刚已经有一些日子没到陶立家小坐了，军队换防训练的任务较重，他得把精力都投入训练中来。

陶立给吴刚打电话，说想小朋友了，来家里坐坐，说说话吧。

秋天里，陶立的气色好多了，每天由孙桂花陪着在院子里遛步。滨城相关领导找陶立征求意见，问他是不是转岗到国资委任职。

陶立表示认同，孙桂花则反对，说下半年再动议，你身体刚刚缓过来一些，经受不住奔波。

陶加去了中东的一个小国。那里经常有战事发生，陶立就有些不安，面上却又不能够表露出来。现在想想，当时陶加和秀兰要求到外面买房住自己应该赞同的，就算当时不赞同，默认也是一种方式，也不至于把关系搞成现在这个样子。陶立便埋怨这孩子不懂事，也怪自己没教育好。

孙桂花便劝，孩子大了，得由着孩子们，孩子们的天空比我们开阔，你也别指望孩子的天空里有父母，他们把他们的日子过好了，然后才有精力和财力顾及我们，这个时候，就应该多一些体谅。

陶立一想也是。天下的父母不都是这个心理嘛。只是此时的他心里头还是有气。个别情况个别对待，自己再怎么着也是一方领导，有一定活动空间，可以庇护着你，你不好好按照安排的来做，却跑去给人家打工。打工打得不顺了，又大老远地跑到国外去，这算什么呢？也不知道这小子在外头日子过得怎么样。

他也在心里头分析，是什么原因让儿子、儿媳离婚呢？得出的结论还是由房子引起的。最初的时候，他就不该阻拦，不该把话说得那么难听。房子买了就买了，他就不该要求房产证写他的名，不该再次触动儿子脆弱敏感的心思，从而导致后来儿媳的流产。

想到这些，陶立便有些心痛，觉得这家长里短的事，是一茬接着一茬的，具有极其严密的连续性。只有每件事情都做到没有什么漏子，让各方面人员都觉得平衡，才能保证一环扣一环，和平相处。如果稍稍有一点儿漏子，就会引发连锁反应，到最后无法收拾。

陶立一直这样想着，想着想着，便在心里头聚积，成了一团再也化解不开的乱麻。

院子里的树叶飘落着，萧瑟的气息里，陶立有些胸闷，没来由地感到烦躁。这两年，一股难闻的垃圾味道慢慢弥漫过来，小区后山深处建了一座垃圾填埋场，这儿整个气息就不对味了。便想着，这个院子真的不能住了，空荡荡的屋子找寻不到生气。

那杆秤不时被他拿出来看，不时用手抚摩，并与秤对话，说着陶加小时候的事，说陶加长大之后的事，说陶加结婚之后的事，说陶加离婚之后的事，说陶加出国之后的事，说着说着，就说到了当年的老领导王光明。

陶立说着，慢慢把这些年来在基地工作中的荣辱得失，把这些年来在各项事情上的嬉笑怒骂，把这些年来日常生活中的点点滴滴说着，说了一天又一天。

秤在那儿不言语，任由陶立说，任由时光流逝。

树叶还未落尽的时候，陶立住院了。经过全面的检查，病历本上只写了一行字：肺癌晚期。

陶立在病房里依旧看报，听新闻。只是病房里来来往往看他的人不断，这便引起他的关注了。拉住孙桂花的手说，怎么都来看我啊，这比上次来的人多多了，我是不是快完了？

孙桂花笑着说，你啊，大家尊敬你来看看你，是你的福气哩，你想到哪儿去了，过几天我们就出院，让他们都上家里看你去。

孙桂花这两天一直在联系陶加，她得让陶加赶紧回来。联系了半天，得到的结果是已经被公司解聘了，只知道在国外哪座城市，具体做什么却不得而知。

孙桂花去了电视台，想找找秀兰。说心里话，秀兰的好些生活方式和做法她也看不过眼，但毕竟做过自己还有陶立的儿媳，在一个锅里吃过饭，做过一家人，还是有一份亲情的。不想秀兰到沿海城市出差了，具体多久，不得而知。

孙桂花就有些迷糊，这人没事的时候，大家伙都能看得见，不光看得见，还经常地闹些事，生出些事情来。可一旦人快不行了，再找，怎么就找不到了呢？

吴刚这些日子一直在医院里，照顾着陶立。

吴刚尽心照顾着，默默地在陶立床头做着自己该做的事。他把来人送的东西轻轻放在库房里，把病房收拾得干净利落，把报纸整整齐齐放在陶立方便拿到的地方，其他的则什么都不去管。

孙桂花看在眼里，喜欢在心里。觉得这孩子就是好啊，知道把心里头的事藏住，不表露，不多说话，很是适合现在的氛围。

这样一想，孙桂花便没来由地叹气，觉得白养了个儿子，关键的时候连个人影都没见到，不像这孩子。

其间，吴刚回了趟陶立家。孙桂花把钥匙交给他，让他把来探望陶立的慰问品拿回家。

吴刚去了陶立的书房，去看看那杆秤，独自抚摩一番，竟是有些爱不释手，随后用手机拍了几张照片。

秀兰来医院的时候，孙桂花正在陶立的病床前打盹儿。陶立用手轻拍孙桂花的手，孙桂花就醒了，就看见秀兰了。秀兰穿得很朴素，倒也适合病房的环境。

秀兰喊陶立爸，说我来看看您。

陶立浑身抽动了一下，轻轻点点头，然后就把头扭了过去。孙桂花赶紧拿纸轻轻替他把眼角的泪水擦去。

三个人好半天没有言语，倒是孙桂花亲切地拉秀兰坐下。闺女，日子过得好不好？工作都还顺利吧？

秀兰没接话茬，只是说，我对不起你们老两口，请你们原谅，原谅我的年轻还有娇惯。

陶立剧烈地咳着，孩子啊，谈什么原谅啊，你能来看看我，我这心里就高兴得很，只怪我还有我们陶家没这个福啊。

秀兰是在一次和闺密聊天的时候才明白陶加为何这样冷落她，为何要离开本城而远走深圳的。

闺密在医院工作，她们俩不时在一起坐坐，喝喝咖啡，聊聊天。那次秀兰要做流产手术时，闺密十分吃惊，说你们有了孩子就是个奇迹，可得好好珍惜，怎么能轻易就流掉呢？你不知道，陶加咨询过我们医院男科主任，他的无精症属于后天的。

秀兰后来好长时间都缓不过劲来。她慢慢回想和陶加结婚以来的点点滴滴，尤其是自己怀孕之后陶加对待她的点点滴滴，原来陶加心里一直明白得很。从某种意义上来讲，陶加对她不冷不热，事事回避的态度算是好的，她却一厢情愿地以为陶加对她不上心，不用情。

陶立的病情忽然加重，被紧急送进ICU。医生护士忙碌着，整个病房里紧张得连呼吸都不畅了。

吴刚看见孙桂花坐在病房外，便轻轻地走了过去，然后坐在椅子上，问孙阿姨，陶厂长的病怎么突然加重了呢?

孙桂花的目光散着，好半天才说，该来的总是要来的，你回去吧，这些日子难为你了，说心里话，你陶厂长有你这个小老乡也算是他的福气啊，我的感觉是他这次进去，怕也就出不来了啊。

吴刚安慰道，不要这样想阿姨，陶厂长久经革命考验，他会挺过来的，这个家不能离开他。

孙阿姨淡淡地笑了，说知道了小吴，说心里话，陶加不在身边，我和你陶厂长也一直把你当我们的孩子一样。

吴刚心里头一热，说我脑子笨，没感受到您和陶厂长对我的爱。从今以后我要慢慢来感受，只要陶厂长把这一关过了，什么事也没有了那就好了，然后我们一块儿回家去。

回家。当吴刚提及回家的时候，心头蓦然掠过一缕心酸。不知是对曾经的老战士崇敬，还是乡情使然，觉得心里头不是滋味。为着在这异乡好好生活下去，许多的事情，只是闷在心里，不表露出来，更不愿意让人知道。只是暗地里鼓足劲，除去一个又一个困难，默默往前走着，用厚重的足迹，丈量大地，不问收获。

昨晚孙阿姨回家换洗衣物去了，病房里，陶立拉着他的手，半天不松开，显然是有话要说。吴刚轻轻贴近陶立，说我在的，一直在您身边，早就知道您心里有话想说，只要我能做到的，一定满足您的心愿!

屋里安静极了。吴刚紧紧握着陶立的手，感受着缓慢的脉动，听着陶立微弱的话语。话语重复着：吴刚，找个时机，带我回家，不要让他们知道。

陶立进入弥留的时候，陶加仍不见踪影。孙桂花心疼陶立，临终了，唯一的儿子却不在身边，便埋怨儿子太不懂事，真是养了一个冤家。两下一着急，她就有些喘不过气来。

滨城相关领导及国资系统和食品集团公司的领导们都来了，在病房外站成一团又一团。大家议论着，觉得陶厂长这一辈子别看在位时风光，不想临去了，生养的孩子却不知在何处，便都感叹不已。

吴刚把孙桂花拉到一旁，阿姨啊，您和陶厂长待我如自己的孩子，我心里明白，只是我总怕自己做得不好，伤您和陶厂长的心。这样吧，陶加哥没在床前，我就当一回儿子，让陶厂长，不，让“爸爸”安心上路吧。

孙桂花把吴刚带进病房里。孙桂花朝戴着呼吸机的陶立耳语了几句。好半天，陶立不动了。

吴刚站在一旁，想上前去喊一声。但孙桂花没有喊他上前，他也便只好站在一旁，着急地看着陶立。

陶立费力地拿手指着呼吸机。孙桂花便把呼吸机摘了。陶立猛烈地喘着气，桂花啊，我不放心啊。家里的那杆秤，他不是一直盯着想要吗？就给他吧，留着终究是个祸害。

孙桂花扯了扯吴刚的衣服，吴刚会意，一把跪在床前，高声喊着，爸爸啊，您安心走吧，有我哩，家的事您就放心吧。

陶立走了，走得让人惋惜。

国资委成立了治丧小组，全面负责整个善后事宜。吴刚以儿子的身份把一应事情担着，孙桂花一直沉默，泪也没有流。

送完陶立，冬天不知不觉就来了。按照老家的习俗，吴刚和孙桂花一起为陶立守灵。

守灵结束的那个晚上，孙桂花把吴刚喊到客厅，好半天的沉默让吴刚有些喘不过气来。其实，他是有感觉的，不仅如此，而且内心的慌张始终牵扯着他的心思，让他无法安静下来。许多个夜晚，他甚至都能清晰地听到肺部有水流声，从一个小小的点位，迅速向全身蔓延。这样的一种感觉，让他心慌意乱，久久无法平静。

吴刚便说，孙阿姨，不，妈，您可不能有什么事情啊，爸爸还在的，一直还在，您可不能想那么多，身体要紧。

孙桂花朝吴刚摆了摆手，来，我们娘儿俩说说话。

吴刚坐在孙桂花的面前。孙桂花说，后续安心搞你的艺术创作吧，我这里没事，身体不错的。这次要不是有你，你爸爸也就算是不能瞑目了。你是我们陶家的大恩人啊。今后你有什么事，我借着你爸爸一点儿余威，能帮助你的全力帮助你，不能的，妈妈这里还有点儿钱，帮你疏通一下，让你也有个好点的生活环境。另外，你爸爸走之前，还有一件事托我办，就是那杆古秤，他和我商量了，把它就转送给你，你好好收着，算是相识、相交一场，留一个好念想！

间章三

车在衡水站停半个小时。吴刚出了车厢，到站台上活动手脚，然后在移动售卖点买了两瓶老白干。吴刚记得，第一次进陶立家的门，陶立就是用这款牌子的酒来招待的他。陶立一口乡音，说这衡水老白干和武汉小黄鹤楼有得一拼。

老白干的味道在心头浓烈，陶立这就要回家了，村里会来一些人帮着收拾，抽烟吃饭喝酒等事项，都得要考虑好，以体现村里对陶立的尊重。在外的人，回了家，就得给足这样的体面。

车继续南行，吴刚也有些饿了。泡面、火腿肠，再配上榨菜，火车上的三剑客，给予无数旅人以便利，算得上最为经典的国民食品，且经久不衰。

车厢混杂的各种味道不曾消去，吴刚沉浸在方便面的气息里，把呼吸调匀，然后慢慢吃着，慢慢让身子暖和起来。

吴刚轻轻推了推陶立，刚想说话，视频呼叫从手机里弹了出来。吴刚接了视频，堂妹的笑脸在手机里震颤。吴刚朝她晃了晃手，以示招呼。堂妹晃着身子瞄着镜头一个劲看，确认吴刚在火车上，也就安静了下来，说：“哥啊，怎么想着回来了？”

吴刚说：“想家了，回来看看。”

列车晃悠悠地进了山东省内，吴刚趴在小桌板上安心地小睡。陶立在替他值守，他当然安心。说起来带陶立回家真不容易。他买了鲜花还有一应祭奠用品，到逻州镇西山陵园，一番祭拜之后，他悄悄地对陶立说，我已经安排好了，准备明天带你回家。

陶立没应声，吴刚也没在意，只是小心地打开墓板，不时关注四周，在确认无人的情景下，迅速将陶立的身子从盒中倒在准备好的红布袋里，然后将盒归位，墓板封好。整个过程，陶立没作声，任由吴刚操作，用无言密切配合着。

之后，吴刚开着车，带着陶立，沿着海河，到铁十八局、引滦入津纪念广场、滨城食品公司以及陶立曾居住的小区走了一圈。一边走，吴刚一边和陶立说着话，说都好好再看看，看好了，以后就不看了。

火车在即将抵达聊城的时刻，吴刚很自然地醒了。醒来的吴刚想着和陶立说说话，推进一下明天的事情。

按照计划安排，吴刚带陶立回家，之后，一起在村子里走上三圈，让陶立再看看出生的地方，看看这里的乡亲，闻闻这里的气息，然后到后山入土为安。

吴刚的这个计划有些随大溜，却符合乡俗。吴刚询问过母亲，想征求一下意见。母亲一直未有言语。后来，吴刚纠缠不放，母亲才说："你们按照规矩办吧。"这是母亲的态度，想来也是村里人的态度。吴刚没有再说什么，把握好时机，抓紧带着陶立回家。

第十三章

临出门去诺玛特超市之前，五土问妞妞，可以吗?

妞妞望着五土，大而黑的眼扑闪了一会儿，右手食指和中指就跳了出来，满世界的通透。

也难怪五土有此一问。这要放以前，可是想都不敢想的事。妞妞自出生起，身体就多病，一刻都离不开人，更少去公共场所。五土忙完屋里忙外面，身心满是疲惫。四水前两年跟着一帮同学去广东顺德，偶尔回逻州镇一次，五土根本不着指望，独自带着妞妞过着。家里的老父亲放不下心，说你带妞妞回老家歇歇吧。人生低潮翻涌，五土索性都放下，背着妞妞回乡。

临风庄园最终还是盘了出去，只是价格非常低廉。丽云让四水带的话，说已经非常不错了，随着实体经济快速发展，这类没有任何技术含量的产业势必会迅速被淘汰。事实也的确如此，没多久，庄园就荒了下来，破残在柴泊湖畔，成为一堆岁月的伤痕。

五土同妞妞一起感受病痛，挑战折磨，耐心坚守，一同面对生存的艰难，这让五土生活过得十分败兴，甚至觉得自己和妞妞就是故乡丘陵蜿蜒出的一粒杂质，要多无味就有多无味。日子消耗了她全部的韧劲和激情，但感受着妞妞小小的温热，以及由此带来的动感和力量，她还是默默地攥紧了拳头。世界在心中，一切都是最好的安排。

讨点百家米，健康一辈子。老家一直延续这个老例，传统而庄重。米是每户人家赖以生存的根本，是气息血脉的源泉，当百家的精华汇聚在一起，连同整个乡村的精气神，就铺天盖地了。

老父亲吧嗒着卷烟，示意五土抛掉尊严还有倔强，挨家挨户去讨一把米，然后煮熟让妞妞吃，保准身体无事。

大米牵系起的乡情，竟是格外的沉重。五土背着妞妞，行走在村子里，孤寂落寞的身影，踏实地在村子中跳动。余光里，老父亲精瘦的身子隐隐闪现，大大的温暖如影随形。

因大米的品种、大小、色泽不一，也便组合成一个混杂的百家米世界。捧着沉甸甸的乡情，五土满怀感动。

回到逻州镇，每隔一天，五土就抓一把米给妞妞熬粥，熬的时候，一直默默念叨，希望带走妞妞的疾病。米慢慢地被妞妞吃了下去，身体的状况也肉眼可见的，一天比一天好，五土欢喜得泪流满面。

超市是个万花筒，妞妞的眼睛一直跟着挪不开。转了好一会儿后，妞妞拉五土的手，说妈妈您之前提过，这超市里有图书角，我想去那儿看书。五土微笑地应着，妞妞便安静地坐在图书角里看书。五土一边购物，一边朝妞妞那儿看，保证她一直在视线之内，等生活物品选得差不多了，便和妞妞碰面，说妈妈一会儿去米面区买些米，你如果不想看了，可以去那儿找妈妈。

妞妞应着，继续安静地看书。看书的女孩都是天使，五土欢喜地认定，不让时间干扰，由着妞妞当天使。

米面区里的东西丰盛，货架上堆得满满的，敞口盛米的木箱里，大米、黑米、小米、绿豆、黄豆、麦子等分栏盛放，互不干扰，如小山般堆积，令人涌起饱满的感觉。洁白的大米泛着晶莹的光泽，惹人喜爱，五土忍不住伸了手进去，随意抓了一把，然后在紧实的感觉里翻过手来，将米朝天扬去，任米粒纷飞。

这样的方式赏心悦目，让人身心放松。五土好长时间没有这样的感受了，心里欢喜地跳个没完。妞妞慢慢朝米面区这边走来，五土的身子舞动着，视线却在妞妞身上。

妞妞比盛米的木箱高，准确地说，高出有一头的距离。妞妞踮起脚来，够着身子，小巧的手就伸到米里了。米是刚刚五土抚摩过的，上面晶莹的光一直在，正吸引着妞妞的目光。

妞妞有些瘦弱的手握过来，以让米在手心里安家。米在妞妞手里跃动，顺势就玩起了捉迷藏的游戏。

在滨城国土局工作的眉子，推着购物车走了过来。她显然没有这样的体验，看着妞妞的举动，手里下意识有抓捏的念头，然后空落落地放下，心里不由得生了羡慕。

妞妞打小就喜好颜色，这回到了超市，看着晶莹的白米，透亮的黑豆、黄灿的麦子、圆滚的绿豆，以及整个丰富的世界，自然十分兴奋。妞妞的舞台自己做主。妞妞将洁白的米铺平，眼前分明就是一张脸。两粒黑豆轻轻在手，丢向该去的地方，一双眼睛就眨了眨，在米的世界活开了。妞妞的手没停，鼻子、嘴巴、耳朵等人类不可或缺的元素，信手拈来，欢快地占领各自的位置。

眉子轻巧地就融入了。眉子歪着头，看了看身旁的一位女顾客，在一片黑灰的木讷里，将目光转向妞妞。

有米的地方，就满眼生机。妞妞在洁白的大米世界里，填充其他的一些色彩。当一些黑色的、黄色的、绿色的米类及豆类移动了位置之后，整个米箱的世界不经意间发生了变化。

眉子拿食指扶了扶眼镜，朝着眼前平面的世界长长舒出一口气。她有了继续寻觅的愿望，好深层次感受立体世界的模样，便朝着另外一边歪头，身子也跟着侧转，身子用剥开宇宙的力量张着，模样十分劲爆，大有摧毁整个场景的意图。

那位女顾客朝左撤了一步，及时避开眉子的动作。

妞妞细微地捕捉到这一幕，粉嘟嘟的嘴角轻轻一翘，用一粒小酒窝填充。手里的动作没有停，顺势抓起一把黑米，优雅地扬了起来，头则使劲往后张着。黑色的米缓缓地，从妞妞红润的小手里顺势而下，没有章法地洒落在米堆里。

妞妞手举的高度和头扬起的力度，让米充分感受到了生机，只是，这些顺势而下的黑米，在白米的表面做着轻抚动作，并没有进入白米之中，也便无法衍生出另外的力量，来抵达一种画面，一种妞妞可以见到的各色米混杂的画面，并且丰富地呈现一切。

画面没在眼前出现，妞妞小小的心思就觉得天地转到了其他地方，也便生了气。妞妞调整了一下身体，重新踮起脚尖，猛地伸了双手，迅速在洁白的米里搅动。她得让这些黑色的米藏起来，不见踪影，再加入些绿豆、麦子，让画面变得更丰富。

梁伟在家里吃完午饭，和堂哥梁宏分开后，直接打车到诺玛特超市，选购些物品。他径直走向熟食区，迎面便碰到正在大米世界里奔腾的妞妞。梁伟安静地手扶下巴，斜眼看着妞妞，眼神里满是不屑。这孩子太能闹了，大庭广众之下，谁给你的权利这样撒野？不知道爱惜粮食？不知道维护正常的公共秩序？幸好你是别人家的孩子，要不然看我怎么收拾你。

内心“啧”了一会儿，梁伟竟然笑了。原来自己可以花这份心思，这份时间，看一个孩子拙劣的表演。关键是，孩子的表演还如此心安理得，成功地激发了他的好奇心。

这番念头，似乎不善，也不地道，但眼前这番景象，却很有社会现实意义，值得持续关注，看看事情如何推进。见证者都是需要勇气的，不止现场无争端地面对，更要消化后续由此产生的共情。眼镜男小小抬手，拿食指扶了扶眼镜，在一旁漠然而无趣地看着。

一个小胖墩儿飘移过来，脸上的肉坚实，脖子和肚子上的肉则随着飘移而奔腾，好半天才随身体安静下来。

小胖墩儿高出妞妞半个头，亮亮的眼睛看着妞妞，竹节般肥厚的手已经伸进米里，然后用力戳着，那架势，分明是要将天地捣碎。

妞妞感应到米箱在震动，脸上露出了微笑，正好头顶一束光照射过来，眼前便闪光一片。妞妞眨了眨眼，准备看清小胖墩儿的模样，一双手就横着朝男孩过来，携带着正颤动着的肉，制止着小胖墩儿靠近。

这是吃的米，不是玩的东西。小女孩不懂事，你也不懂事吗？听妈妈的话，赶紧走，不要和她一起玩，大家都在看着，多丢人！

小胖墩儿不理会，用力挣脱母亲伸过来的手。为什么不能和她一起玩啊！为什么啊！叫喊声连同肉颤动的冲击波，“蹂躏”着整个超市。

好半天，眉子从小胖墩儿那儿移开视线。真是好有趣的世界，不知道吃了些什么，竟然胖成了这样，大米吗？肉类吗？不得而知，真是够不让人省心的，包括眼前这个小女孩。

妞妞堆积所有的情绪，继续着自己的创造。一时间，以米箱为版图，在妞妞双手堆积起的力度之下，邻近的豆类、麦类等区域的豆子、麦子等纷纷越界，一路畅快地奔跑。

此时，米面区就是一方森林，妞妞成了森林里的公主，手里的米粒流动起来，如一颗颗星星，在森林里闪烁。森林里有鸟的鸣叫声，那是一粒粒黑米，闪着灵动的身姿，从妞妞手里流淌出来，在密密的星星间跳跃。这块版图上，不需要什么喜欢的图案，所有的米粒，所有能够舞蹈的米类、豆类等，都乖巧地混杂在了一起，在五彩斑斓的色调里，整个天地都舞动了起来。

妞妞张开双臂，迎接着，飞翔着，世间一片宁静。

好一会儿，再好一会儿，妞妞似乎有些累了，手平静地停泊在米上，脑袋耷拉着，额头尽可能地亲近米粒，仿佛正轻嗅大米里的气息。整个米面区，都融入这幅景象之中。米粒肯定是有生命的，或者说是有味道的，这般激活后，无比欢乐地在人世间翻腾。此时，在妞妞有限的认知面前，世界纷飞，无从阻挡。

米粒这般从不曾有过的奔腾，没有先例，没有预演，不受控制地混杂在一起，目空一切。

身处现场的眉子不自觉想着，原来世界还可以这般丰富。梁伟轻轻叹息，惊开了旁边眉子的梦幻和沉静。成人的世界哪敢这般舞动？明知这里的世界自由，就是不敢轻易尝试，害怕将自己的喜好显露出来，触动公众的利益，无法坦然面对指责和惩处。

天哪，这是在做什么？

就在这时，一名穿超市制服的工作人员从人群里挤了进来，一声尖叫，中断了妞妞精心营造的“艺术空间”，伴随着将妞妞推倒的动作，一并撕开了四周的平静，也精准地吸引了正在旁边挑选速冻食品的五土。待她疾步过来，挤进人群里的时候，身子不由得僵硬了。

五土屏住呼吸，眼睁得大大的。妞妞躺在地上，双臂正高高扬起，身上散落了许多米粒，仿佛点点星光，将周围的一切点亮。五土的身子慢慢靠近妞妞，她的双手张着，有些不敢碰妞妞，担心这一碰，惊醒了正舞动的妞妞和伴舞的米粒。此时，各种色彩旋转在一起，组合成一个精致的舞台。妞妞，她的天使化作精灵，正点亮整个世界。

这是谁家的孩子啊，怎么不好好看着呢？看把这些米呀、豆呀混在一起，这还怎么卖，怎么让人买？声音尖厉，迅速在米面区扩散，带着藐视世界的冷漠。

妞妞的身体轻轻抖动着，五土一把揽过妞妞来。面对人世以及人间的嘈杂，天使也会折了翅膀。五土轻轻地拍着妞妞，好让一切安静下来，但此时米面区的繁杂空间里，喧闹使人无法安静。

超市的工作人员纷纷赶了过来，商议如何处理。购物的顾客们也围了上来，见证这件新奇事的处理。梁伟和眉子对视着，彼此都摇了摇头，显然是感叹，即将发生的事情，都会在他们的意料之中。

这是吃的大米，是粮食，不是玩具，怎么不看好孩子呢？有这样做母亲的吗？现在粮食多金贵啊，早就都在倡导，加强孩子这方面的教育，不要糟蹋粮食，怎么就放纵了呢？

工作人员双手叉腰，直接质问五土。

眉子上前一步，万物都遵循“界门科属种”这条全球共识的规则，可随便拿出一个物品来，有几个人能够知道，并且说得清其属性？大家缺乏专业的学识，专业的心思。既然缺乏了，那就不要用专业的要求来约束言行，并且强加到这位母亲身上。你们这样做合适吗？再说了，怎么可以用“放纵”这样的词语呢？不如说这是对米的一种亲近好了。这样的亲近太难得了，我们成年人绝对不敢有这样的举动，这孩子做得好哩。

梁伟鼓掌，为眉子叫好。

别在这儿瞎扯，哪儿闲着哪儿待着去。你扯一千道一万，现在问题出了，就说怎么办吧，扯那么多有用吗？总不能说因为这难得，就置超市的损失于不顾吧。工作人员止住了梁伟的举动。

场面渐渐平静了下来。五土低头向工作人员道歉，表示孩子不懂事，都是因为好奇。我赔，今天孩子造成的损失，我都承担。

眉子、梁伟等一群人继续围着，静看事态发展。

工作人员环视四周，平复了一下心情。女孩妈妈你也看到了，各种米类、豆类混杂在一起，肯定无法对外售卖。这样，我们讲道理，这些混杂在一起的米，你都掏钱买走吧。

工作人员话音刚落，人群马上起了哄。事情要是这样处理，还叫事吗？敢情我把某个地方给祸祸了，然后将祸祸的都收拾整齐，处理掉就没事了？显然不公平嘛。这里是公共场所，孩子侵犯的是集体利益，就不能由商家一方说了算。

妞妞害怕地往五土怀里扎，五土拿手抚摩妞妞的脸蛋。没事的妞妞，妈妈来处理。说的时候，感觉到旁边一只手正拍了拍她，眼镜女拿手指了指头顶，五土下意识顺着手指的方向看过去。五土的目光同许多顾客的目光一起，都投向超市的大屏幕。大屏幕上，妞妞的举动，没有一丝的隐藏，正清晰地呈现着。

瞬间，五土脑海一热，一种衣服被生生剥离，全都暴露在光天化日之下的感觉涌上心头，整个世界被无情地撕碎。

梁伟轻轻地摇了摇头，长长叹了口气。

五土揽紧妞妞的身子颤抖着，好半天，才慢慢平缓下来，然后冲工作人员说，请你们立刻关掉屏幕，并删除相关内容，你们已经侵犯了我们的隐私权，我们保留申诉的权利。这事因我们而起，我们不推卸。你们找有说服力和话语权的专业机构，做个测算，看看一共混杂了多少，我们全部买走。

梁伟轻轻靠近五土，说今天这事不能就这样算了，他们太嚣张了，把您孩子推倒在地，您得带您孩子去医院看病，怎么可以轻易放过他们呢？

女顾客连连点头表示认同，孩子妈妈你抓紧报警，根本就不用将米买走，这样的超市没必要继续开下去了。

五土蹲下身，拿额头贴妞妞的脸。妞妞，身上有疼痛的地方吗？和妈妈说说，妈妈找他们去。

妞妞的身子连同在米里轻松穿越、轻松让米升腾的手，此时没有了动作，僵硬地和周围的喧闹对抗。

妈妈，我们回家吧。好半天，妞妞眼泪汪汪地望着五土。

五土起身整理了一下妞妞的衣服，然后抱着妞妞准备离开。

工作人员阻拦，说不能走，事情没解决怎么能走呢？

眉子摇摇头。当妈的就怕这样，一点儿主见都没有。抓紧报警，然后去医院，趁我们大家都在，可以做证。

现场一团嘈杂。几名工作人员围聚了过来，当班经理也出现了。

五土从没报过警，她掏出手机，顺势递给那位女顾客。女顾客没接，而是示意梁伟。梁伟一个侧身，巧妙地躲向一边。

等待警察出警的过程熬人。眉子陪着五土说了半天话，俩人倒投机，一些话都能说到点子上，便相互留了电话，并约定保持联系。

五土抱着妞妞，想着让妞妞睡会儿，但这样的环境显然不适合。妞妞紧紧抱住五土，脸红红的，呼出的气息灼人。

警察到来的时候，梁伟抱着双手，在一旁静静看着，有那么一丝感动涌入五土的心田。以至于警察询问相关情况时，她还是很有底气的，毕竟有顾客见证，包括监控设施都可以证明。

事情最终在工作人员是否推妞妞上出现了争议。五土要求查看监控，一行人去监控室的工夫，梁伟“失语”了。五土的余光一直在他身上逡巡，好一会儿后，这奔波成了虚脱。

最终，在警察和工作人员见证下，以15厘米为标杆，混杂的米豆等全部收拢过秤买走。大家都不容易，过得去就行。

五土付款后，顺手将发票和小票收好，然后背着妞妞，一手一袋米走在回家的路上。梁伟费力地拎着两袋米，在后面紧紧跟着。

五土哼着妞妞喜欢的儿歌《捉泥鳅》，想着这次泥鳅捉得够大，够在往后的日子里好好说道说道。妞妞没吭声，五土拿手肘碰妞妞。妞妞伸着双手，没有回应，也不知道该怎样收回来，就那样朝天举着。五土微笑着让妞妞将手放下来，说没事了，回去后给你煮米饭，做排骨吃。妞妞愣愣地点头，手依然放不下。五土想着妞妞的手在米里飞腾的场景，恍若满天的星光洒落，一直在身后蔓延。

好一番混杂，世间的模样。

从超市回家后，妞妞一直不说话。五土的饭也做得心不在焉，老想着妞妞可别出什么事。这病刚好没几天，可别再犯了。五土在电饭煲里蒸了米饭，香喷喷的，加上炖排骨的香味交融，着实好味道。只是妞妞兴致不高，慢慢吃着，眼神呆滞，没有一丝神采。五土洗着碗，有意识将声音弄大，悄悄地看向妞妞。妞妞正在卧室里扬着手，头缩着，面朝墙壁，一副害怕的模样。

妞妞依然不说话，晚上觉睡得也不踏实，时不时地醒来，扬着手喊妈妈。转天，五土没送妞妞去幼儿园，想着在家里好好休息几天再说。一天下来，妞妞依然不说话，五土轻轻碰一下，妞妞便慌乱地躲避。五土才想着妞妞该是吓着了。看着屋内冷清的气息，五土心里黯淡，默默流起了泪。自打有了妞妞，日子就过得粗糙不堪，没有鲜艳的色调充斥其中。要不是她一路强撑，格外小心地面对，早就崩溃一地了。如此煎熬的时光里，事事忧心，生命透明，里面的骨头都清晰可见。这不是五土想要过的生活，可日子就过成了这样，胆战心惊的，混杂着满满的不甘心。

五土尝试和妞妞沟通。妞妞木讷着，慢慢地扬起双手，眼睛微闭，仿佛正联络天地，用意识的神思和身体的热流对接沟通。五土紧紧抱着妞妞，呼唤着妞妞的名字，泪水不觉流了下来。

妞妞在自我的世界里游弋，五土无法深入，却清晰地知道妞妞出问题了。她在亲朋好友中询问，探寻问题的缘由。毋庸置疑，惊吓是一个原因，更重要的是，妞妞的世界有一扇门曾徐徐打开，视线已经奔向了门外，谁也没料到，打开的门，又被强行关闭了。

安顿好妞妞后，五土去了超市。超市结算过程中出现了问题，米是按照黑米的价格来计算的，黑米贵出白米不少，而白米却多出黑米更多。这次有关米的事件，由妞妞掀起，恍惚间，五土想起了百家米，没来由地感叹，吃过百家米的妞妞就是与众不同。

超市方面对此深表遗憾，表示会积极协商解决问题。五土没当场表态，这事不能就这样算了，赔偿是少不了的。关键是她得让这样的情绪在身体里多留一段时间，积蓄力量，然后好好酝酿一番心情，混杂在一起，成为陪伴妞妞过好往后日子的一剂养分。

眉子提议，让五土抓紧带妞妞去专业的医院看看，如果确诊了，来一个鉴定，后面就更有意思了。超市这样的态度，就得让他们吃不了兜着走。

带妞妞去医院做鉴定，这是五土不愿意面对的，毕竟妞妞健康成长，得远离这些地方。妞妞是她的唯一，不能因为这平常的一次超市之行，从此让她背上一辈子的负担。

五土不希望妞妞出现在医院，便独自前往，去问询明白，还妞妞一个快乐健康的日常。安定医院的医生耐心听完情况，表示妞妞有自闭症的迹象，回去好好陪陪孩子。陪伴是最好的治疗药。

整个事件对超市来说，的确有些冤枉，但事实面前又不得不认真对待，商议解决的办法。毕竟问题要解决，态度至关重要。超市起先态度还比较积极，制定了慰问及赔偿的相关方案，但当出现医疗纠纷之后，大家的话语一下子谨慎起来。既然选择走法律程序，那就按照常规方式办，最终法院怎么判，超市就怎么执行。

事情一旦走上了法律程序，不止事项烦琐，而且进展缓慢，一般人哪有时间和精力耗在里面？五土很清楚，不想过多纠缠，超市提出一个诚心解决的办法，差不多就完。

这么多的米放在家里，吃不完还占地。五土想起家乡的百家米来了，便将眼前这些米分成一小袋一小袋的，然后敲开邻居家的门。如今同一栋楼里居住的住户，彼此都没怎么来往。这些来历复杂的米，倒也成了一粒粒有着生活味道的使者，串起了邻里关系。不去奢求什么，只想着让妞妞在这样的居住环境里，能够快乐健康地成长。

临风庄园盘出去后，五土彻底和逻州镇中心小学断了联系。前几年，她一直做国际贸易，只是妞妞太牵扯精力了，她也就做得并不顺利，好在还能基本维持正常的生活。后来到了滨城，在家里边带妞妞，边操盘。日子虽然不好过，但好在可以陪伴妞妞。

妞妞好了，自然就有了一切。

那天，五土在家里处理完一大堆报表业务，早已过了午饭时间，便想着赶紧做饭。她起身，揉了揉有些发酸的腰，下意识去找妞妞。

屋里特别安静，妞妞正蹲在米袋旁，独自玩着米。起先，五土并没有看到米，只看到妞妞的双手在米袋里游动，而后便看到一粒又一粒的黑米还有豆子，被妞妞从洁白的大米里挑了出来。时间缓缓流逝着，那些被挑选出来的黑米连同豆子，慢慢堆积在旁边的碗里，欢快地相拥。好一会儿，妞妞浅浅地笑了，酒窝开满了小屋，一直紧紧绷在五土心头的弦，缓缓变得柔软。

半夜，妞妞已经睡着，五土将碗里的黑米还有豆子重新倒进白米里，然后拿手在米里划动，好让那些黑米和豆子在白米里充分游动，然后寻找各自的位置，自由地去种植梦想。

五土的手，在混杂的米里游动着，竟然有些欲罢不能。这样的游动，不可遏制地让米活泛了起来，继而她的手指活动了起来，心思活动了起来，梦境活动了起来，一同汇聚成一缕温馨而充实的气息。

这些气息，连同混杂在一起的日子，在屋里缓缓弥漫。

她想着，得找个时间，带妞妞回老家还愿去。这粒杂质还要在故乡里研磨，顺着时间流逝，感受生命的质地和光亮。

间章四

车在菏泽站停着，吴刚从座位上跳了起来，赶紧带着陶立下车。吴刚的行色有些匆忙，因为车停在菏泽的瞬间，他想到陶立给他讲过，那个圆脸护士的家乡就是这儿。陶立是专情的人，内心肯定将圆脸护士当手心里的宝一样呵护。吴刚想着让陶立碰一碰菏泽的土地，亲近一下圆脸护士生活的地方，哪怕呼吸一下这里的气息也好。

站在站台上，吴刚的双眼伸向铁路的尽头，伸向尽头的城市，和那个圆脸护士共享一次空间，带着曾经为她动过的心一起，做最后一次亲近，然后告别，从此一别两宽。

列车打铃的时候，吴刚小心地抱着陶立上了车，没有任何犹豫。不知道是不是因为亲近了菏泽的土地，还是感受到了圆脸护士的气息，吴刚感觉陶立的分量重了那么一点点。他和陶立缓缓走到座位上，目光平静，然后一起凝望渐渐离去的远方。

列车进入河南的时候，天已经快黑了，天上还落着小雨，砸在列车玻璃上，漫无章法。吴刚安静地坐着，和窗外的世界平静面对。脑海里场景徐徐闪现：童年和伙伴们一起玩耍的小河，村前一望无际的麦田，村后的稻场、池塘、水井，后山的茶园、竹林、映山红，一条穿越乡政府的铁路，以及铁轨上悠闲的人群和牛羊……这些场景穿透力很强，抢占着他的脑海内存。

场景最终定格在村前的一棵水杉树下，母亲的气息正在树下徐徐升腾。吴刚还在很小的时候，母亲就已经在水杉树下构建属于他的影子和气息了。显然，母亲是在等待什么。那个时候田地还没包产到户，村民集体上下田地，因此，母亲站立在杉树下的模样，让村民津津乐道。父亲从旁边走过，母亲也没有停止动作。母亲有一条乌黑的大长辫子，她站在那儿抬头远望的时候，右手食指和中指在辫子的末端来回搓揉，犹如一只裹着黑色气息的燕子在母亲手里飞翔。

等到大一些的时候，吴刚偷偷在那儿守候过，最终什么也没有发现。可越是这样，他越能清楚地感知到，母亲是在等人，而这人不会是父亲，那到底是在等谁呢？吴刚一直没得到答案，便自我安慰，母亲该不会是在等待一个梦想吧。吴刚这样单纯地想着，直至到了滨城，和陶立相识，他才下意识地想母亲等的人会不会是陶立？

这个问题母亲从来没有提及过，吴刚也从来没有问过。所有的疑问都是双刃剑，吴刚不会轻易割伤自己，当然也就不会轻易得出结果。

吴刚从浓浓的乡愁里浮出来，轻轻吐出一口气，浑身透着萧瑟。陶立也似乎有所感觉，在缓缓行进的列车里和吴刚静静相对。

后来，39团为陶立记三等功。在254医院住了三个月院后，陶立被转到了团部的卫生室做康复治疗。这之后，他以顽强的意志进行恢复训练，待到整个铁道兵就地转工，他也从铁八师的一名战士转为商业局的一名工人。由于那次意外事故，他的左腿再也难以正常伸直了。许多时候，陶立面对这个世界的模样显得有些怪异，他前移的步伐受到限制，每次迈步只在半个步幅之间，迈步的同时，双手则要伸到腰后，贴着身子轻轻往上托起，如同两枚饱经沧桑的弹匣，在那儿紧紧保护着陶立身体的平稳，并由此护卫陶立艰辛的生活。

陶立的日子就以这样的状态呈现。每天有阳光照过来，他想伸出双手去迎接，可手只要离开，身子就不稳当，就会没有秩序地朝一边溜去。这些随着如水的日子过着，慢慢凝结成了茧，乡愁慢慢从中孵化了出来。白嫩的乡愁见不得光，愣生生嵌进陶立的腰板里，在弹匣不见天日的底部发起芽来，撑得一个个的日子生疼。

第十四章

男人端着锅，锅里是正升腾的火苗。火苗舞动夜色，从灶台一直蔓延到桌上。光洁的盘子里，舞动的火苗掠过一缕蓝雾。雾轻盈盈的，盘旋，连同辣炒红薯尖里裹着的一团热晕，在夜里脆生生绽放。

吴刚一身便装，出了东明县武装部招待所，信步走进夜色里。夜色婉转，一路是梧桐剪切出来的光影，点点碎碎，相互摩擦着，聚出城的气息。气息丝丝入鼻，不喧不闹，适合吴刚的感觉。别看这座位于黄河下游的城小，但老街老巷里透着厚重，民风民情里满是淳朴。每每闲暇时，他都会从所里出来走走，放松一下身心，感受一份惬意。

这里，是那个圆脸女兵的家乡，对当年在254医院精心照顾自己的女兵，陶立一直不忘，心心念念。此次接兵任务，恰好安排在这个地方，心里多少有些激动，冥冥中更有所期待。

小城四处散落着消夜的排档。排档较为简陋，借助底商外溢的空间，支上几张桌子，生意就开始了。菜以小炒为主，三五人围坐一桌，几盘时令佳肴上来，夜就丰富了，生活跟着就有了味道。

排档里，男人光着上身，正往滚着的油锅里放黄河鲤鱼。见吴刚过来，赶紧喊道来客人了。屋里接着跑出女人来，女人的脸红扑扑的，招呼吴刚坐。招呼的脸上露出的笑，涩涩的，夜就弥漫了欢愉。

吴刚坐下的工夫，眼前白光闪过，男人捉了上衣穿好，扣子很整齐。这速度不赖！吴刚想，练习练习，拆解枪械准是把好手。

女人搬了灯过来，说给领导照亮些。吴刚吃惊，说不敢当的。说的同时，轻轻摆摆手。女人显然知道他的身份，吴刚也没说破。走出招待所大门时，眼睛余光清晰地捕捉到马路对面有注视的目光，虽然知道会受关注，但被盯着的感觉还是不那么爽。

灯亮着，亮在夏夜，亮出了异样的光，闪耀在小城里，好一款清澈的气息。吴刚有了品尝的念头，便朝女人示意。

女人甜甜地说，您走南闯北，见多识广。这吃的是最新鲜、最有味的菜。我做主了，给您来一盘辣炒红薯尖，一份香肚，加一份我们小城独有的鲜汤，保准对您的胃口！

吴刚眼前泛起一团清爽爽的水雾，水雾里乡愁飞舞。这舞伴随炒菜升腾起的火苗跳动，温热而炽烈，唤起久违的欢喜。这样的夜晚，在异地的城，吴刚的心轻飘起来，和这小城的气息应和。

辣炒红薯尖是小城新火起来的菜，原料是鲜嫩的刚从地里采摘下来的红薯尖。女人拿了条新毛巾，将盘子及边沿连同底部擦了个干净，男人端着的炒锅里还冒着火，随即转移到盘子中。夜色里，红薯尖正散着青白色的柔光，几片小米椒圈散落其间，娇羞而妩媚，浮泛着清香气息。吴刚深深吸了一口，眼前不自觉闪现出吴天的身影来。

吴天是这次全县参加体检的65名青年里最抢眼的一个。那天，吴刚到体检现场巡查，见惯了军营里生龙活虎的身影，眼前的景致就疲沓、柔弱得不成模样。吴刚轻轻摇头，暗自叹息。有那么一会儿，怅然若失的情绪浓浓包围着他，直到一道坚毅、自信的光在他眼前闪过，一个身子壮实，浑身透着机灵劲儿的身影，愣生生闯入他的视线，才使他醒过神来。

那个后来知道叫吴天的应征青年身板直直地立着，目光里隐藏着一缕庄严神采和向往，恰到好处地瞄向吴刚军帽的军徽。吴刚下意识挺了挺腰，神情专注，不自觉地用全部气息去对接。

这绝对是一棵好苗子。吴刚暗自欣喜。他有过接兵的经验，大凡接的一批兵里，有一个兵能出色出众，军旅生涯就能因此而好好炫耀。然而事情发展却令人大感意外，昨天吴刚接到县武装部最终确认上报的名单里，并没有出现吴天的名字，满怀希望并且期待的他大为吃惊，继而生出此次任务将以失败而告终的感觉。

一辆洒水车唱着奋进新时代的歌，缓缓驶过，旋律和着水冲起的尘雾，在夜空里飘。吴刚夹了一小根红薯尖，吴天就在上面行走。行走的速度很慢，以至于到现在也没有相关的人来找他，说说吴天的事。

其实，吴刚是期待的，也为此而期待！这个时候的吴天，该是一款特殊的筹码，小城的相关人员会来一些操作，以达成某种平衡，而他也会为心底坚守的认定与最终的结果作以评判。要是悄无声息，那么对肩上扛着两杠一星的他，以及全权负责此次兵员征集的使命来说，就是一种无形的挑战。

挑战无处不在，吴刚并不担忧，他手里还有一张牌，在片区总领队的认可下，能鲜明地表明要谁，不要谁。至于出不出，何时出，还得静观小城方面的举动，共同拿捏好，把控好，让征兵的曲调优美。

一辆车驶过，光亮直直过来，眼睛好一会儿看不见东西。吴刚下意识一愣，这光照有些人为的意思。香肚上来了，吴刚夹起一片，缓缓放嘴里。温度恰好，将味道激发，随一缕长长的清香舞动。

吴刚由衷赞叹，真不错的味道。念头过了，就继续夹菜。余光处，他敏锐地捕捉到头顶暗了一下，接着再暗了一下。显然，一团黑暗正在靠近他。吴刚没动，这个时候，得以静制动，伺机摸清情况。贸然出手，不仅有失身份，回击乃至攻击力也会大减。

吴刚屏住呼吸，筷子凝在空中没动，腿部悄然绷紧。在一场短暂的蓄力之后，他的身子快速弹起，并且急速转身，直视那团黑暗。

一个温暖的世界呈现。气息里，一个圆脸姑娘正低着头，手里是一把撑开的伞，无声撑在吴刚的身后。想着是这露天大排档有着许多的烟尘，还有小城延绵的瘴气，姑娘便撑开了伞，撑开吴刚头顶的一片天，好让他安心品尝小城的味道。在这异乡，面对此景，吴刚紧绷的身子一下软了下来，鼻子酸胀胀的。因急速转体的力度还未消去，遂牵引着姑娘顺势后退，那把伞犹自腾了起来，在空中舞动。

圆脸姑娘的身子往后倾倒。好在这倾倒的幅度不大，加上原本身子就有些前倾，也便很快就稳住了，借吴刚微微一愣的工夫，朝街对面的黑暗奔跑而去。吴刚接了伞，冲姑娘喊了一声。声音飘动，一起融入黑夜，连同姑娘的身影。

有那么一会儿，吴刚的思绪飘飞。这个圆脸的姑娘，就是那个曾经在滨城254医院里的小护士吧。陶立在一次聊天的时候，专门提及圆脸小护士，尽管过去了多年，依然会随气息而至。

被这股暖暖气息围绕的吴刚，想着找老板娘说说情况，至少得打听一下，不能做一个不知道感恩的人。

女人站在吴刚的对面。吴刚微微一笑，示意女人近身来。女人移步的时候，一个小男孩正靠近吴刚，头光光的，闪着光亮。吴刚下意识伸了手去，准备抚摩。不想，男孩一个蹲身，猫腰溜了。蹲身的同时，顺势将手里的一听健力宝放到桌上。

吴刚笑着。这样的夜，实在有趣。

被小城细密关注着，吴刚有些不安，想到即将要带往部队去的众多年轻人，这些年轻的生命在小城里长大，通过自身的言行，或多或少做了一些有益于小城的事情，成为各自家庭的骄傲，成为小城未来的希望。随后该如何教导才不负满腔热血，以及满城期待，着实需要细致对待，倾力而为。

这样的夜晚，小城涌动着热流，并且有了传递，静悄悄到他的面前，无声而质感地呈现。吴刚忽然感觉被一缕信任重重包围。

吴刚有了想喝酒的冲动。这个夜晚，品着夜色，嗅着小城的气味，再来点儿酒，就着这精致的菜，惬意极了。

女人将二两装的小郎酒打开，吴刚微微点头，眯着眼睛，望向马路上走过来的一抹身影。身影是两位老人，夜色里，他们像缠在一起的一截枯藤，慢慢朝这边移动过来。灯光泼向他们，穿过树影，泼在他们的脸上，泼出岁月的沧桑。

吴刚四下扫了一眼，没有见到朝这边望的人，显然两位老人是冲他来的，尽管他没穿军装，但对方却能准确地知道，并且到达他的面前。

老汉咳了咳，声音嘶哑，夹杂着小城的腔调。

领导你好，你不认识我，我认得你，我是吴天的爷爷，她是吴天的奶奶，我们想一起和你说说话。

吴刚起身，然后扶俩人坐下来，同时示意女人，给添两副碗筷。

吴刚握紧吴天爷爷的手。就目前掌握的情况看，吴天让一个叫汪武的人替代了。怎么替代的？采取了哪些手法？他一概不知情。面对吴天爷爷奶奶，吴刚没法说什么，他不清楚，也说不清楚。

老两口坐着，坐在吴刚对面。空气焦灼起来，有些尴尬。幸好男人那边传来锅勺相碰撞的声音，稍微缓解了些紧张氛围。吴刚等待老两口说话，他已经预备着，接受询问，甚至质疑。

夜安静地敞开。好半天，却是女人开了口。吴爷，您和奶回去吧，这都是县上的决定，人家领导不知情，也不可能知情。

吴刚摸出烟来，给老汉递了过去：您老想说点什么就说吧。

老汉接了烟，吴刚的火就点了过去。一缕烟从老汉残缺不全的牙缝里翻涌出来，透到夜色里，很快就不见踪影。夜，深了。

许久，老汉没有言语。吴刚陷入深深的思索之中，直到低低的抽泣声传来。是奶奶的声息。吴刚有些慌神。这是他们的城市，虽然被夜色包围，但许多眼睛都会盯向这边。再说了，像这样一个特殊时间，像他这样特殊的身份，他们充分地运用起来，制造一个自由的空间，好将积压在心里的苦闷、不解以及怨恨都宣泄出来。

老汉说话了。老汉说话的时候，并没望向吴刚，而是低着头，头低低的，话语也压得低低的：吴天还有机会吗？他特别想当兵！

一声叹息随之而出，轻轻覆盖夜色。

吴刚是看好吴天的，在事情还不明朗的情况下，他不能轻易出牌，他需要权衡，不仅要完成好工作，还要为军队选人把好关口。

一个身影急速奔了过来。腰板直直的吴天，擦了擦额头上的汗水，冲吴刚示了示意。显然，他是听到消息后赶来的。吴刚就喜欢这样的直接，浑身充满了力量。

吴天向吴刚点点头，然后扶着爷爷奶奶起身，走出了大排档。

吴天没有回望，走的步子很慢。吴刚能够感觉得出，吴天的目光其实是游离的，一直在吴刚的身上游荡，只是属于他自己的身体，已经无法或者没有力量来争取，便无奈也无趣地，被这个小城以及小城的人抛弃。哪怕是抛弃，他还是保持着一份自尊，骄傲而认真地从吴刚面前走过，不落一分的颓废。

任何一个参与应征入伍的青年都很棒，因为体检加上名额限制，没办法都如愿穿上军装，输送到国防战线上。吴刚深谙其中的道理，也便轻轻地笑笑，然后缓缓地任由酒下肚。就在这个时候，一个中年人的身影，从夜色里浮现而出，径直朝吴刚这边靠近过来。

吴刚没起身，示意来人坐下。

中年人站在小桌前说开了：同志，有个问题询问一下，可以吗？

他喊吴刚同志。吴刚听得真切。

老伯顿了顿，都说部队是个大熔炉，具备强大的锻造能力。平时表现不好的孩子，经过锻炼，能够改变并且变好吗？

吴刚笑了笑。您想得到一个什么样的答案呢？

中年人点了烟，夜幕里，在这大排档前抽了起来。夜孤独而绵长，映照着中年人的身子，松软而无力，整个人看过去，像在烟雾里环绕。

女人走了过来，冲中年人说，回吧，别打扰领导喝酒。

中年人猛地坐下，圆凳子咯吱作响。

同志！中年人又喊了一声。

夜色里，吴刚冲中年人点了点头。

中年人说，能不能不带汪武走？他这两天刚刚把身上的文身给洗了，但痕迹还在，可不能让他去部队里，国家的钢铁长城会给毁了的！

汪武，终于提到汪武了。吴刚下意识地眯了眯眼，恰好男人过来了，将一碗鲜汤放在他面前。

前天晚上，武装部一直与吴刚联系的王参谋到吴刚的房间，身后还跟着一个人。王参谋说有个情况向首长汇报，从医院反馈过来的情况看，今年体检合格的58人中，有个叫吴天的血液检测经过再次复验，有一项指标不合格。为确保兵员质量，我们启动应急预案，由后面因名额限制而淘汰下来的人员替补。这个情况突然，我们赶紧来向首长汇报，并征求处置意见。

吴刚听后并没说什么，只在房间里来回踱步。王参谋介绍跟着一起来的人，说是我们县的县委常委、常务副县长。

副县长这个时候才对吴刚点了点头。吴刚颔首示意，说县长亲自来，我这两杠一星承受不起啊，谢谢县长对我们工作的支持，这事你们武装部定就行了，我原则上没意见。

事情一番搓揉，然后整合在一起，吴刚的心就敞亮了。汪武来头不小，有当常务副县长的舅舅作劲[①]，并且积极运作，他不便说什么，船头船尾都能坐人，都一样到达。因此，当眼前中年人询问的时候，他也便只是笑笑，出于礼节和职责，尝试了解原因。其实，有也好，没有也好，最终的结果都影响不大。

女人轻巧地过来，手在围裙上快速擦着，然后帮吴刚倒酒。

吴刚边谢，边示意中年人说。

女人接过吴刚的话：首长，今晚打扰您喝酒的兴致了，我们这小地方就是这样，请您谅解。回去吧，老叔，这里到处都是眼睛。

一来二去，吴刚就明白了，女人不想让老伯说话。女人熟悉情况，显然是不想让他陷入为难境地。吴刚浑身一热，心头掠过一丝感动。他示意女人坐下，说你家下酒的菜味道真不错。

女人手指间滚动着一支圆珠笔，等中年人缓缓消失在夜色里，才把笑脸冲向吴刚。女人一口白牙，晶莹剔透，说出来的话也温软舒适。女人说中年人刚提到的汪武是我们这小城的名人，每天无所事事，觉得大家都亏欠他，从街头到街尾，好的吃的，好的喝的，都得由着他。稍有不顺他的意，就会邀一帮人进行恐吓或打击。

“咚”的一声，是刀剁在案板上的声音，刀把震颤，嗡嗡回旋。吴刚马上明白，汪武这样的人，在小城是不讨人喜欢的。

① 方言，使劲的意思。

因此，他的家人就想着不能这样放任，想动用各种力量把他弄到部队去。部队是个大熔炉，锻炼锻炼，兴许回来就换了一个人。

吴刚不否认这样的可能。夜色里，什么样的事情都可能发生。这个时候，一群男女跑跳着过来，其中一个女孩叫喊着，今晚老子高兴，要喝酒。等她坐下来，夜安静了。显然女孩发现了吴刚。女孩的手在空中抖动了一下，分明是用手势让同来的人安静。吴刚便感觉有一股磁力，悄然间通上了电，缓缓地将夜色，将眼前的一切都凝了过去。

女孩端了一个口杯过来。女孩端口杯的手在吴刚眼前晃了晃，就有一团鲜活的青春气息在这夜里毫不掩饰地释放，同时释放的还有女孩不知怎么就红了的脸。女孩端着口杯的手，朝吴刚手里的酒杯移动，并做了短暂的停顿，分明是等待吴刚的杯子向前，然后相碰，碰出这个小城的接纳。在这青春的气息面前，吴刚笔挺的腰板有了应和，他微笑着，轻轻地抬了抬酒杯。

等一缕轻微的声音掠过后，城市是一缕干净的信任和豪放。女孩一仰脖，口杯就见了底。女孩吹了口气，朝向头顶的刘海，几个人就相互挽着手，沿着街道往前走。不一会儿，街道上就响起了《咱当兵的人》的旋律。旋律或高或低，或长或短，不安躁动着，倒也开阔。

吴刚没来由地激动。想和女孩们一样，放开嗓子，好好地吼一声。只是在排档男人和女人的范围里，或说在目视的范围里，理智让他安静地面对这些，任由那熟悉的旋律在大地上绚烂。

此次肩负使命来小城接兵，按照时间安排，接下来两天时间，吴刚将组织对全部应征青年的材料进行政审，严格把好所征集兵员的政治及质量关口。等随后县武装部按照招录程序确定出最终的名单后，再逐一进行家访，实地了解情况，确保兵员没有问题，从而为军队选送好高质量的兵员。这些，都是正常的操作程序，没有什么可说的，吴刚能够把控，也能够做好。哪怕到目前为止，有汪武还有吴天情况的出现，他也还能够从容应对。至少县里各项问题的考虑都还是比较周全的，事情做得都比较扎实，省去了他许多的担忧。

眼下，他要面对的是出还是不出手里头那最后一张牌，使得事情最终有一个准确而恰当的发展。犹如一首美妙的钢琴曲，在他肩上的两杠一星上欢快而轻松地流淌，然后带着小城里新征收的青年进入军队，完成又一年光荣而神圣的使命。

吴刚起身，示意女人结账。女人笑笑，说您不再继续吃点儿了？吴刚摇摇头。女人说，领导您回吧，已经有人替您结了账。吴刚笑着，说是你不愿收吧，你做小本生意的也不容易，收下吧。

女人说，真的，就是刚才那几个年轻人。人家看见您，都觉得亲切哩。就算他们不替您结账，我也不准备收您钱的，就当是小城一点儿心意，请您品尝品尝，平日里上哪里去找这样的机会？

吴刚慢慢往招待所走，夜色在他后面跟着，不离不弃。拐角处，一个黑影正蹲在地上，吴刚想绕开，不想中年人已经朝他走了过来。

同志！中年人还是这样称呼吴刚。

中年人无比幽怨地说，请你慎重考虑，不要带走汪武。多年了，他在小城已经闹得够劲，这要是到部队上去，那怎么得了啊！

吴刚听清了。中年人的话，轰然敲击着他的胸口，他都不知道如何来面对。好在他挺直的腰板有一股自然的力道，让他张了嘴，说我们严格按程序走，如果确实不符合条件，军队的门是进不去的。

中年人说，谢谢你了，同志！

吴刚想握握中年人的手，中年人下意识地缩了回去。中年人说给你添麻烦了，这事被他们操纵着，我实在是没办法。

中年人慢慢地消失在夜色里。吴刚忽然想弄明白中年人和汪武的关系，至少他们之间有着冲突，甚至是剧烈的。

吴刚转身朝中年人走的方向跟了过去，中年人的脚步够快，转眼就没了身影。前面就是刚才的大排档。吴刚走了过去，女人笑了笑迎上来，领导，是不是吵你睡梦了？

吴刚笑，问刚才那中年人，和汪武什么关系？

女人一愣，你说他们啊，关系很近，近得很，他们是父子。

回招待所的路不长，吴刚却走了好长时间。

转天，吴刚找来武装部王参谋，让他帮助查询一下1980年代初，从东明到滨城当兵的女兵人员。陶立无意识之间，给了他一个念想，名姓都不知道。他要寻出这念想后面的真实。

王参谋将一大沓档案资料置于吴刚面前，共有54份，显然，那几年，从东明出去的女兵不少。面对这些，吴刚忽然有些害怕，甚至都不敢轻易打开那段尘封的岁月。

好一会儿后，吴刚鼓起勇气，轻轻地翻开她们的资料，好让她们在屋里充分显露出来。资料上面都有照片，黑白的，一色的青春脸孔，而且脸大多圆圆的，仿若那个年代的标配。

第十五章

那年底，吴刚在菏泽完成了接兵任务，回到逻州镇部队后，还没来得及好好休整，中培通知书到了，便收拾行囊，远赴西安学习。转年的夏天，吴刚留校协助全军美术作品征集展示相关事项，等到他再回逻州镇时，时间已经是2005年的深秋了。

秋天是收获的季节，但对吴刚来说，这个秋天不同寻常，军队开始进入新一轮军改的实质操作阶段，许多单位进行了撤并转。初冬时分，吴刚办完了自主择业的相关手续，脱了军装，将一应生活用具锁在军队给安排的一套公寓房里后，从七仙山区逻州镇一路来到滨城。

馨香的菊花气息扑面而来，军队按月发放不低的费用，足够吴刚过富足的生活，但他并没闲下来，而是规划着，充分发挥特长，好好做点事。他选择了在一家杂志社做美术编辑。

吴刚发现横跨滨城东西的桥下有一艘废弃的船，便修补了一番，从杂志社在城郊安排的集体宿舍搬出来，住进了船里。

吴刚安静地在杂志社做美编，平静地生活着，每天午夜准时登录滨城广播电台蓝莓主持的“城市夜航班”节目，在音乐世界、都市心怀、情感故事里品评流连，日子虽然平淡但充实。犹如此时下着的雪，饱满地和船亲近。亲近里，滨城寂静，如一枚裹满了丝的茧。

脚步由远而近，踩在雪面上，发出吱吱的声响。声响震动着船里的雪，震开了吴刚的耳朵。午夜了，午夜的脚步声散漫，没什么章法，慢慢从主持人柔美而磁性的声音里挣脱出来。

两个人的气息正慢慢向船靠拢。冬天的雪夜，来河边的人极少。河边不温暖，小城在这样的雪夜也不温暖。

吴刚摸索着将身边的一把钢尺拿在手里。冰凉的钢尺毫不顾忌地吸取他手里的温暖，连同他的紧张。在船里居住的日子里，吴刚遇到过喝多了酒趴在船边一个劲呕吐的，谈恋爱倚着船说悄悄话的，还有午夜在船边进行决斗的。河岸、船等都属于公共场所，难免被“骚扰”。这样的次数多了，吴刚便索性当起了隔岸人，静静地在船里，观看城里的烟火。日子一天天过下来，有如一枚跳蚤，在滨城的骨髓里穿行，努力地自由呼吸。

寒冷的冬天，依然有不少的人在温暖之外，不是不想在温暖里呼吸，而是在通往呼吸的路上，还需要一些放哨的人。

吴刚清楚城里的生存规则。选择来城里，通过双手经营一份生活，一份属于并适合自己的心境，无须声张什么，认真而执着地将能接纳的接纳，然后任由四季风雨变换。

脚步声慢慢向船靠近，然后在船边安静下来。雪依然不紧不慢地下，细密密地吞没大地。雪夜容易让人紧张，尤其领地被入侵的时候。吴刚也不例外，虽然船里没有什么值钱的东西，但这样的午夜，这样的氛围，非常不好拿捏准确。吴刚屏住气息，下意识紧了紧握钢尺的手，浑身收缩成一匹不容侵犯的狼。

今晚真是倒霉透了，要不是腿脚快，就被警察抓了。如今电子支付时代真不给我们活路，你看，这鼓鼓的钱包都是各种银行卡，钱却只有35块，真丧气。先行靠近船的人说话了。吴刚的听觉紧张地收缩，把全部的话语揉进大脑。

吴刚听到河面上传出一阵沉闷的响声。凭直觉，他知道那是钱包落水的声音。同时，另外一人的声音响了起来，你扔了干什么？怎么不讲究点儿职业道德？随意扔到一个垃圾桶里不就完了？

两人的话语在雪夜里飘过，吴刚就稍稍安了心。俩人说话的腔调虽然有些飘忽，但大致的音域，尤其是一些纯地域特色的儿化音，这让他清晰地意识到，这俩人是他的同乡。

吴刚的脑海迅速搜索。这两人的声音他是听过的。就在两个月前，这俩人曾来过河边。吴刚记忆的存储器欢快地闪烁，这俩人最初出现的时候，是在夜色笼罩的河边，一同将一天偷的钱对半均分。吴刚隔着一个身子的距离，静静地屏住呼吸。他听到身体里骨髓流动的声音，带着响动，和这两人的声息遥相呼应。

船晃动了一下，先行靠近船的那人一屁股坐在了船上。吴刚的身子随船微微动了一下。动的时候，吴刚莫名地烦，烦这人不懂基本的礼貌。不属于你的东西，不属于你的领地，你就随意去占有，然后抬了屁股就坐？天下哪有这样的道理？

吴刚忍不住叹息，觉得此时这俩人真就像两只瘦瘦的落在城里的蜻蜓，没有章法地附着，无精打采，不知道方向，也不知道重心。

吴刚慢慢坐起来，坐在落满了雪的船里。忽然就想着，自己和那俩人其实没什么两样，都是流淌在滨城骨髓里的一枚人形标签。

船上的那个人一声尖叫，连同剧烈的跳跃一起，在雪夜里开出一朵惊恐的花，兄弟，这船里怎么有人啊！

下得正紧的雪，不设防地落进脖子里，浑身禁不住抽搐了一下。

另一个人紧急地后退了几步，好一会儿才慢慢站稳，哥哥啊，这个人可是把我们的秘密全都窥探了，我们还是离开吧，离开这里，越远越安全。这冰天雪地里，唯愿他没看清我们，没明白我们说的什么。

俩人没有犹豫，转身就走。被称为哥哥的，刚把脚抬了起来，却又缓缓放下，兄弟，等等，不能就这样离开，我说今天怎么这么倒霉，原来是背后有刀，一直紧紧贴着脊背，虎视眈眈地不饶人。我得好好教训教训他，别以为我这随身携带的刀子吃素。

还下着雪的夜晚，船里有一缕坚硬的光闪现，然后在雪夜里，慢慢散开，落到河面上，慢慢回旋。

吴刚没有动，安静地对视。

你们想干什么？吴刚说的时候，将紧握的钢尺晃了晃。

声音在雪花里穿透，重重落在那俩人的身上。

那个被称为兄弟的人吐出一口长气，我们想干什么？我倒是问问你，大半夜里你想干什么？

吴刚说，你们坐下吧，看你们也够累的，抓紧时间休息一下。在外生存有很多种方式，如今这么好的生存环境，你们怎么就选择了这样龌龊的路呢？城里生存是不容易，家人都盼着我们好好干，多挣些钱。不可能也想象不出我们会在城里做一个夜游神，专门在夜里行动，袭击弱者，做危害人的勾当，人的卑劣、人性的恶应运而生，慢慢地浸染进骨髓里，牵扯着自由和舒展，脊柱还怎么能够挺直起来？

不要给我们讲道理，我最烦人讲这个。被称呼哥哥的人说。

好，好，不说，我也没权利说。我困了，你们走吧，离开这个地方，以后不要让我再看见你们。

说完，吴刚慢慢躺下。那俩人的脚步声慢慢远去了。河边渐渐安静，雪依旧不声不响下着。

俩人再次回到河边的时候，大地已经白茫茫一片。俩人蜷缩着身子在船边转悠。吴刚感觉到船在运动的时候醒来，他本能地抓起那把钢尺，然后看见那俩人已经坐在船头，正盯着他看。

吴刚坐稳身子，心里纳闷儿，刚才在落雪里睡着了，而且很踏实，以至于这俩人何时过来，何时上到船里来的，他都不知道。吴刚莫名地觉得船里的落雪声，正从容地覆盖一切。

你们看清楚了，这船可是破的，现在船已经离开了河岸，正在慢慢进水，你们就该知道结果了。我们一起好好来感受这河的宽广，还有包容一切的气度吧。

吴刚停顿了一会儿，不知道你们两人感受到了什么？要是没有，我这里还有一瓶汽油，往船头一倒，你们看见没有，这是打火机，我只要轻轻按下大拇指，你们就会听到清脆的声音，它们会很悦耳，会瞬间腾起一团火来。我知道，这火不会轻易就燃着腾起，不会轻易朝向有温度的人，朝向有善心的人。

雪落着，白白的，慢慢聚拢在头上、身上。就有一团凝结的花开在船里，开在城里。吴刚将船划向岸边，俩人抖抖索索站起来，然后慢慢消失在雪夜里。

夜静了。城在雪夜里纯净起来，空气很新鲜。吴刚使劲吸了口气，船里落雪声里，一缕晶晶亮的味道浮泛，他感觉到了身体里骨髓在涌动，温热着，奔腾着，一起洗净眼前的世界。

爱心小馆在一条胡同口处，胡同口旁边就是滨城医院。医院去年进行了一次大规模的扩建，抬眼看过去，富丽堂皇的一个场所。好在这些与吴刚无关，他形影孤单地进入小馆。馆里人很多，食物的味道交相飞腾，使得他要的一碗馄饨就显得气息不足。这是他不能接受的。但这儿的馄饨便宜，又不得不让他强压制住反抗的念头。

小馆的经营有些特别，客人吃饱了，吃好了，给多少钱完全在客人自己的意愿。出门的时候，没有人管。这就有些意思了。好比这碗馄饨，外加黄灿灿的两个有分量的烧饼，平常饭馆里没五元钱是吃不下来的，而吴刚很轻易地就能吃个痛快，且每次只付一元钱，非常适合他。每每走出小馆的时候，吴刚的腰板都挺得很直，在接下来的一天，他会觉得滨城不错，看哪儿都顺眼，当然包括他自己。

这一天，吴刚一直忙到了中午，就近在旁边胜利公园里的长椅上睡了一觉，醒来的时候，看到散在地上的滨城报纸，一整版的篇幅都是一个小孩得了白血病，四处寻骨髓捐献的报道。没来由地，他心里一动。到目前为止，他还有一个不错的身体，而且骨髓应该是正常的，比较完美地支撑起身体，让他得以好好活着。

吴刚就去了滨城医院。当路过爱心小馆的时候，他会心一笑，想着，自己也是可以加入奉献者行列里来的。

进展并不顺利。当吴刚提出想给那个白血病孩子捐献骨髓时，医院大厅在场的人都笑了。就吴刚这副清贫模样，这副瘦弱身板，里面的骨髓怎么可能健康？怎么可能有质量？怎么可以对孩子的将来负责，顶起一片天地？

有围观的拍了图片传到网上，一时间网络世界话语纷纷。

吴刚没想到自己这一举动，在滨城掀起了波澜。这不是他想看到的，他甚至嗅到了歧视的味道，正一点点浮泛在周身。他在滨城生存，不会很快离开。他还想着享受这里的水和空气。说来生存无关这些，但对他来说，好歹有一块干净的土壤，他想撒一些善意的种子，然后结一些善果。怎么就这样难呢？

医院抓紧平息舆情，安排人员带着吴刚去做登记，并且按常规操作，抽取了三管血，然后就让他回城里。

没两天，就有一群人在城里四处寻觅吴刚。这寻觅是点对点的。因为不知道他的住处，也不知他的信息，寻觅的人四处碰壁，包括滨城相关单位的一些管理者。

医院这边的爱心小馆照旧火爆，相关的信息从热腾腾的饭菜里向外传递着。大多数来小馆吃饭的人，都有各自的揪心和伤痛，许多人的情况和那个孩子一样，都是得了白血病，唯一的办法就是等待配型，然后向死而生。他们可以从容面对生活，但又时刻在为生活纠结。无论外界说什么，都无法改变个体的独自面对，以及全力来争取、来等待的实情。生命，在这里体现得更加透彻。现在，当信息在爱心小馆里传递的时候，他们多想和自己有关联，只是他们都知道，这就像一场梦，流水般的梦，带着淙淙的泉音，匍匐蔓延向大地。

滨城公安赵明近来比较郁闷。局党委已经提名他任局刑侦支队长，在考察环节，有人再次提出，他三年前负责七仙山区柴泊湖景区凶杀案的追查，一直到如今都没有破，最终提名成了陪跑。

赵明心里清楚利害关系，工作干劲依然不减。许多时候，他用忙碌起来的节奏，带动身体高效运转，好忘记这些，甚至麻木自己。接到调度中心的指令后，他迅速带了人到达爱心小馆。一路上，他不停地用人像检索识别，反复比对，最终进行了确认。

一碗馄饨刚端上来，吴刚习惯性地拿右手做太极掌，在碗面上轻轻扇了扇，好让这气息升腾，然后深深地呼吸，任这香味满满地涌入五脏六腑。

就在吴刚吐槽的时候，赵明和另外一位同行向他贴近过来。

吴刚下意识地看了看，然后继续吃着馄饨。直到他端起碗，将最后一口汤喝完。还没有等他掏钱，前面的那人拉了他就走，后面那人则很潇洒地朝收银台丢下一张百元票子，三人就离开了小馆。吴刚还有意识地回头看看，只是让他失望，屋里没人关注他，哪怕那张百元票子，屋里也没人张望。

吴刚站定，对拉他的赵明说，我不认识你们，你们想干什么？

赵明叼在嘴上的烟，在舌头的作用下，从左侧慢慢转移到右侧，等再从右侧转移到左侧的时候，双手借助从舌头传导过来的力道，用力搭在吴刚的双肩上，然后哈哈笑了。

医院的一间会议室里，起先是一个人，后来慢慢进来不少的人，再后来，一串嘹亮的高跟鞋敲击地面的声响急急传来。吴刚不是个怕事的人，但眼下，这么多的人把目光投向他，表明他是有用处的。这么多年以来，他还没有见过这样的场景，当高跟鞋女人带着一股华贵的气息靠近的时候，他还下意识地捂了捂鼻子。

吴刚住进了滨城宾馆。宾馆处于闹市区，奢华的气息汇聚，冷静地注视着这个世界。女人后来没再出现。当然，这和吴刚没关系，他也没想要和这样的人扯上关系。他从看护及保障等众多人的话语中，剖析出了一组词语，他的骨髓和那个孩子匹配。

匹配是什么意思，吴刚搞不懂。既然搞不懂，就得有一个姿态，给予科学最基本的尊重。毕竟创造出这个词汇的人，都为此而付出过大量的辛劳。后来的事，吴刚记得不清楚了，似乎是有人指示在爱心小馆里站在他前面的那个人和他谈，说征求征求他的意见。

他的意见？什么意见？滨城生活的日子里，吴刚早就没了意见，说简单点，要是有意见了，何必还要走进医院？

这显然都是废话！可这样的话，又不得不问，要不然，这事就不好办了。新一轮的检查和化验很快就有了结果：匹配度极高。医生们都暗地里称奇。毕竟当概率达到一定的比值后，越接近上限，越表明他和那孩子之间必然有着某种联系。

吴刚被安排在医院的单间病房，设施设备都不错，只是氛围不自然。好在他早见怪不怪了，如同在陶立家时的感觉。每每想起来，心里总会莫名升起一缕酸楚，空落落的不着边际，要不是骨髓里涌动的一缕白细胞抗原配型完整，他还真忽视了自身存在的分量。

第十六章

杂志社负责人一行到医院看望吴刚，并进行现场办公，想着策划一期与慈善、捐赠相关的主题，提振社会及人民的信心，提升杂志的影响力。

来回好几拨人进出单间，或试探，或严肃地询问。起先，吴刚还有问必答，后来觉得无趣，也就干脆不再理会。骨髓的事，你们要就安心要好了，何必在意我的身份？

吴刚可以这样说，但当事人不一定这样想。身份不明，好些事情就不好办，也不能办。尤其这事关生命，谁都不敢轻易决定。

判定的情况尖锐。这个叫吴刚的人，无固定居所，无正当职业，行为散漫无羁，充分表明了他的平庸。人平庸，身体自然也好不到哪儿去，骨髓就更不用说了。这样的骨髓怎么可以进到孩子的身体里呢？

这个人身体里的血液有没有问题？骨髓有没有问题？身体相关部位有没有问题？又一番综合判定后，医院给出了相对权威的答案：没有问题，配型非常成功，是值得信赖的。

众人的视线和关注点都集中到孩子的爷爷——也就是一直在幕后决策此事的人那儿。那人管理着滨城一个相当重要的部门，此时，看着病床上的孙子，心一横，手一挥，救孩子命要紧。

吴刚被安排进行各样的检查，然后展开干细胞混悬液的采集，随后，这些液体慢慢地输入孩子的身体里。

出了医院的大门，吴刚感觉身体轻松了许多。十多天的医院没白住，人都养白了，也利索了。看来，这医院是得常来的，住上一段时间。当然，这是他一晃而过的念头。这地方哪是人来的地方？

吴刚本打算到城东的莲姨家去借住，可想着这个样子实在过不了自己的坎，便依然睡到桥下的船里。那儿熟悉的气息依然在，正吸着滨城的气息等待着他回来。

吴刚收拾了一会儿，然后坐着看夕阳慢慢在水里调和成深红色，水也便映得红红的，这样的视觉让他觉得温暖。这会儿，他倒是想着，自己身体里的骨髓注入孩子身体里了，也会延续着和他身体里一样的温暖吧。他希望是这样，没有什么理由，也不需要理由。

从医院出来的时候，赵明将一个提袋交给吴刚，提袋沉沉的，让他感觉到了压力。赵明说，这是一点儿心意，请收下，此事从此画上句号。

吴刚没有拿提袋。都说好了，既然是捐献，那就得有一个捐献的态度。哪怕这外在形象看着让人觉得不踏实，但心思一定要干净。

捐献的事情发生之后，吴刚觉得生活和以前不一样了，至少许多次他都在心里说，一定要过好，因为那个孩子的生活会好起来。从骨髓和血液相通相融的角度，他过得如何，那个孩子是绝对能够感应得到的。那活着的干细胞，在血液里会说话，会长大，会延续着他的血脉，会牵系起生命里的生机和活力，然后改变世界。

吴刚将这生机和活力用在了绘画当中，并尝试大幅画布作画。碍于场地限制，所以进度很慢，加上杂志社上级主管部门关停并转，便有了离开的念头，然后策划成立春之生绘画工作室。

事情从来不是孤立存在的，细枝末节之间，许多本不相干的事，都串在了一起，密不可分。那天，一企业家请客，杂志社人员都到场，吃饭的地方在君雅饭店，很高档的一个地方，大家高谈阔论，氛围倒不错，只是菜动得并不多，显然，这样的环境是来消费话语和情感的。等大家散场后，吴刚鬼使神差地重新返回单间，安排服务员将剩菜打好包，然后快步走出。这一连串动作，他尽可能做到自然，不带一丝风和月。谁知，出门的时候竟然迎头撞上了酒店大厅旋转门的玻璃。“哐当”一声，五彩的光环亮晶晶的，细密密地闪在他的世界里。

夜深了，寒气也慢慢地跟来了。吴刚蜷缩着身子，蜷成船里的一团温暖。温暖处，吴刚将收音机拿出来，轻轻打开，蓝莓轻柔、甜美的声音，伴随“城市夜航班”节目的背景音乐，在冬日滨城的河面上飘飞，在音乐世界、都市心怀、情感故事里徜徉，然后安静地陪伴滨城慢慢睡去。来滨城，除画笔外，一部收音机是他的随身物品。他喜欢在静夜时，用听觉感知世界。也因此在一个午夜，进入“城市夜航班”，主持人蓝莓轻柔、甜美的声音传来，在寂静的城市，在空旷的午夜轻盈地飘动，撩拨着他的心弦。这些他都微笑地认同，只是莫名地感觉这个声音很熟悉，一定是在哪儿听过的。

打那之后，吴刚穿梭在滨城大大小小的楼群之中，到一些餐馆里，将食客们吃剩下的打包带走。这样的生活给他带来了一份奇妙感受，心底忍不住叫好。只是，他只能对着缓缓流淌的河水说，没人能够听得懂他的话语，没人愿意来听他的话语。

船篷上的雪慢慢融化着。吴刚坐在船里喘气，近些日子以来，他总觉得胸闷，白天城市的喧嚣，夜晚城市的灯火，他觉得自己是在用心地融入，但总觉得肺力不足，无法坦然呼吸。

阳光照进船里，城市活泛开来。吴刚没有上岸，在船里把炉子点燃，热了热昨天打包来的菜，鱼翅、海参等在船里一同喧闹，和着船里炉火的气息，日子过得别有滋味，肺部也特别地通畅。这些滋味，和身体里的骨髓窃窃私语，一起升腾，氤氲周身。

再后来，对“打包”的举动竟是上了瘾，吴刚会不时出入高档酒楼，轻巧地进行一些与之相关的序曲。他忽然觉得这样的感觉如同给画布着色。他的生活在系列的各种素描之后，需要一些颜色来充填，这样，他的手心才不会出汗，他的肺部才觉得通畅，他的生存才觉得有质感。直到有一次，顺手将客人遗落的一个文件袋连同食物一并打包，他撤离时因心虚而撞上了玻璃门，汗滴在一脸的狼狈里飞溅，以至于手一直颤抖着，如河面上的水波。

文件袋里是一份土地竞标公关计划以及分成协议书。吴刚来了兴致，坐立船头，虚拟指挥着浩天集团老板王连军和滨城土地管理的官员协同运作，然后按照协议进行利润分成。

船在河水里轻轻荡漾。王连军，这个名字很熟悉，吴刚细细想了一会儿，一时无法确定，但肯定是在哪儿听过的。

好一会儿后，吴刚觉得手麻了，才哑然失笑。整个滨城都在忙碌，都在奔波，谁有工夫听你闲扯？可有人会听！至少王连军会听，而且会很有兴趣地听。计划及协议里写得很清楚，通过运作，王连军拿下城中心一块地的使用权，然后再转出，最高利润将达600万元。天哪，吴刚的手心冒出了冷汗。

文件袋里吹出一阵寒风，在河面上轻轻荡漾，慢慢凝聚在吴刚的眉头。流水声里，吴刚无力地仰望天空，为昨晚一个无意识的举动而深深自责，并且暗地里担忧。此时，这些都化作忐忑和不安，堵在心口，郁结在肺部，一时间难以化开。

和吴刚预料的一样。浩天集团总裁王连军发现文件袋遗落之后，迅速赶回君雅酒店，动用关系调取了全部监控，加紧进行排查。排查的疑点落在了吴刚身上。偌大的一个滨城，寻找一个特征不明显，且处于背阴处的人并非易事。此事会不会是一个精心策划的预谋，好让他中止操作，并接受相关部门的调查，继而彻底毁掉他的声誉？王连军不敢往下想，只为自己的疏忽叫苦不迭。

门迎小姐传递过来信息，那个人有口音，不是本地的。王连军敏感地捕捉到信息的重要性，赶紧安排人调查搜寻，几天下来，网渐渐收拢，吴刚就进入了他的视线。

黑色奔驰“嘎吱”停在桥边。王连军浑身裹得严严实实，在集团公关经理的陪同下，和船边的吴刚面对面。

吴刚的眼神稍微掠过一丝紧张，他心里清楚，该来的躲避不掉。因此，只有咬定，当自己是局外人，才能确保安全。对了，眼前这个人他还真见过的，在陶立家里，他是秀兰的父亲。

吴刚忽然轻轻一笑，觉得世界真的很巧。既然熟悉，他也便坦然了，至少这王连军不能把他如何，哪怕陶董事长已经走了。

王连军安稳地坐着，看一只猫懒洋洋地趴在船旁，不时拿爪子舞动，驱赶盘旋在嘴唇周围的苍蝇。

交流陷入了僵局。王连军使劲地打了个喷嚏，慢慢起身，一脚将坐着的凳子踢翻，并示意公关经理全程监控，不惜一切代价找回来。

秀兰从滨城电台回家的时候，已经午夜2点了。让她意外的是，王连军还没睡，独自一人在客厅里抽烟。秀兰缓步上前，询问怎么还没睡觉呢？王连军说要不找找人，给你换个工作吧。秀兰笑笑，不用老爸操心了，“城市夜航班”节目，我主持得非常顺，收听率也很高，倒是你该放就要放，钱永远挣不够，身体要紧的。

王连军点头应着，好，听你的，把眼下这个坎过过去了，爸就收手，是该带着你妈妈全世界走走，享享福了。

秀兰说，真有那么严重？丢就丢了，再补签一份不就行了吗？

王连军苦笑，这些东西不能泄露，也泄露不得啊。

秀兰静静看着精气神泄了半截的父亲，心头掠过一丝慌乱，好半天没缓过神来。

河水缓缓拍打着船板，缓缓安着吴刚的心思。安静下来的时候，吴刚觉察出节目直播过程中，蓝莓的声音有些嘶哑，心就莫名地疼了。

被心疼折磨了好几天的吴刚，决定给蓝莓打个电话，表示一下问候，送上一个忠实听众的关怀。说来这些都无关紧要，要紧的是，就此登上蓝莓的“城市夜航班”，在航班里启程，抵达心灵的彼岸。

吴刚通过互动电话和蓝莓通上了话。吴刚躺在船里，望着天上闪烁的星星，被子紧紧盖在身上，听蓝莓呼吸的气息和说话的声音，就有些飘动，摇摇晃晃里，城市的霓虹闪烁，光彩四溢。

吴刚敞开倾诉的空间，说自己有个朋友随手得到了一份资料。因为资料很有价值，便不知道该怎么办，这事堵在心里头，让他很苦恼，很无助。

滨城活泛，舞动着，回旋成一个圆。

赵明在船头出现了。吴刚将打包来的菜热了，就着酒，一起边吃边喝边聊天。赵明有些心不在焉，目光飘忽，酒喝得很凝滞。吴刚也不在意，宽松心情。

好半天，赵明说，离开滨城吧，回到七仙山区去。

吴刚知道有事，而且肯定牵扯自己。酒喝着，变成他一个人品味。赵明的目光在河面游荡，始终不敢和船里的人碰撞。吴刚说，兄弟这是和上次一样受人之托吧。

沉默了好半天，赵明叹了口气，我目前正在过一个坎，你听说过六年前七仙山区柴泊湖发生的那一起重大凶杀案吧，那个案子由我具体负责侦破，可却一直未破，我的各项情况也都按了暂停键。搭上王总不容易，还望理解。

寒风从河面吹过来，城市的气息淡了许多。一缕缕细小而清脆的流水声，从身体里透出来。

吴刚紧了紧身，对赵明说，你听到了什么吗?

赵明一脸茫然。吴刚站起来，人活着，基本的功能是倾听。那次在医院里，我听到身体里的骨髓说话了。骨髓这东西还算专一，只认同一细胞，同一骨质，基因表达稍有不合就排异，而且藏得很深，让人始终感觉不到，却又无时无刻不在身体里活跃。多好的东西啊，每个人都有，但质地却不一样。是不是人心眼不好，免疫功能就容易出问题?但也不对，那孩子还小，总不至于坏了心眼吧，显然又不是那么一回事。你说，自体移植是自体骨髓移植，不存在排斥反应，而那些异体捐献的骨髓，没有出现排异，会不会表明这个原本异体之间，就存在着某些关联？

赵明一脸懵懂，酒烧得眼都红了，你别和我说这些，赶紧离开吧，越远越好！我该怎么和你说呢？你刚才说什么？那孩子上一辈心眼不好，将坏的免疫基因转移，我不懂，这些到底有没有依据，我还真没有细细研究过。我跟你说一件事，你知道就好啊。王连军正在安排人准备对你下手，我偷偷听到的，他们要让你消失，彻底地消失。

那个午夜，“城市夜航班”节目说了些什么，吴刚没怎么听进去。醺醺的醉意，还有陪伴寒夜的城市之光，让他觉得累。肯定是影响着什么，甚至是妨碍着什么，消失的字眼，一下子让他觉得恍惚，一种没着没落的感受，从四面八方涌了过来。

离开也是一种生活方式，和生长的力量一样，无从阻挡。

蓝莓接到吴刚的电话，作为“城市夜航班”的忠实听众，吴刚想着在离开滨城之前，实现一个愿望，请关注前段时间流浪人员捐献骨髓的事情，帮助探听一下受捐孩子目前的情况。

蓝莓倒是一直关注着这件事，毕竟有许多的新闻点可挖掘。因为父亲的事情，干扰了她的精力。此时，吴刚的愿望，让她下意识觉察到了些什么，便一口应承下来。

王连军当天晚上就有了行动。不过，他去的是滨城管国土审批的人那里。王连军带着问候还有庆贺，坐在那人的客厅里。因为文件丢失，心里满是忐忑。不想那人根本没提及，反倒兴致很高，拍拍他的肩，目光里满是信任和赞许。时势当头，抓紧聚集资源，再搞一些大动作，以此庆贺我们家即将添丁。

王连军满脸疑惑。那人爽朗地笑着，我当年在湖湘当知青那会儿啊，青春年少不经事，有了一个孩子，机缘巧合，如今他出现了，我要好好做一番安排，迎他回归！

王连军高兴地说，此事项我全盘来操作，保证做到隆重而自然。那人回应着，这个基调很好，但这事还得继续委屈那孩子了，我给你透个底，上面要来考察组，我可能还能再进一步，但显然这样的事，不能公开，不能让别有用心的人给利用上。等待吧，生活就是一个等待的过程，等待一个合适的时机再说，同时，也继续观察那孩子的生活和秉性，进一步历练他。

也就在同一时间，蓝莓到河边找吴刚。蓝莓一袭黑呢绒长裙，亭亭玉立，宛如美丽的天鹅，在桥下吴刚的领地高贵驻足。

吴刚曾经多次想过，蓝莓就是秀兰，只是他无法肯定，待再次看到秀兰出现时，好半天没说话，只能看着桥下的霓虹闪烁。

秀兰询问吴刚的生活、工作等情况，轻柔、甜美的话语慢慢涌出。吴刚低头看河水，满怀欣喜地说，我自到滨城后，便一直听你节目，天天躺在桥下流水声里，听你的声音，听城的声音，听梦境里的声音，听我骨髓流动的声音，把来城的日子过着。这些声音，缓缓穿透肺部，不由得挺直胸膛，坦然地呼吸。

现实的航班在流水声里起航。吴刚不知道是该庆幸，还是该郁闷，君雅酒店一次不经意的打包，让他得到了协议书，原以为静悄悄的没人关注，不想出门时的那一撞，情急之下回复门迎小姐的乡音，还是泄露了踪迹，从而被人追根溯源。

秀兰缓缓转身，肩膀微微抖动了一下，紫色的披肩在寒风里闪着细细的光泽。吴刚敏感地意识到，秀兰不会轻易，更不会没缘由地来，来了定然还有话说，说的话定然会与那些文件有关。

吴刚轻声喊秀兰，然后盯着秀兰看。秀兰说出了他不愿意听到的话。他原想着把手伸出来，轻轻印在秀兰的嘴唇上，不让秀兰说出来。他惊奇地发现秀兰的左嘴角处生了一粒小麻子，麻子正不安地抖动着，如一小缕音符，轻轻跳到河面上，溅起层层浪花。

吴刚望着秀兰，知道你受人之托，这根本就不是你的意愿。文件你带走，我有一个请求，你转交的时候，请用你的声音、用你的气息去感染他，说服他，让他坦荡、光明经营，营造一个安宁的社会。

吴刚软软地坐在船里。自我警醒是最管用的药方。秀兰会不会去做？怎么去做？这些不得而知。虽然这些想法很天真，但在登上秀兰的“城市夜航班”之后，他愿意这样来想，这样来做。

阳光里，吴刚听到身体里的骨髓翻涌，他把那份协议书的复印件拿出来，一张张在太阳上面映照，就有粗犷的阳光在河面上翻飞。

雪慢慢开始融化。吴刚闻见河水里升腾出来暖暖的气息，也分明感觉到，有一缕气息，正从他的肺部缓缓地弥漫全身。

间章五

许多年以后，当吴刚在滨城与陶立相见，吴刚真的难以想象，干瘦的陶立曾经和他喝过同一条河里的水，吃过同一块地种出来的稻米，在同一块土地上戏耍玩闹。吴刚觉得蛮好的，至少身在异乡，有着这样近的地缘，着实不容易。后来，他成了陶立家里的常客。虽然脱了军装，转换了身份，虽然腰板不好受，需要通过不间断烤电才能舒坦一会儿，但陶立身上流露的乡情依然浓烈。

火车在郑州站停靠，共32分钟。尽管车厢里的空气混浊，但是车停了，门开着，吴刚还是不想下去。他偏头望了望陶立，陶立也是这样的心态。坐车真是让人懒惰，吴刚也懒得说自己。

城市车水马龙，人们行色匆匆。不知道是城市让人的节奏快了起来，还是人让城市奔忙了起来，吴刚无从判定，满眼的霓虹，已分辨不出想要些什么，说来压根就没想着要，只觉得心头空落落的。好在前方还有故乡，还有隐隐涌满心头的热望，也便任眼前过去。

吴刚的身体伴随黑夜，在火车的腹部蠕动。他无法睡去，他担心陶立在这异乡孤单。夜是用来熬的，熬出身体里的油，心血里的油，灵魂里的油，就成了白天。

时间已是半夜了，车窗外的天空是星光的身影，吴刚轻轻活动了一下身子，让麻木了的腰板和腿脚活动一会儿。有些年没坐这样的车了，虽然知道滋味不好受，但真正坐上，没有任何可以回头的机会，心里还是有那么些绝望。好在有陶立的陪伴。虽然他不说话，但他一直在身边，这就够了。

吴刚轻轻喊了喊陶立，想把他从睡梦中叫醒，然后和自己说说话。尽管到目前为止，他还不习惯这大晚上的和一个人以这样的距离，以这样的方式说着话，多少有些惊悚的感觉。

自打当了铁道兵，陶立的人生就发生了改变，这毋庸置疑。哪怕在那次意外事故后，他没能够直起腰来，但他并没放弃，依然坚强地用自己的方式生活着。局里对陶立照顾有加，这些，他都默默接受着，在顺应生活安排的同时，一切滋味都独自慢慢品尝。

每次吴刚到来，陶立都会在屋里来回奔走，准备着家乡风味的饭食，一副变了形的身子，“奔跑”出让吴刚感到如在家乡的温暖。

温暖没有让吴刚迷失，反倒让他清醒地面对陶立的生活。陶立的生活中，始终不见家乡的人。吴刚就此曾对陶立说应该找个伴，好好享受生活。

吴刚说归说，陶立依然没有行动，维持着独居的生活状态。吴刚也便没有勉强。一个人内心里的痛苦和煎熬，面对这个世界，还有许多不曾破解的疑问。

第十七章

吴刚接到孙桂花的电话时，刚放下和母亲的通话。母亲的日子平静地过着，依然是每天6点起来。母亲起来的时候，鸡们已经在屋里来回走着了，母亲一只手扣着衣服扣子，另一只手伸进米缸里。满满的一把米，带着母亲的温度，划着洁白的弧线，直接洒在鸡的身上，然后弹跳而下，地上就闪出一个半圆的米场。鸡们欢快地入场，欢快地啄食，一天的光景就开始了。

吴刚把思绪从母亲那儿移到孙阿姨身上。孙阿姨那边的声音很吵，显然是在人群里打的电话。孙阿姨说我现在在通往滨城垃圾填埋场的公路上，这里有很多的人，正在朝我们围拢。

吴刚让孙阿姨别慌，并给赵明打了电话。

近半年，孙桂花偶发肺气肿，吴刚带着她去胸科医院看过两次，医生叮嘱，要静养，保持心情舒畅。陶加不在身边，想让孙桂花舒畅也难。吴刚也便不时电话联系着，有那么一段时间，孙桂花的身影总是能够和母亲的重叠，一直往他的胸口上撞。

孙桂花这天也是早早起来，烧水洗头的工夫，顺便在电饭煲里煮了粥。自从陶立走后，她的日子就单纯起来，偶尔和小区里的人做一些交流，然后在自己的世界里守着。昨晚隔壁楼程姐说了，今天去坐马路不用着急，吃完了早饭再去。

饭正吃着，一声汽车的喇叭音从后山呼啸而来，刺破了小区的宁静。孙桂花心头轻轻一颤，循着声线，疑问就爬到了眼前，今天这去坐马路怕没那么简单！她才想着一晚上睡不踏实，其实是有原因的。程姐爱惹事，邻里乡亲的，她不大好驳面，也便应允了。

孙桂花往头上抹了一把头油，然后拿梳子梳，一晃六十多岁的人了，头发倒也没见白，想着是可以为某种品牌产品打广告了。她羞涩地一笑，慢腾腾锁了门。阳光就从小区后山里泼了过来，黄亮黄亮的，很舒服地照在脸上，连同山顶那头垃圾填埋场里氤氲而出的气息，这个早晨就全弥散开了。

一条公路在小区后蜿蜒进山里，直通七仙山南郊山那头的垃圾填埋场。此时，公路边还没有人影，孙桂花想要回转，毕竟她的心不踏实，不知道该怎么去。这样一个早晨，她有些纠结，昨晚就该拒绝程姐，只是厨房门后一桶花生油在那儿放着，让她一时没有话说。

装运垃圾的车，一辆接着一辆往填埋场奔，旋起一路麻黄的灰尘和一缕浓浓的酸臭味。垃圾填埋场那儿以前归属区林场的范围，树木、竹子、茶园等一眼望不到边，空气新鲜极了，谁都没想到，七仙山区二十项民心工程之一的垃圾填埋场，从立项到审批，很快就通过了，而且很快就建了起来。那个时候，没有多少人关注这些，建就建了，大家反对不来，毕竟生活中的一些事想要反对，并不那么容易。

填埋场依着地势，坐拥一处有着巨大容量的山谷，半漏斗形的模样显现着无尽的魅力，一批又一批专业人士来考察，和区里领导一交流，绿灯就开启了。方圆三公里的范围内，城市的垃圾滚滚而来，从山顶慢慢倾泻而下，然后慢慢地压实，一层又一层，雄壮而威武。

填埋场周边依地势，修筑起一条公路，一应填埋设施依规划铺设，等水泥路从山顶蜿蜒下来，直通绕逻州镇公路，周边的人们才感到生活有了变化。变化是从味道开始的。

臭味在有风有阳光的时候，带着温暖的气息慢慢蔓延，直接将山脚下的众多小区覆盖。不知道是谁发明或者发现了这样一种方式，用来解决城市日益增加的生活垃圾。拉着垃圾的车辆沿着公路奔跑着，对已在这条路上跑了快五个年头的司机们来说，并没什么两样，唯独不一样的就是感觉味道越来越浓，根本不需要刻意，就能够从车外飘进来，哪怕车速快，也依然能够飘到鼻息里。

孙桂花今天的任务是席地而坐，坐在通行装运垃圾车辆的专用公路上。坐在公路边上，显然没有什么意思，相关人员肯定不会作出这样的安排。但要坐在公路中间，并且一字排开，就有意思了。等孙桂花愣生生由程姐安排着，坐在路正中间的时候，她下意识有些慌神，原本坐在地上的身体猛地弹了起来，直直地就冲到公路那一边。那边是一处巨型的褐石，正裸露着原始的气色。

孙桂花忽然觉得曾经的美好，自打垃圾填埋场开始建设后，就被无情地填埋了。这样的感觉奇奇怪怪，抹也抹不掉，径直在空气中回旋，然后朝公路的下游奔去。

一辆运送垃圾的车快速从填埋场方向向下冲过来，没有停顿，趁人还没坐齐，从马路中间空白地带，呼啸着越过众人的视线，一溜烟往城里而去。孙桂花的目光还在这呼啸里奔腾，并且发起了愣。呼吸里是一缕难闻的臭味，连同碾起的漫天灰尘。

程姐跳到公路上，冲孙桂花吼，快点，尽耽误事，你就拖沓吧。

孙桂花顿了顿，心里泛起了别扭。都是近邻，不带这样定位人的。多年来，她从来就没有被人这样说过，更没人背后这样来评价她。孙桂花心头酸酸的，漫过一丝不甘。

孙桂花的胸口咚咚跳，有些没完没了。程姐喊着，边喊手里的动作不停，显然是让孙桂花抓紧到公路上来，到公路中间来。

司机高明旺开着运送垃圾的车，每天往返奔跑于城市和垃圾填埋场之间，在公路上织着一条没有滋味，没有情感的线团。说起来他不知道到底该不该感谢这垃圾填埋场，让他有了这份体面的工作，并且一干就是多年。此时，他正叼了一根烟，刚想点火，不经意间瞧见前面路上有人影晃动，要是单独的身影，定然不会引起他的关注。那儿可是有不少的人，正一起聚集到公路中间来。

高明旺下意识用脚尖点着喇叭的按钮，刺耳的声音将大地惊醒，垃圾场的垃圾也一并活过来了。早就有相关专家论证，这些填埋在地下的垃圾千年不腐。不腐的都是有生命的，在这个早晨，该不会想着醒来看看，重新感受一下生命，也都说不定。

高明旺一路猛按喇叭，带着愤怒的情绪。他和其他司机没有这样经历过，一路畅通惯了，再说了，这条路没人找过事，找事的单薄身子，怎么能和这拉满垃圾的家伙比较？何况这里拉的，还是七仙山区里千家万户的气息，足够横冲直撞。

偏偏喇叭失去了效果，那几个勇敢地横坐在马路上的人，自打收了程姐的花生油后，耳朵就不好使了。虽然这样的事并不光彩，但好歹还是有质量的，并且还在不懈地追寻着高质量。这样的组合，质感强烈，映照整个区域，迟滞了气息。

高明旺不得不猛踩刹车，直到身体站直了，总算将车停了下来。此时，最贴近车头的孙桂花根本看不见，坐在驾驶室里的高明旺却是吓得一个激灵。这帮人想要做什么？一个个都不怕死吗？高明旺愤愤地准备骂娘，只是还没等骂，由填埋场返程的一辆空车从山顶直接就倾斜下来，这辆车倒是规矩，没有按喇叭，想来还没反应过来，等看到迎面地上有一群人，公路前方正横停着一辆车的时候，想踩刹车已经来不及了。

好在司机临危不乱，顺势往左打了方向盘，车辆就扭着身子，直冲路边的排水沟而去。

自从小区旁修通了这条专用公路，大地就开始震颤。孙桂花坐在小区楼前的竹椅上，看天上的云卷云舒，不时身子会颤动，那些从七仙山区里满载垃圾奔向填埋场的车，仿若没有节操的怨妇，一车接着一车，一天接着一天，没有穷尽的时候，那震颤起的感受，细密密的，摇晃着进入哀愁。

来去填埋场的车辆陆续地向这个点集中过来。与此同时，陆续有人参与到坐地的行动中来。要不了一会儿，垃圾车和坐地的人对峙着，没油没盐的，好比暴雨前时低飞的蜻蜓，挣扎着抓紧时间吐纳空气。

孙桂花伸了伸腿。那儿关节老疼，平常根本就不能碰，夜晚盖上几层被子也没什么感觉。孙桂花轻轻揉了揉腿，看到小区里熟识的人，还有周边几个小区里的人，慢慢朝这边靠近过来，她多少有些意外，没想到程姐的号召力还真强，花生油的诱惑还真大。

伴随装运垃圾的车辆慢慢积压，孙桂花开始焦躁起来，觉得都是自己的罪孽。大清早的，呼吸着带臭味的空气，这干的叫什么事呢？

孙桂花“嗖”的一下从冰冷的地上弹起来，然后拿手拍了拍屁股后面的灰。走，回去，这样的事，怎么可以让我这样的老同志来当说客？不，是当筹码。说着，头也不抬，越过一众人群，准备“突围”。

孙桂花一边从人群里穿行，一边想着，要知道昨晚是为了今天这事，打死她都不会来，也不知道到底是什么原因让头脑失了控制。邻里亲情好像不是这样的，变得全然没有了滋味。而此时，没有任何过错的填埋场，正在张着宽厚的大嘴，一点点吞咽着城里的垃圾，然后从头到尾一并掩埋，还大地一片洁净。

孙桂花忽然觉得脸有些臊，不能就这样下去，于是，她回转身子，恰好看到程姐在跟一个人咬耳低语。那个人竟然是熟悉的，是真的熟悉，逻州镇副主任怎么会出现在这个场所？

高明旺摸出一根烟，正点火的工夫，瞧见车下一个身影闪现出来，然后转身准备下公路，不想一只手拉住了身影，急匆匆的动作差一点儿将身影带倒。程姐一脸严肃，孙桂花，你想做什么？这是你想来就来，想走就走的？也不看看组织今天这场活动的是谁。

孙桂花愣生生地站立，心咚咚跳着。她想起一件事来，那时，填埋场还没有开建，居委会主任单独找到她，说建成后可以到填埋场里上班，不去的话，可以拿提成股。她没去想这样的好事，也完全没有必要。有陶立在，世界就都在眼前。

孙桂花伸开双手，在空气中抚摩着，像脚踏着土地一样，慢慢和空气摩擦，然后小步前行。前行的方向是小区。她不想在这公路上待了，这儿不是她的土地，更不是她的天地。孙桂花抬起沉重的脚步，慢慢地移动着，朝小区走去。她没有在意程姐，因为她的世界不再需要，也不会允许自己走近这样的一个人了。

有警车的声音呼啸而来。

孙桂花安静地坐在椅子上，小区门前没有人，但能够听得到汽车喇叭声、警笛声、人群低频率的起哄声。这些声音，在这样一个早晨，连同现如今过着的生活，全都融合在一起，丰富而精彩。

有那么一段时间，受吴刚的影响，孙桂花想着将后山脚下的黄泥放到网上去卖，让心怀乡愁的人，有一缕和土地亲近的安慰。这里的泥黄灿灿、温润而柔和，在山脚下长年和阳光相亲，和月光相伴。

当然，这样的念头还是会从吴刚那儿着落，由吴刚来具体操作才有意思。这几年，小区周边的环境在变化着，孙桂花有时都不想看一眼，觉得没有了可以亲近的理由，没有想着去踩踩、挖挖的冲动。

这是孙桂花的一厢情愿，好像没有人来和她争论。这样的想法和念头还是从吴刚那里得来的。吴刚在这里算是有出息的，孙桂花倒没觉得多荣耀。荣耀这东西太虚。不知从什么时候开始，她已经和吴刚之间又增添了一条细密密的沟通渠道，随着年龄的增长，吴刚内心里的乡愁情绪越发地浓厚，她便和小区后山脚下的黄泥干上了，吴刚的乡愁需要依附，她便选择了黄泥，供吴刚无尽地吸取。

生活在这个地球上，之前大都说只要有辛劳的双手，就不会饿着，如今不一样了，只要肯劳作，幸福的生活就在眼前。孙桂花是真的感受到了。日子过着，朴素的才是最踏实的。

阳光下，孙桂花下意识想着，这儿不是她想的模样了，可却是她要面对的真实模样。生活面前，真实地面对，比无端地瞎想要来得踏实，至少不用怎么费力地为众多的不好而心生不满。心会随着环境的变化而析出一层油脂，来应对，来滋养，好让泅于日子里的身体和灵魂能够不那么干燥，至少不那么被这样的味道所包围。

没来由地，孙桂花想着，该用一种方式，来守护吴刚的乡愁。这样一来，吴刚的生活就会更加的鲜活，至于她自己，毫无疑问，也因此而生动起来，不是眼前这般满是戾气的模样。

人群中有人打起了横幅，红底白字比较醒目：关停致命填埋场，还我青山和绿水。

许多的人，许多的车，在这样一个上午，从四面八方聚集过来。人慢慢往公路上聚，车大多停在小区旁。有好事的鸡上前，见车轮上有虫子，使劲一啄，不想轮胎弹性十足，加上一路奔来的热气，鸡一个倒飞，以为有了翅膀，可以轻巧落地，不想，身体重重地砸在了地上，腾起一团灰。透过灰尘，公路上的纠纷也进一步升温了。

孙桂花深切感知到，这些都在和她对话，甚至和她吐槽，比如眼前这个事件，包括这个填埋场，都和她一起见证每天的日光。她也想，这些只是偶然的，并没有去想那么多，哪怕小区里许多的居民都反对，她没有这样来动心思。这不是她能够想的。这些波及面太大，她的双臂支撑不了，合围不了，那么索性不过心。这是她的生存哲学，没有人会因她有这样的思想或者想法而和她过不去。

她甚至都能够感觉到这样的状态，能够很好地和填埋场达成一个相互满意的心理。毕竟这里将会是城里所有被人消费了物品的集合，只不过是转换一个地方，对她来说，有总比没有好。

大半个上午，孙桂花坐在小区门前，感受着眼前的填埋场在闹地震，她能清晰地感觉到争论很激烈，可以想象得到，这次的事件矛盾及问题积压的程度。她懒得想这些，虽然离她的生活很近，可解决起来却很远。这样的事，不细究则罢，一细究，问题多了去了。

阳光下，孙桂花晒着背，感受着背后的热，正涌入她的目光里。

相关管理部门应急程序启动了。从七仙山区过来一拨人，他们手里举着相关的法律文书和公告影印件，和牵头闹事的人及代表，慢慢整体移动着，一起到填埋场行政办公楼。

此时，臭气扑面，办公楼的一角，一大片空气净化剂空罐横陈，阳光下，闪着一缕白光，映照进办公楼内的厅堂。

近千亩地的填埋场还没面对过这样大的群体。此时无风，阳光正烈，裸露的环境里笼罩着一股浓浓的沥青和腐臭气息，使人有些提不起精神。阳光慢慢足了起来，有些人在等待过程中感到不适，腿脚发软，便慢慢地走动走动，或上到旁边的填埋场。填埋场的视线倒是开阔，空气流动也比较顺畅，只是气息里垃圾的腐败及掩盖垃圾的沥青味道刺鼻，真有些不好受。

而当这些气息在空气的作用下，四散流动，可以想见，这里的味道便四散奔跑，落到下游的山村，田地，河流。

好一片热闹的世界。

坐在小区门前，看着旁边公路上发生的事。孙桂花没有动容，只是默默转身回家，慢慢做饭，慢慢吃着，知道这样的事正在一点点发生着，在自己的预想里，在她的生活中发生。

虽然常常和想的不一样，却也无关生活。日子依然过着，都是自己心里的纠结作怪。

电话响了起来，孙桂花懒洋洋地起身。此时，高明旺在车里都有些虚脱。他很想从车里下来，将车锁上，然后冲出人群，进到小区里，回到家里吃饭。可是，车门外围满了人，毕竟他的车正是事件的中心，他非常不愿意，也压根儿不想将自己置于这样一个处境，那些气势汹汹的人们，随时随地都可能改变事件的程度和方向，石头，砖头，棍子什么的，都可以招呼他的车，继而是他的人。

作为事件处置组成员，赵明第一反应就是以歇病假为由不去。领导却说这正是锻炼成长的大好时机，是提升能力的主战场，何况里面还有你掌握的内线，非常利于事件的处置。

赵明硬着头皮随其他成员一起赶赴现场。人群继续增多，黑压压地拥在本就不宽的公路上，并且向路两旁蔓延。

赵明在人墙的链条上紧张地呼吸。这儿已经有好几年没来了，毕竟此时的味道冲鼻，直接灼着大脑神经，有些让人愣神。

有经验的同行神情不屑，这帮人可真是吃饱撑着了，这是国家的工程，从论证、立项到设计施工，都是经过严格的审批的，谁都无法就某一个环节说了算，对这集体的意志，个体怎么可能要得了说法？无外乎就是借机让政府为为难，让填埋场出出血。

赵明小声询问，这组织来的人一天会给多少钱？同行伸出手来，是两根手指。赵明在车的摇晃下，有些犯迷糊。等他清醒过来的时候，围拢过来的人群正往填埋场办公室里涌，因人多，公共场所的物品被挤得到处都是，场面混乱不堪。

赵明及同事们迅速涌入人群中，赵明的双手紧紧地抓紧同事们的手臂，同事们的手也紧紧抓住他的手臂，筑成一道麻花形人墙。

现场出现暂时的安静，相关代表坐进了会议室。代表很激愤地说，垃圾填埋场不能以牺牲周边居民的生命和健康权为代价，要立即关停，为人民群众负责，为子孙后代负责。

管理人员耐心做着解释，这是七仙山区统一的规划，要服从整体安排，群体有了难处，可以找政府想办法解决，现在这样只会使事件扩大化，造成不可挽回的影响，对大家都不好。

代表们不认同，这儿的自然风光都被这座垃圾填埋场给毁了。也许多年后，这儿被填平了，上面会种上草，种上树，安排上人工的各种园林景观，可那儿终究是一个病体，一个无法在大自然里消融的腐渣渣，从根子上就失去了呼吸功能，还怎么自然呼吸？这块地，这方圆多少里地，从此失去了味道，失去了色彩。

事件仍然在发生着。毕竟来了这么多的人，堵了这么多的车。

孙桂花心里多少有些隐忧。赵明什么时候回来的，她没去关心。

眼下的垃圾填埋场的垃圾快超过承载量了，很快就会关闭。关闭了就好，那上面会进行绿化，种满各种树，建上纪念碑。

没什么不好的。

第十八章

当丽云从吴刚的小院离开后，栀子持续绽放花事。

细腻的早晨吐着气息，滨城进入白天的呼吸。

吴刚把熟谙画笔的手从靳美的肚腹处抽了出来。那儿是一片疆场，有着无限驰骋的空间。吴刚这样想，其实是想说自己的思绪和画笔，等他想着，这两项是目前自己的全部时，那抽出，便很轻，很缓，很慢，如竹节虫蠕动。蠕动得吴刚有种怜香惜玉的念头。念头一闪而过，很快被浮躁的空气消融，成为一粒水珠，落入喧嚣的城里。

吴刚贴近靳美肚腹处的手多少突破了点儿尺度。这种尺度建立在初次认识的基础上，没有进入实质内容。毕竟和靳美昨天才从现实世界里走出来正式认识，怎么着也得收敛点，哪怕装装样子。

园林助手，也就是周鲲鹏不愿意进体制内，他感觉有被收编的感觉。滨城园林委借助滨城申报国家园林城市之机，多番商议，快速运作，成立滨城园林种植开发有限公司，整体收编吴刚的小院及全部技术，吴刚拿一定比例的权属，并且脱离具体的开发和管理，将园林和网络两名助手推入公司，成为公司中层管理人员。周鲲鹏说我真受不了约束，要不我动员我表妹来接替我吧。

吴刚说你表妹从事什么职业？你大包大揽的，她认同吗？

周鲲鹏说，我姨和姨父在滨城食品集团，他们都是管理人员，可就是管不了我那表妹。她和我性格相投，在一所幼儿园当老师。对了，要不我先介绍你们认识认识吧，说不定会有撞出火花的可能。

靳美醒了。醒得有些睡眼蒙眬，如早晨吃的豆花，细腻腻的，滑软着往胃里飘落，来不及慢慢细品。靳美猛地跳起来，说怎么就在你怀里？我在你怀里坐了一夜？我怎么就在你怀里坐了一夜？靳美说的时候，一线蓝色的膏脂倏的一下从睫毛上弹射出来，然后缓缓落在脸上。

吴刚是在一个雨夜登录靳美的朋友圈的。妙曼而绚丽的空间里，靳美的侧影舒缓恬静，和着细密的雨声，如一条镶满钻石的铂金项链，晶莹剔透，光彩照人，沐湿了那夜吴刚的世界。

吴刚重新坐下，抬头望靳美，确切地说是寻找靳美的侧影，好寻找出一缕活泛。靳美伸了个懒腰，张开双臂，说，河边有鸭子船，我要坐船去。吴刚说好啊，只要你想坐，我就给你当船夫，划遍整条河。

靳美猛地低头，把侧影扔向水里。水里便照见靳美亲吴刚的剪影。吴刚忙推开靳美，说人民公园里人多哩。靳美就笑，说我还要大声喊，把公园里的人都吸引过来。说的时候，人已跑下了山坡。

山坡是人工堆起来的，不是很高。如今的城市都习惯堆一些山坡，造一些水榭，再置一些亭台楼阁。有了这样一些山水的景，城市就活起来了，就有滋味了。

吴刚悠闲地踩着脚踏板，鸭子船便慢慢荡漾在河水里。靳美拿手划水，划出一脸的灿烂。灿烂过后，吴刚的脸上就沐上了一层水珠。靳美说我们就这样划吧，划一天，不，一年，不，一辈子。

吴刚看河面上一只水鸟贴着水面掠过，有气无力地说，一个小时吧，我让你坐了一夜，现在的腿还酸胀胀的不听使唤。

靳美气呼呼地掏手机，说你信不信我把这里的船都买下来，然后就有一大帮男人抢着陪我划?

吴刚冲靳美笑，说你这样的做派不应该是在此时的水面上坐脚踏鸭子船，而应该是在宝马车里，在街道上狂飙。

靳美望着吴刚，说你说得没错，一会儿上了岸，就有宝马来接，我们去狂飙一下，一起感受感受城市发展的速度怎样?

吴刚轻轻地笑笑，随即摇了摇头。你以为你是谁?凭什么飙?拿什么飙?你我生存在城市里，犹如一个个飘浮的小音符，吟唱着写满遗憾味道的小曲。等到曲终人散的时候，剩下的便是满地的往日岁月随风轻漾。而城市还是城市，还是那般地繁华，那般地喧闹。

吴刚没有把话说出来。他觉得说出来后会让人觉得没劲，不管是他还是靳美，都会特别的没意思。

上了岸，吴刚伸出手，示意靳美握住。说我还没有想狂飙的念头，今天就这样吧，认识你很高兴。

靳美盯着吴刚看了好一会儿，直到一阵荷风吹过来。荷风里，空气有些不解风情，硬生生把俩人分开。

从人民公园里出来，吴刚打了辆车，直奔洗浴中心。吴刚光溜溜进入池子里，好一阵子不去想什么，只看雾蒙蒙的水汽在慢慢翻腾，然后一点点消逝，如同莫名地涌满心头的落寞。

从人民公园里出来，靳美在一处路牌下站立。站立了一会儿，看见路旁有一个垃圾桶，她便把腿抬起来，脚尖往下一压，一个抖腿，脚上穿着的高跟鞋就朝垃圾桶飞奔而去。紧接着，另一只也跟着进去了。

靳美光着脚在路牌下站着，等一辆宝马车过来。宝马车一会儿就开来了。开过来的宝马在靳美面前颤颤地停下。好半天，车里才下来人。梁伟走近靳美，扶了扶金丝边眼镜，说天哪，你这是怎么了？

靳美不应，下嘴唇包裹住上嘴唇，然后从中间露出一丝气息，直接冲刘海而去。你干什么去了？喊你半天才到？

梁伟微笑着，我堂哥他们滨城园林种植开发有限公司今天成立，我去给他打下手，你一呼喊，我直接从他们那边赶了过来。

靳美优雅地进入宝马车里。宝马车一路狂飙着开进了城中心的四季酒店。着制式套装的服务生奔跑着过来，轻轻把车门打开。车门打开的时候，一双漂亮的红色高跟鞋同时递了过来。

靳美靠在车背上，轻轻地吐了口气，忽然就想，吴刚这个时候在干什么？会不会在哪个小饭馆里吃饺子？

怎么就想着吃饺子呢？靳美忍不住笑了一下。靳美笑的时候，眼前便闪现出吴刚满地打滚的景象，像翻腾在沸水里的饺子一样。靳美一叹，觉得这个世界上的事其实都是相连甚至相融在一起的，本不相干的事情，不切实际的事情，总是不停地往一起撞，撞得本来八竿子也打不着的事情都凑到一块了，而且纠缠着，扯都扯不开。

靳美挽着梁伟的手臂进入酒店。酒店的旋转门旁立着一面镜子，把靳美的脸照得十分清晰。靳美看见自己右边脸上没有一丝的气色，便想拿手摸一下，好传递一缕温暖。可这样的场景里，她知道不能这么做。她得保护好属于她的气质，并在公众场所里显露她的高贵。

靳美想到保护了。昨天晚上忽然之间失去了保护，确切地说，是不用什么来保护自己。这对她来说，是新鲜的，是绝无仅有的，而且超级新鲜，绝对绝无仅有！怎么就不用保护了呢？

红色高跟鞋清亮地叩击地面。靳美缓慢地迈着步子，心里头想着这个问题，有些不解，有些怅然若失。

天空蔚蓝一片，阳光穿过透明的落地窗，温暖着，洒在靳美身上。

阳光洒着的时候，吴刚咬了一口萝卜。萝卜嘎嘣脆，水分足且重，拖带出一缕湿润润的清凉。清凉的气息里，吴刚就想喝酒了。

吴刚打电话给公安口的赵明等哥儿们，到附近一家火锅店里喝酒。男人喝酒不光累嘴，还累腿。嘴里得不停地接触杯子，把杯子里的酒喝到胃里头去。喝到一定程度后，腿就开始活动，不停地往厕所跑。吴刚不爱喝酒，却喜欢喝酒这个氛围。

吴刚常常喊一帮哥儿们喝酒，高兴地听大家天南海北胡侃，自己端着酒杯小小地喝着。说是喝，其实就是抿，一点点地抿，抿得满口生香，满腹清爽，然后痛快地买单。大家有意见，说酒仙也不是你这副做派，你要再这样喝酒，赶明儿你再喊我们，我们就不来了。你要大口地喝，往醉里喝，和我们一起醉。

吴刚便感叹，说你们啊，哪知道我喝酒，其实喝的不是酒，喝的是寂寞啊！现在每天这样活着，都感觉到呼吸不畅了。你们不知道，也体会不出来。

大家就疯了一样往胃里倒酒，说寂寞真是个好东西，我们也体会体会，不能让你一个人抢了去。吴刚看着大家喝，不知怎么就看见靳美站在自己的面前，忙揉了揉眼，哪里有人，只有手里端着的杯子。

音乐舒缓，烛光沁人。靳美正漫不经心地面对一只虾，有些不知如何下手。鸭子船在缓缓移动，连同在河水里活泛的她的手指。靳美小小地笑了，想着和吴刚在一起的时候，怎么就活泛了呢？

梁伟不停地给靳美夹菜，说一定饿坏了吧，怎么弄成这个样子了呢？靳美猛地抬头，冲梁伟瞪了瞪眼。梁伟便不说话。

靳美也懒得说话，沉闷闷的有些食之无味。

酒喝得差不多了，大家提议去上豪KTV吼吼。吴刚不想去，累不说，心里还烦进那样的场所。哥儿们你推我让的，硬是把他塞进车里，说不去也得去，只要天不塌下来，就由不得你。

城市里这年头什么都有，什么都能够按照你的想法来实现，不怕你想不到，就怕你没心思。KTV里，音乐振动，骰子乱滚，啤酒飞溅。大家使足了劲吼，满屋子的痛快在跳跃。

痛快吗？吴刚问自己。旋即摇了摇头，觉得浑身写满了透支。透支什么？吴刚说不好，每次从这样的场所回家后，耳朵里就好几天没法安静。一会儿是咚咚击打胸膜的音乐声，一会儿是像饿狼般的吼叫声，然后就是累，抽骨髓般的累，累得骨关节里能够磨出音乐的旋律来。

吴刚有些蒙，索性偎在沙发里。靳美的侧影就在他的眼前晃动，铺天盖地的，周围一下子就安静了。吴刚看见靳美笑着站在自己面前，说你怎么蔫了呢？这样的状态让我想到昨晚，昨晚我温暖而安全地待了一晚，而且待在你怀里，待在公园里。公园里有水，水里有月亮，月亮里还有个让人迷醉的侧影哩。你说这样的夜该是多么美好啊！

吴刚说是好，好得很啊！那个侧影是你，你知道吗？吴刚说的时候，屋里的灯光一下子亮了，大家哄笑着，让吴刚赶紧实话实说，是不是说的清莲，是不是清莲回来了？

吴刚茫然四顾，哪里有靳美的身影，刚才分明是幻觉。

离开了上豪KTV，有些疲惫地回家，然后倒在床上。梦喜欢这样的时候来，一个接一个，一个串一个，像城市的路牌。清莲也来到梦里头。清莲说，绒布娃娃寻找到了吗？绒布娃娃就要来了，来了你要好好把握。

靳美上车的时候，梁伟从车后拿出一个绒布娃娃来。靳美惊叫了一声，德国NICI牌子的啊！说着，猛地在梁伟脸上嘬了一口，然后把绒布娃娃抱在怀里。

梁伟说，不至于看见娃娃就兴奋成这样吧。要不我们举行一个仪式，然后一起“制造”一个娃娃？

靳美瞪大了眼睛，梁伟，你刚才说什么？你有种再说一遍！

梁伟笑了笑，说没说什么，最近因为念着你，牙都有些松了，就有些把不住风，你不要在意。

靳美叹了口气。下车的时候，她有意识地回头看梁伟。梁伟目光游离，不知道撒向何处。靳美失落地把目光投向宝马车，觉得自己活得有些失败，还不如这车，很轻松很容易就让男人驾驭住。要是刚才梁伟把那句说出来的话再说一遍的话，她也许就答应了，也许就不用再抱着这样的娃娃满世界流浪了。

不知道是城市在制造一个又一个繁华的空洞，还是生活在其中的人在空洞的岁月里麻木，每一缕呼吸之间，人们已经难以明确判断出哪句话该说，哪句话不该说，反反复复在该说与不该说之间挣扎，挣扎成城里一只只不停地转着圈的木偶。

靳美抱着绒布娃娃溜达了一会儿，觉得好无趣，仰头望了望天，然后猛地打了个喷嚏，泪水就涌了出来。泪花绽放处，吴刚的影子袭来。靳美掏出手机，说吴刚我们现在见第二次面吧。

吴刚怀里紧紧抱着一个企鹅娃娃，正在床上和梦缠绵，嘴里便嘟囔着，我怀里正抱着一个哩，改天吧。

靳美啪地挂了电话，冲天吼了句，什么玩意儿？昨天抱一个，今天又抱一个，累不累啊。

靳美给梁伟打电话，说你在干什么？梁伟正在洗澡，哗哗的水流声里，梁伟问靳美，你说什么？

靳美忽然一下子没了力气，觉得再往下说就没意思了，便挂了电话，默默地坐在路边，神情百无聊赖。想着和梁伟最初认识的时候，她还是非常投入的，并且心怀浪漫，开心快乐地相处，甚至有着身体上的深度接触。但是总感觉缺少些什么，哪怕两人在一起的时候。她后来慢慢地琢磨出来了，是抵达不够，一种内心里对极致的渴望，始终没有触碰到，哪怕是伸伸手，就能够着的距离，但这个距离一直横亘在他们之间。她许多次想着好好捞捞，可最终以没有感觉而结束。

靳美的眼神在马路对过一块巨大的广告牌上一扫而过。广告牌上就一只大大的卡通企鹅。企鹅憨憨的，正盯着她看，扁平的嘴微张着，仿若在啄她。靳美轻轻地笑了，觉得这才是自己的喜爱。只是这一生到目前为止，还没有一个人知道她的这份心思。

企鹅依旧望着靳美，不动声色。靳美忽然心慌起来，在憨憨的企鹅的注目里，她一下子好狼狈，觉得自己正浑身透明，任由企鹅审视。

审视就审视吧，反正现在的自己正讨人嫌，索性嫌到底。靳美再次给吴刚打电话。电话好半天才接通，靳美不等吴刚说话，就大声说你赶紧起来，不要累着了，留点儿劲，一会儿我上你那儿!

吴刚的电话是在靳美数到九下的时候打过来的。靳美在心里说，这个家伙要是数到十还不来电话，说明他们之间就此玩完。

吴刚说你刚才说什么？能不能再说一遍？

靳美惊奇地发现自己变得耐心了起来。靳美把手机放到嘴前，说我再说一遍，你再听一次。我说让你别累着了，留点儿劲，我一会儿找你去。说完，便挂了电话，蹲在地上乐着，半天直不了腰。

靳美抱着绒布娃娃，打了辆车，直奔滨城庭院。电梯安静地上着，楼层的数字不紧不慢地变化着。靳美接起吴刚打来的电话。吴刚说你是不是疯了？你又不知道我住哪儿，赶紧回家去好好睡个觉。

靳美恨恨地说，找你的家还不容易？一个电话就解决了。你赶紧收拾好，一分钟后，我到你家门口。记住，不要让我看见她。

吴刚慌张地从床上跳下来，然后赶紧把衣服套上。就在这个时候，门铃声响了起来。吴刚隔着门求靳美别闹了，屋里头脏乱得下不去脚，而且味道也不是很好，会让你窒息的。

靳美不说话，只是用脚尖一下下地踢着门，很有节奏。

吴刚把门打开，靳美深深吸了口气，拿手轻轻扇了扇鼻息，然后就斜着身子闪进屋里。

吴刚没有看靳美，而是盯着靳美怀里抱着的绒布娃娃。吴刚惊讶地说，天哪，我一直都在寻找这样的绒布娃娃，是不是准备送给我啊！你怎么知道我正需求呢？

靳美环视了一下房间，说，她呢？

吴刚慢慢朝靳美走过去，说，来吧，给我吧。我抱抱。

靳美的脸不知怎么就红了，赶紧往沙发里靠。吴刚的手过来得很快，一下就把绒布娃娃给抢了过去，然后轻轻抚着娃娃的脸，说你还真乖，真听话。这就对了，你跟着靳美，她不会疼你的，跟着我吧，我全身心地疼你。

靳美心里气愤。蓦地，她呆住了。她看见了吴刚床上的企鹅娃娃。她的眼睛亮了，不自觉地走了过去，边走边说，你怎么知道我喜欢企鹅娃娃，天哪，这么大，我都有些抱不动了。

吴刚示意靳美坐下，说，你当然抱不动，我抱着都有些费劲。

吴刚冲了两杯咖啡，就有淡蓝色的咖啡雾在屋里飘散。

靳美说，屋里隐隐有缕女人的味道，我们还是到外面走走吧。

靳美抱着吴刚的企鹅娃娃，吴刚抱着靳美的绒布娃娃，俩人一起在城市里走着，步幅很小，步调在同一个频率上。

吴刚说，你的嗅觉真灵敏。味道是清莲在企鹅娃娃身上留下的。我一直有意识地呵护这缕味道，不让其从我的生活里消逝。清莲喜欢德国绒布娃娃，尤其是NICI品牌的。她从我屋里离开之前，我答应过她，为她找寻一个。不想，我还没来得及找寻，清莲却不在了。

清莲去哪儿了呢？靳美小声问。

吴刚说，清莲是我之前的女朋友。清莲是吴刚从军校毕业返回逻州镇营区继续服役之时，经孙阿姨介绍认识的。她大学毕业后在滨城七仙山区政府参事室工作，一直关注柴泊湖景区生态环境治理，提出了许多富有建设性的意见和建议，只是在景区居民与政府之间利益博弈面前，四处奔走呼吁无果后，独自进入景区，不想因一场意外而离世。

靳美把企鹅娃娃紧紧抱着，说知道你好心痛，我也同样。每个人生活有每个人生活的样式，对清莲来说，她生活着是一种大爱，因为她生活的样式里融入了她的激情，她的生命。你答应过清莲找寻一个绒布娃娃的，就算她不在了，也应该去找寻的啊！

吴刚说，我一直在寻找绒布娃娃的，如同我一直以来的心疼。我不相信清莲走了，也不能相信清莲走了。可现实面前，却不得不承认，不得不接受，并把自己陷入一种无以言说的落寞之中。不是不去找寻，而是不知该如何面对。

足音妙曼，城市在夜色里透明起来。吴刚和靳美坐在城市中心娱乐天地的摩天轮上，看城市霓虹闪烁。

城市在天眼的旋转里律动着，慢慢地把一切都容纳进去。

第十九章

感觉没两年的时间，吴刚已经用车来代步了，继而替代自己原先的步行生活。出行有车代步，也就不怎么费力。而力出不来，吴刚只好出入健身场所，去那里出汗。有一段时间里，吴刚坐在车里，慢慢开着，脑海里会忽然闪过一团火焰，那是车爆炸的光芒，在吴刚的眼前，嘭的一下子炸开。吴刚会下意识踩制动，然后背后就腾出一摊汗水。

那是躁，凡人都避免不了。要不是那天吴刚喝了半天绿茶，然后开上车，路过滨城五大道地区，他的日子兴许还会继续无趣下去。

茶这东西其实很无聊，却是一个极端的投机分子，喜欢拿话语权来迷醉身体里各个器官，然后都要来品评。如果做不到这样，就不叫喝茶。吴刚真算是开眼了，茶竟然能够折腾到这样的高度。

吴刚开了车，路过月季花园，脑海里忽地闪过一道火光，吴刚兴奋地看到自己在火光里狂奔，双手高高地举起，迎着阳光，竟是特别丰富的景致。紧接着，靳美踩着高跟鞋，高傲地砸在花园的天空里，惹得整个滨城在中西交融的气息里，涌满了华丽节奏。

就在这段节奏盛开的氤氲里，陪伴靳美的狗朝吴刚的车奔了过来，在轮子边停下，然后翘起左腿，光荣地直播起了小解。

吴刚在车里当然没看到这一幕，只是感觉周围的东西都染了色彩，在他面前不停地旋转着，然后安静地消失。待一切归于平静之后，吴刚才想着自己一直以来在追寻着什么。人人都能够定义，都能够被定义，他也不例外，尽管讨厌生活这样的没有滋味，这样的没有色彩定义。

这样一折腾，吴刚就在火焰里瞧见了靳美，亮闪闪地进入他的生活里。人就是这样奇怪，眼里处处寻花，心里处处筛选，脑海里总是打架，不厌其烦，你推我让，目的很明确，让整个人感觉到快乐，继而有快乐的行动。

快乐就这样不经意地，来到吴刚的身边。转天，吴刚买了一大捧花，把车开到花园边，稍事停顿后，便在花香里等靳美出现。

吴刚也不知道为什么要这样做，许久以来，他做了许多可称为荒谬的事，可大致想想，或细细想想，无论怎么荒谬，其实都不叫事，都只是一种过程，一种生命的过程。唯独有区别的，就是这个过程是不是有着色彩，是不是被人关注。

其实吴刚完全可以不必这样做，只是他总会不自觉地让自己到这儿来，闻闻靳美的气息。

一只狗，确切地说是一只小巧的京巴狗，在望着吴刚。狗是有主人的，因为还穿着衣服哩，缎子面料的，像制服一样。狗也穿制服，看来也是经过艰苦而卓绝训练的家养犬。

狗望着吴刚不放，不一会儿眼里就流出了泪水。

吴刚惊得赶紧拨亮世界的光芒，把眼睛聚焦。一滴像眼泪的物质正慢慢顺着狗的眼角往下飘落。飘落的速度仿佛是慢动作的，显然，这滴从狗眼里制造出来的泪滴，经过了许久的熬制，将里面的杂质还有水分熬去，剩下纯粹的眼泪成分。

吴刚在这样的成分里凝固，好半天无法动弹。他看不得这样的场景，能够把泪水玩弄成这样，足够让人羡慕，继而是忌妒。这可是条狗，是条让吴刚保持高度好奇心的狗。

吴刚觉得有必要和这条狗聊聊。这个时候，世界的语言在身边飘着，飘出世界的色彩。吴刚盯着狗，试探性地问，怎么流眼泪了？是没给足爱和食的分量，还是遇见了忠贞的表达？

狗没动，看向吴刚的目光冷清清的没一丝温暖。

吴刚够过身子，冲狗挤了挤眼，示意是不是遇见什么伤心事情了？狗依然没动，尾巴在身后晃了晃，有些疲惫，或者慵懒。

吴刚捕捉到了这点，直接就冲狗问，是不是感冒了？

狗惊奇地冲吴刚点了点头，一滴泪水啪地掉在地上，弹起满地的灰尘。吴刚心底一阵柔软，多好的狗啊，一看就是融满了教养气息。这要是人，还得了？随便做哪行，准会成为精英。

吴刚朝狗招了招手，到车里来吧！

狗点了点头，眼里还掠过一缕羞涩。

吴刚有些不可思议，实在是低估了自己的能力，原来是可以一个招手，狗就会进到车里的。吴刚把车打着，狗在里面趴着，显得有些疲惫，又满眼光芒，仿佛终于逃脱牢笼一样。

用不了一会儿，车就到了家，吴刚满脑子都是狗，想着这穿衣服的狗该是有脾气的，是拿来让人宠的。会宠成什么样呢?

吴刚又想着狗也该饿了，便打开冰箱，翻腾了一会儿，竟然只有半根火腿肠可以吃。为了引起狗的注意，吴刚拿着火腿肠冲狗晃动着。哪料到，那只正坐在阳光里的狗看都没看一下，将吴刚的心意抛在一边。原来狗不吃这玩意儿。吴刚想着冰箱里近些日子以来都是这样子的空泛，和自己的心差不多，光荣而干净。

那就拿一块馒头吧。这年头，馒头慢慢变得奢侈了，想吃点当年的那个味，那个氛围已经找不见了。

吴刚便问狗，你想吃点什么?有些商量的语气。当然，他知道这商量多半是自己今天有那么一点儿特殊，毕竟有一条狗不嫌自己，跟着一起回家，这也是自己人生的一件大事。

狗不作声，趴在那儿，倒是眼泪不知怎么就出来了。吴刚一看，嚷了起来，别啊，你这一哭，好像我欺负你了。我可是没有想着让你跟我回家的，是你一无家狗硬要上我这家里来，我要是拒绝吧，显得太残酷了。我既然没有拒绝，那么你就好好配合一下吧。

狗依然流着泪。吴刚不自觉走上前去，狗趴着不动，他想着给狗把身上的衣服脱下来，这屋里没必要搞得这么整齐，太整齐了，无端让人觉得心有所图。

吴刚朝狗招呼了一声，说我去买点狗粮回来，知道你想这个了。

狗趴在阳光里没有动，阳光就有些柔软了。

吴刚进到小区旁的超市，很容易就找到狗粮所在的区域。吴刚顺手挑了袋感觉高大上价格还不低的狗粮。到了家，他忽然想着，这狗是华贵的，主人怕是要寻找的，要是不寻找，那天下就太平了。

吴刚拿了一只碗，还是自己平时喝汤用的。狗粮盛了大半碗，然后放在狗的面前。狗倒是过来了，只是一副忧心忡忡的模样，拿鼻子嗅了嗅，并没张嘴吃。

吴刚就有些不高兴。当然，他不好意思表现出来，知道有些狗通灵，一般的心思都能够感应得到。想归想，心头就有了些许不爽，你知道买这个多难吗？花钱不说，关键是我的一片心意，可和你的主人不一样，我只是路过，顺便把你捡回来的。

狗抬头望了望吴刚，低头叹息了一声，然后趴下身子，很不雅地叼了一块来吃，屋子里的声音一下子就亲切起来。只是狗的需求仅限一块，并没有进行进一步的深入。

吴刚试着将狗身上的衣服脱下来，至少可以给狗洗个澡什么的。这样的狗，无论从常理还是从品种来说，都会被人类宠着的，澡洗得肯定勤，看那身毛就够吸引人的，让人忍不住拿手去摸。

这个时候，狗的主人已经失去了往日的光鲜，头发散着，见人就问，看见我的狗了吗？看见我的狗了吗？靳美住的洋楼里，梁伟还有周鲲鹏等人，大家都站着，没说话，分明是在听靳美说。

靳美穿的衣服并不多，显然是急得什么也不顾及了。等了好一会儿，觉得有目光在她的胸前晃悠，她才顺便用一条浴巾包裹住自己。

你们赶紧分头找狗狗，它已经有两天没吃东西了，一定饿坏了，我可怜的狗狗啊，你是我心头的肉，你要是有点儿好歹，我可怎么活啊！狗狗啊，我这心分外疼，不光疼，还凉。不知是哪个没教养的，打起了我们家狗狗的主意。你们赶紧想法子吧！你们不是久经考验，不是满腹经纶吗？赶紧现场办公，把我的事解决好。要不然，你们也都知道后果。现在网络遍天下，你们可以在网络上，或者到电视台去，赶紧花钱打寻狗启事，然后打印书面的卡片，见人就给，一定要把我可怜的狗找回来。你们也不好好想想，我的狗狗没吃的没喝的，要是再碰到一个狗仔，我的天哪！你们听好了，给我用心去找，三天内要是找不见，你们也就别回来了。

吴刚这个时候不知怎么就想起靳美来。吴刚盯着狗看，狗起先还回应，后来干脆趴着，不管吴刚的目光。吴刚忽然感觉，靳美和这条狗重叠在了一起，再也剔不出去他的脑袋。

这夜里，吴刚好半天睡不着。许久以来，他没有睡不着的毛病，可不知怎的，狗在屋里嗅吴刚的呼吸，吴刚就有些不踏实，怕自己的呼吸重了，干扰了狗，也怕呼吸污染了屋里的空气，让狗休息不踏实。狗这个时候还饿着哩。得吃点东西，要是饿坏了，罪过可就大了。

虽然明镜上没有灰尘，可周围已经起尘埃了，更何况自己在那花园旁的便道上一停车，其实就注定要把这样的故事发展下去。至于发展成什么样子，此时，吴刚还真就说不清楚。

转天，狗依然不吃，吴刚便有些着急了，可不能把狗饿死，要不带着它到小区周边转转，兴许就能碰到主人。

吴刚便开了车出门，狗狗安静地跟上，跳进车里，在车内的垫子上趴着，也不发出声音。

穿着超短裙的靳美踏着高跟鞋靠近，狗马上惊觉地站起来。只是此时靳美好像心不在焉，只是顺手和吴刚招呼了一下，然后慢慢走开。而靳美养的狗则随即趴下，眼皮耷拉着，显然是不想看这个并不让其乐观的世界。

吴刚原想着狗要是叫，便把狗放出车外，然后自己就可以退出了，只是狗并没有吴刚这样的想法。回到家里，吴刚继续喂食，可狗依然只是嗅嗅，并不理会。吴刚便在网上查，这样的狗吃些什么。

靳美选择了报警。说狗丢失了，名贵的品种。

警察开着警车就过来了，当然，时间也过去了好一会儿，靳美都洗了个澡。她不想让外人闻出她身上的味道。

警察后来到家里来了好几趟，听到敲门声，靳美很是欣喜，想着狗会跑着到她跟前，可一直没有这样的场景出现。

靳美就说，问题出在哪个环节了？小区里的监控、居民，都可以提供线索啊，怎么就没一点儿消息呢？

警察询问了些情况，不时地拿眼看她。靳美说，这样，我出点儿钱，搞个悬赏。我就这么一个知心朋友，要是没有它，我不知道该怎么活。

吴刚和靳美的狗相处着。吴刚尽心哄着，喂狗吃东西，让狗笑。可狗不笑，还老哭。吴刚就叹息，想这样的一条狗跟着靳美，也是遭罪。可事情往往都是两面性的，或许靳美什么也不缺，就是爱过剩，正好都给了狗，狗不乐死，不欢喜死才怪哩。

你说这一条狗，多么幸福的一条狗啊，怎么就老流眼泪呢？搞得吴刚总是手足无措，不知道如何来应对。想着，要是靳美在自己面前，怕也是会这样的。

这样一想，吴刚就没法平静了。如果真是这样，那还有何趣？一条狗都治理不了，何来治理未来和自己一同生活的靳美？

这真是个问题。想来，这条狗，靳美的狗，怕是极其聪明的，替代靳美，到自己的生活里来，和自己相处，提前感受属于人类的生活。吴刚没来由地这样想着，后背是一脊梁的汗。

狗开始吃狗粮，进口的精致颗粒。不只如此，还能喝，罐装的，进口的牛奶。那天，吴刚将狗粮和牛奶带回家，狗不知怎么就跳了起来，头仰得高高的，冲吴刚买的东西，满眼的激动。看来自己和这狗还是相通的，要不然，不会有这样的默契。

吴刚改变之前都是拉着窗帘过日子的状态，屋里亮堂了许多。吴刚和狗说了这个情况，问狗行不行得通。狗有些不耐烦，把头埋进两条前爪里，懒懒地趴在地上，身上布满了阳光。

此时，狗咳嗽了一下，拿前爪划过自己的脸，吴刚惊呆在一旁。不会这样吧，怎么可能像是自己打自己的脸？可这分明就是。

狗依然跟着吴刚上车，然后安静地趴在后座上，身体和真皮垫贴得很紧，仿佛懒得理会这个世界。

公园里，吴刚将一捧花递给靳美。因为狗的事，靳美哪儿还有好气色？吴刚轻轻上前，抱住靳美，想着和靳美说说话，让她的精神缓解过来。

那只狗就在这个时候跳出了车，猛地从背后扑向了靳美。靳美显然没有防备，或者说有一些日子没有经受这样的侵袭了，自然就放松了戒备。等靳美感受到一缕温热在她背后泛滥的时候，猛地扭过了身子。狗有些失重，嘴就不听话地放在了靳美的短裙上，呲的一声，靳美的短裙就褪了下来，就有一缕光闪过。

吴刚顺势一声叹息，看见靳美蹲下身子，顺手揽过狗来，粗糙的嘴就亲了过去，完全没在意白白的光在那儿闪着。

吴刚想上前去摸一下，可发现那狗的眼正穿过靳美的手臂，直直地盯过来。狗的眼和吴刚的眼又一次对视，世界无比繁华。

间章六

漫长岁月里，陶立虽然渴望找个人一起生活，相互温暖，可不能这样自私，不能将自己的负担强加给他人，那样，对对方不公平，对自己也不公平。

“会是这样的吧?”吴刚想着伸手到陶立的骨头里去摸摸，去问问，去厘清。吴刚有些想笑，轻轻碰了碰陶立。陶立没有理会，吴刚蓦然间肃然起敬，为这不需要言说的人生。

在吴刚自主择业、脱了军装离开军队的转年，陶立耗干了身体里的能量，吐完了最后一缕气息，在异乡离开了这个世界。

陶立离开的时候，吴刚一直在他的床边。陶立伸出苍白无力的手，颤抖着，摸索着靠近吴刚，好一会儿，连空气都混浊开来。吴刚伸过耳朵，似乎听到陶立乡音呢喃：“送我到那段铁轨上走走，然后回家。”

夜色越发浓烈，有模糊的山影不时飘过眼前，这样的场景维持了一段时间，火车就钻进了隧道里，穿越武胜关。吴刚下意识伸手触摸，触摸行进中的大别山，然后深吸一口气，感觉到了梦中的味道。火车就要进入湖北省内了。吴刚的心跳毫无征兆地加快了，呼吸也随之清晰了。生活中有些事情并不是努力了就能掌握，好比这靠近家乡的情绪，细密密的，不用精心来营造，就已经在眼前自成一景。

吴刚推了推陶立，想着一起醒过神来，不再在现实和梦之间游荡。陶立没有动，吴刚轻轻喊了一声："起来了，我们回家。"

这声音在铁轨上旋转，很快就被夜色吞没。吴刚没有在意，慢慢靠近家乡，慢慢感受世事都无所谓，心灵熨帖了才最重要。

吴刚把陶立放正，朝着家乡的方向，不偏不倚，在火车上义无反顾一路朝南的前行里，安静地站在一旁，任由夜色朝身后抛去。

母亲早早就醒了，只不过没有起来，而是躺在床上醒着，算着吴刚此时到了哪里。时间是清晨4点25分，天色依然黑暗，浓浓的夜色吞没世间的一切。母亲这个时候仿佛看到吴刚背着行李，双手托着陶立，慢慢从汉口站出站。母亲想着这个时候该给吴刚打电话的，可一想吴刚要抓紧适应家乡的气息，并且还带着陶立，腾不出手来接电话，也便作罢。母亲是想着让吴刚在站外的早点铺吃点东西，暖暖身子，等到天亮的时候再打个车，带着陶立一起回家。

吴刚仿佛感受到了母亲的意愿，吃了一碗榨菜肉丝面，陶立在旁边静静地看着，没说话，想来也是和母亲一样念头的。

吃完后，吴刚没有停留，直接打了辆车，往家里赶。

第二十章

踩着空气行走，迎面遇上松树密密。风说，穿透过去，满眼繁华。繁华落下，那一地灰白，是大地的模样。

君子兰的叶子，“啪”的一声碎裂了。

一滴香火的力道，脆生生在叶子上开放。房间里安静了一下，随即闪现出一团绿汪汪的水雾。水雾里，吴刚惊奇地看见手心里多了道痕迹。痕迹蜿蜒，叶子在上面游动。

这个时候，许多人在街上走着，在河边走着，无声无息，从容而过，淡定地成为滨城的景致。

吴刚定了定神，把电话打过去。丽云那头好半天才回过来一句话，下面见了点儿红，你独自一人回七仙山区吧。

吴刚赶忙问，怎么了？

丽云叹气，声音幽怨，说，该不会是见着你激动的吧。多年来我和赵明试过各样的方式方法，一直都没怀上孩子，今年初去了趟柴泊湖，求菩萨显灵，终于怀上了，天天掰着手指头算日子，已有四个月了，这个时候要是出了问题，可怎么向赵明家里交代啊?

吴刚一脸尴尬，郁闷了半天后，开始熬粥、烙饼、炒菜，做早餐。多年了，他已经习惯自己动手做饭，但这个早晨，面对自己做的早餐，却是吃得索然无味，丽云的身影一个劲地在眼前晃。

为全力准备个人作品京津冀联展，吴刚将栀子交给助手们去打理，然后静心绘画创作，其间，参加了“国际超写实画风与走向”的几场高端论坛及作品展。

丽云到滨城庭院来看吴刚。屋里，俩人面对面坐着，吴刚感慨时光如水般流逝，而岁月这把刀无情地刻在了脸上。丽云则满是质问，前次在你的小院里没来得及说，怎么还不找个人成家呢?

吴刚惆怅满怀，一时间没了思绪。不知怎的，自己这两天特别想念清莲，便决定去柴泊湖看看，往后还真就不知道什么时候了。一直以来，去看清莲的念想紧压在他的心头，揉碎并塞满了整个日子。

天气不错，阳光明亮地照着，吴刚背上画夹，打车到城北通莎长途汽车站，然后坐上开往柴泊湖景区的汽车。郊外的风像醇酒一样，喝一点儿就醉。此时此景，吴刚索性喝个饱，微闭的眼里，清莲款款而来，声音软软，气息甜甜。

往事此时恣意地朝心头涌，涌着涌着，伤感就爬上了心头。吴刚刚准备擦拭眼角的泪水，手机响了起来，一个不熟悉的号码。他随手按了拒绝键。那头不依不饶，响个没完。

吴刚无奈，接通了电话。赵明在电话那头，沙哑着嗓门喊，听白怀平说你想回柴泊湖了，我实在心急，紧赶慢赶才刚刚从广西侦缉现场赶了回来！你收拾一下赶紧出来，滨城春花酒楼见。告诉你吧，我的香火已经接续上了，这回我们得好好喝一顿，喝个痛快！

吴刚压低声音，赵明，我已经在回柴泊湖的路上了。

吴刚说话的工夫，汽车已经出了滨城，直接上了开往柴泊湖景区的公路。空气柔软，一个劲地往鼻子里钻，延绵不绝。吴刚伸手想抓些，手在空中半天不知如何放下，才想着离开久了，都不能自然呼吸了。他紧了紧身体，呼吸着的气息一下子凝重起来。

百里柴泊湖，四面依山，碧波荡漾，水面生烟，甜润的气息拂面。湖东面的山势不高，有一大片亲近湖水的平台，平台与山的交汇处，建了一座禅院，禅院殿宇高耸，气势恢宏，由当代著名书法家题写的院名，遒劲浑厚，庄严肃穆。禅院里的香火长年不断，且一年比一年旺盛，引得各路香客前来。吴刚有心去禅院看看，感受一缕香火气息。可想到清莲在这儿至今不明不白，心情一下子就沉重起来。要是按原定计划由丽云跟着，可能还好些。女人双手一合十，满世界就活泛，就什么都有了。关键的一点，丽云肚里有了小生命，菩萨心善，最喜欢应允这样的生灵。

柴泊湖景区管委会在山脚入口的地方设置收费处，门票为每人次50元。因景区入口处和柴泊禅院主景区还有一些距离，加上山高路窄，摩托车的优势就显现了出来。

一方水土养一方人。湖区的许多居民纷纷骑了摩托车，在景区入口处拦香客们，“顺道”将香客捎带到禅院主景区。一般情况下，30元就能搞定，碰到人少时，30元能跑个来回。

车在柴泊湖景区的入口处慢慢停下，还没等停稳，一群摩托车便聚拢过来，将车围了个遍。吴刚静静地看着，陷入了沉思状态。

摩托车轮旋转，在柴泊湖景区穿行，成一道流动的风景，轰鸣声串起一条进山敬香的路。这条路不长，因香客逐年增多，也就成了一条“黄金路”。这条路上，甄奇跑了有好几年，迎来送往各地的香客，把生活过着。摩托跑着，日子过着，他的视线总会不经意随车轮回旋，回到六年前滨城七仙山区的工地上。

城市是众多外来务工人员向往的地方。那年甄奇从逻州镇到了七仙山区，就憋足了劲，在钢筋、水泥和沙子里流汗，要把好日子、好生活过起来。他清楚地记得那是一个雨天，天下起了大雨，老板便安排大家休息，他决定趁机到城里转转，感受城市的气息。来了小半年，整天在工地里挥汗，却不知道城市到底长什么模样。

有麦子灌浆的味道徐徐飘来。此时，路旁的麦子田里嫩黄一片，正在初夏节气里吐着麦穗，雨恰好过来，淋着，十分舒适。

甄奇张开双臂放松身心，然后在城里被雨淋湿了的石板路上走着。走着，就有些累，有些疲倦。这是别人的城市，不归他所有，他只不过是一只飞翔在城里觅食的蛾子。甄奇有些失落，随意走着的步子就不成章法。

在一个胡同的拐角处，甄奇坐下来看雨，然后掏出烟来。烟是云烟，是对象送他到车站时买的，一直随身带着，偶尔掏出来，嗅上一嗅里面的味道。今天到城里转转，拿出来抽抽，就是想让心里涌满和对象一起看城市的感觉。

烟已变了味，但甄奇依然抽着。烟雾袅袅的，对象俏丽的身影就在他眼前晃着，晃着晃着，就晃出一缕哀怨。对象患有较严重的肺结核，这种身体不能激动，也干不了体力活。这是在定亲之后发现的。甄奇并没放弃，而是积极联系治疗。一年工夫下来，钱花了不少，对象的病却不见好转。回来吧，城里没你容身的地方。甄奇眯着眼看雨丝细密密地下，觉得这雨其实还是有味道的，下在城里便有了城里的味道，下在心里就有了对象的味道。尽管对象身上的味道不那么好闻，时不时地有一缕浓浓的中药味道飘出。

甄奇将烟使劲朝地上一甩，不干了，明天就卷铺盖回家，带对象去看病，陪着对象一起过日子。甄奇说着。说的工夫，女人的尖叫声响了起来，紧接着一缕白光“倏”地在他面前闪现，还没等他伸直身子看个究竟，一个时尚女人朝他贴过来，携带着淡淡的香水味。

桂花香味里，甄奇本能地皱了皱眉头，不由得想起那首叫《香水有毒》的歌，旋律跟着在他的脑海里升腾。歌声淡淡、旋律绵长的时候，两个手持尖刀的人，紧跟着朝这边移动过来。

那一个午后，七仙山区平坦的街道上，处处是幽静的气息。当一声女人的尖叫冲破平静时，甄奇腾着的身子一下子活动了起来，并且有向前跃起的动作，在女人跌倒在地的时候。那跃动，续接起他整天接触无数块砖头的手，顺势捡起地上的一块砖头，并且灵巧地任由这块砖头仿佛没棱没角地在他手里旋转，然后朝前面一个人的头顶拍了过去，也就一转眼的工夫，又朝后面那人的头顶拍了过去。

工地干活玩的就是砖头。况且当年在逻州镇没少聚众斗殴，早就练活了身子。甄奇知道如何均衡用力，如何合理用力。此时，他无须用什么劲，只轻轻在砖头落下时加点儿力道，就够他们喝上一壶。虽然省着力气，但砖头还是在那俩人的头上裂开了。

甄奇稍稍有些放松，后面的那个人趁机顶着一片血光向他冲了过来。甄奇根本没想着要玩命，赶忙轻巧地一个转身，但还是晚了一点，那人手里的刀子“噗”地刺进了他的左手臂。

团在地上的雨水将昏黄的光聚过来，照在女人惨白的脸上。甄奇拿眼扫了扫，借势将腿用力甩出，那俩人就极不情愿朝地上趴了过去。

事情发生在一瞬间，加上下雨的原因，滨城的街道上竟没人过来围观。带有温热的血滴落下来，甄奇拿手捂住手臂上的伤口，转身悄悄走了。走的时候，转身侧头，看了眼女人，看了眼跌倒在雨水中的女人，没来由地叹了口气。

警察赶过来的时候，女人四周已经围了一圈人。警察将俩人控制住，女人才慌乱地说，救我的那人受了伤，赶紧找他去啊。

当天，滨城政法、公安等部门的人员深入事故点周边的社区以及医院，全力查找消失的救人英雄。

生活的五味杂陈，使得甄奇一次又一次降低生活的质量，为着能够有个立足之地，好好地生活下来。

踩着雨点离去的甄奇没有心情再看城市，就近在工地周边一个小诊所里做了一番消毒和包扎，然后悄悄地回了工地简易宿舍。

转天，甄奇继续到工地上工。这点小伤对常年干体力活的他来说，不值一提。原想着今天卷铺盖回家，可又不甘心就这样灰溜溜回去，不光彩，还让人瞧不起。重要的是，到现在工钱一分还没领。老板答应一月结一次，可一拖再拖，到如今都没兑现。

七仙山区电视台专门采访了获救女人，女人的身份由此得以公开。女人叫清莲，在七仙山区政府参事室工作，那天正好去区建设交通委员会递交柴泊湖景区禁止摩托车的可行性研究报告，不想就出了事。

电视台专门做了一期《遭遇和期望》的访谈节目，节目紧紧围绕整个事件展开。女人细腻的讲述，含泪的呼唤和担忧，使得节目效果异常地好，大街小巷传遍了见义勇为且不留名姓的英雄事迹。

每个城市都需要一种精神，来支撑和传递其城市内核和价值观。当这种精神建立在一种自觉维护正义和无私奉献之上的时候，就有了标杆意义。于是，寻找英雄、宣传事迹的活动，就大张旗鼓地展开了。

甄奇并不知晓这些，工地通透的宿舍棚里，一台老旧电视机摆在进门处，上面早已看不清人影。工友们也都懒得看，歇工回来，只想往各自床上一躺，把城市的滋味贴着床板慢慢咀嚼。等甄奇知晓的时候已是一个星期后了。那天，工友拿着报纸进来，说现在真是不读书，不看报，就什么都不知道了，滨城发生这样大的事，我们竟然都不知道。报纸版面很丰富，画面上，女人依然白白净净，只是油墨味道浓了些。甄奇暗自吸了吸，那天的味道并没显现。

甄奇搓了搓双手，心里一下子有了被闯入的感觉。他可以安静，滨城却安静不下来。有关人员到工地了解情况，来去几回，甄奇进入了大家的视线。

清莲得知情况，急匆匆地赶到工地。还没等靠近，一缕淡淡香水味就进了甄奇的鼻。甄奇就地打了个滚，然后佝偻了身子，瘸着腿，扭曲着脸冲清莲笑，焦黄的牙上正冒着泥灰泡泡。

清莲离开的时候并不甘心，同去的公安也都一脸冷峻。

丽云约上同学眉子一起，陪伴着清莲。清莲说你们是我的好闺密，快帮我分析分析，这事越来越奇怪了，按说关系通着公安，查找一个人并不难的。

丽云笑，傻了吧，那是人家不愿意承认！

为什么啊，清莲不明白。

眉子幽幽地说，男人也是脆弱的，或许是不敢吧。

有什么不敢的呢？清莲弄不清，这世道上还有男人不敢的事？

事件似乎平静了，可作为当事人的甄奇隐约感觉到，事情没那么简单。工友们不再说话，眼神躲躲闪闪。他起先不在意，后来品出味道来。这么好一个女人，怎么不赶紧贴上去？这么多的荣誉，怎么不赶紧争取去？

甄奇苦涩地摇头，心里开始埋怨清莲。他选择了沉默，他的沉默里包含着保护自己的意思，原指望清莲能懂，可眼下的情况分明不是懂，清莲不懂他，也就更不指望滨城的人懂了。这些都没关系，他能够承受，但清莲这样做，就直接导致他在滨城的生存和生活遭遇麻烦，无法继续待着，不受信任地生存。更为关键的一点，他这样一闹，会让全城的人觉得，他们都在亏欠他。

甄奇赧然一笑，他倒真没这样想。这个时候，他所想面对的是他的对象，只是没料到事情越来越复杂，超出了他能够接受的范围。甄奇才想起那天的叹息，该是隐含有惹祸上身的意味。

甄奇收回思绪，摸出一支烟，在左手拇指的指甲盖上叩弹着，好让烟坚实一些。点着火后，他猛吸了一口，然后缓缓吐出一个烟圈来。烟圈的这头是他的怅惘，当年不得已，就那样灰溜溜回来了，烟圈的那头是柴泊湖，直直冲他覆盖而来。虽然一晃过去了十多年，但那缕伤感，那缕失落，一直在心头，酸酸的，消不掉，腌渍他。

湖水清澈，如同一面洁净的镜子，镶嵌在海滨大地上，光彩夺目，没有一丝的瑕疵。而在他的心里，因为当年事件的发展和处置渐渐远离他的愿望，也就非常糟糕地堵在他的心里，使得他坚定地认为，自己是滨城的一处瑕疵，混浊地裸露在外。

柴泊湖位于滨城七仙山区东南，是滨城最大的自然湖泊。湖面开阔，水体清澈，环湖是茂密的树林，郁郁葱葱。湖林交错，天水相连，禅院香火，结缘神灵，是一处难得的休闲胜地！各地的人们纷纷相约而来，沐浴其中，在感受自然的同时，燃一把香火，求一份平安，柴泊湖一时间广受关注。遇到节假日时，更是人声鼎沸。

面对这样的盛况，吴刚心中多有感慨。丽云和他说起过，说你要是身体里流淌着滨城的血液，一定会和柴泊湖的神灵同频共振，你可以去求求的，艺术上，生活上，哪个方面都行！顺便去看看清莲。你回来一趟很难，不要错过。这些年你在外经营得有模有样，但我知道，其实你的内心深处，空落落的，了无依靠。

吴刚感慨。乡情亲切，乡人暖心，心底也便柔软一片。刚才赵明在电话里说，你回哪儿我都没意见，关键是我要陪着你。你知道的，我虽没什么能力，但在海滨公安口说话、办事还是很方便的。你大人物方便了，就是我的方便，就是我们大家的方便。你回湖了？你赶紧转来，酒楼里见！那地方危险得很，我可不想你出事。赵明的笑容升腾，在手机的信号里四散狂奔，万箭齐发般穿透吴刚的心。

吴刚把脸紧紧贴在窗玻璃上，在颠簸不停的挤揉里，想着中箭时的感受，就哑然失笑。

笑着笑着，忽地心里一紧，想起若干年前的事了。

事情发生在清莲身上，事情的发生及最后的结果并不如人意。清莲毕业之后进了七仙山区政府参事室，读大学的时候，她就对柴泊湖景区多有关注，工作后通过全盘了解，结合收集到的资料，她从生态环境治理角度切入，就解决绿色出行提出建议：在景区入口处到主景区这个区间，统一配备电瓶车，免费接送购买门票的香客，禁止摩托车进入，以此搭建一个文明、安全及环保的平台，为柴泊湖景区的未来发展营造绿色空间。

第二十一章

清莲有关环保方面的系列建议，引起了七仙山区政府的高度重视，并及时组织专家论证研究，觉得清莲参事的建议符合生态文明建设的要求，便采纳了她的建议。作为提议者和执行者，清莲将全部精力投入进去，亲自协调滨城发展改革、公安交管、道路运输、文化旅游等职能部门规划设计、建设实施和运行管理方面的工作。半年后，柴泊湖景区的环境和色调大为改观，统一配备的电瓶车闪着天蓝色泽，流动在整个景区。滨城相关领导光临，大加赞赏，鼓励巩固管理好。原本是令人振奋，且值得来好好为清莲庆贺的事，不想事态发展出现了反转，年底，那些电瓶车集体出了故障。之前盛行的摩托车重新上了路，并且呈大幅增长趋势。

这事不用细究，显然是景区居民与政府之间的博弈，清莲的提议和政府的行为，触动了景区周边群众的利益，群众当然不能就此罢休。为了不使辛苦的成果化为泡影，清莲四处奔走呼吁。赵明，还有白怀平都在体制内，知道事情的棘手，便劝慰清莲，滨城的民情如此，社情如此，尽了心就好，没必要太认真。

也就在那个时候，吴刚知道情况后，喊着清莲，说我们一起到滨城去吧。人挪动挪动才活得欢。清莲不否认，缓缓说，再坚持坚持，属于我的香火还没点燃哩。

清莲坚持着，继续盯紧事项。吴刚没什么好的办法，加上新的业务开展，忙得不可开交，也就由着清莲按照自己的意愿过着。

一缕水汽弥漫过来，滋润着吴刚的思绪，也使他一下子回到现实里。来柴泊湖景区敬香拜佛的大都是善男信女，像他这样背着画夹进入的比较少见，没人会把他当作香客。因此，吴刚下了汽车，从众多摩托车里挤出来，站在路边好一会儿，也没摩托车理会。

吴刚在景区门前徘徊，想着人心不古，沾染了利益的色彩之后，就都变得怪异起来，连呼吸的气息里，也尽是纷争味道。

一辆摩托车围着吴刚遛了两圈，“嘎吱”一声停住。车上是个长得又黑又壮的汉子，眼睛睁得圆圆的。

吴刚缓缓抬眼，这家伙从哪个方位过来的，怎么没瞧清呢？

老板，看出你想进景区，只是这里山水颜色深，涌满了铜臭味，不适合你这画家来，趁着汽车还没走，赶紧回吧。

吴刚“哦”了一声，见这汉子显然与众不同，便来了兴趣，随口问汉子，是不是这柴泊湖边上的乡亲。

老板，我自小就在这湖边生活，湖上湖下湖里湖外大小一应事情，全都尽在掌握之中。

吴刚侧目，盯着汉子，半天不动。一阵风过来，吹开了他的嗓子。山水颜色深，正好用来着色，既然来了，没还愿就走，肯定不妥当。

就你了，送我到柴泊禅院主景区，多少钱？

“轰”的一声，摩托车轮飞转，卷起一团土雾，里面混合着一团黢黑的烟尘。烟尘胡乱冲突着，四散开去。

不要跟我谈钱，好不好？老板你应该是个画家，搞艺术的也这样俗吗？汉子说着，示意吴刚上到摩托车上。吴刚没动，说送我去可以，可得搞明白。要不然，宁可走上去，也不坐！

汉子一口浓痰砸在地上，显出不耐烦的模样。走，痛快点，老板，30块，我送你上山，然后带你回到这儿来！

吴刚跨上摩托车的后座。后座很高，他赶紧拿双手撑着车后架，挪动了一下身子，觉得踏实之后，才舒出一口气。还没等他喊好，汉子右手旋转，摩托车跟着就蹿了出去。

秋风吹着，山水气息拂面，倒是惬意。吴刚慢慢将鼻息放长，感受着这里的纯净。香火缭绕，是不是真的纯净，不好细说。只是想，这里的味道解乡愁，每回梦里头嗅醒，总要怅惘上好一阵子。

汉子说，难得老板来景区，一会儿是不是也去上炷香？这柴泊湖的菩萨非常灵验，常有大人物来上香祈愿！

吴刚贴近汉子的后背，好听清楚一些，只是一缕烟油味涌人呼吸，中间还夹杂一缕酒味，将他回应的话压了回去，好半天没散。

摩托车在景区林荫小道上前行，阳光从浓密的松树间穿透过来，洒得满地淌金。远处山峰和湖水交相掩映，湖中光影跳跃，好一幅沁人心脾的山水画面！一个弯道处，摩托车朝地面倾斜着，倾斜的幅度很大，膝盖差丁点儿就可以亲吻路面了。吴刚胸腔里的心脏跳得厉害，不由自主地搂住那人的后背。师傅你开稳点，别把我摔下去了，一看那蓝蓝的湖水，就知道勾人。我怕上不来，那样会丢死人的。

汉子哈哈一笑，老板你放心好了，这条路我闭着眼都能跑。不是吹牛，我拉了成千上万的客，还没让哪位客人半截子下去过。这是什么地方？这里的气息灵验哩，你一进山门，就开始保佑你了。

吴刚“哦”了一声，这么说来，每人50块的门票收着就合理了？

摩托车猛地停顿一下，然后又向前蹿了出去。汉子低沉的声音响起，刚才不是说了，这个地方不谈钱，只求心，心诚缘到！

吴刚一愣，想想也是。这个渴求心安的年代，当物质极大满足人们的日常生活需求之后，回过头来看，精神层面的东西，已经被人为地抛在了脑后，以至于现在想重新去捡拾，早没了旧日的模样，只剩下空空的沧桑陪伴一地再也捡拾不起的时光。

丽云盘算着这个时候吴刚该出了滨城，坐上前往柴泊湖的车了。她本来想和吴刚一同去的，可是清莲在柴泊湖里，她有些犹豫，最终放弃了同行。前天和吴刚联系，一起小聚的时候，吴刚提出来让她陪同一起去看看清莲，她心里紧张得不行。她想不明白这是怎么了，直到小腹悄悄地动了一下，她才醒过神来。

丽云给眉子打电话。眉子正开着车，从滨城外往城南高新区赶。丽云说吴刚回柴泊湖了，我这身子不便，你要没事就去陪陪他吧。眉子重重踩了一脚制动，吴刚回来了？回来做什么？眉子说我都定好了，今天就去跟那个浑蛋离婚。丽云说你和老白都闹了好几年了，差不多就完了啊，没什么意思。眉子说我也不想，可这样下去才没意思的，我不耗了，我都耗老了。丽云说，安心开车吧，离了也好，趁青春，抓紧去找个疼你爱你的人。

眉子的泪水在眼前模糊。疼你爱你的人？都是放屁，根本就没有！有的只是日渐远去的时光和日益磨老的身体。

通往柴泊禅院的路渐渐宽了。吴刚慢慢地放松心情，看山在湖里移动，湖面上波光粼粼，一番清爽跃上心头。清莲的身影就在眼前晃动，晃成一怀深深的想念。

吴刚军校毕业回到逻州镇营区那会儿，他还不认识清莲。那个时候，五土还在中心小学教书，后来辞职去经营庄园。在庄园停业整顿的时候，五土去找丽云，正好和去文化站学画的吴刚相遇，然后便有了交流和交往，再然后丽云便将同学清莲介绍给吴刚认识。

在滨城师大，清莲学的是社会学，社会学包罗万象，所面临的、需解决的问题太多也太繁杂。清莲说，就当自己是滨城的一炷香火好了，细细研磨和提炼，析出精髓，然后风干，缓缓燃着，直到灰烬。

品味清莲的话，吴刚轻轻地叹息。这该是一种人生至高境界，尽管有些残酷。记得清莲临近毕业的前夕，吴刚到她宿舍里支好画夹，准备给清莲画像。清莲有些不安，说我静不下来，觉得只有燃烧着，才能感觉到通透，感觉到踏实。吴刚劝慰，说把心情放松，简单些就好。如同这屋子，虽然简陋，但有阳光，有颜料，有浓烈的气息，这些聚集在一起，一切就都有了。

吴刚专注地画着，画着画着，屋里就安静下来。多年后的现在，这安静一直如影随形，丝般滑滑地游动着，慢慢抚摩着吴刚的心。

汉子减了减速，扭身说，老板，这里不错吧，不仅山水好，香火也旺极了，周边省市的香客们都往这里跑。你知道头炷香吧，就是农历新年的第一炷香。今年柴泊禅院新年的头炷香火爆啊，半年前就开始预订，后来预订得太多，禅院就采取拍卖的方式，谁出的钱多，就给谁。好家伙，你知道今年的头炷香拍出了多少？你猜猜看！

吴刚把头轻轻扭过来，靠近汉子的后背一些，在速度和风景的交替里，说不超过10万元吧。

汉子猛地捏了车刹。老板你说什么？10万元？看你这身行头，也是走南闯北的，这样的价格亏你说得出口！告诉你吧，也不怕吓着你，88万元！除夕那晚哦，天气虽然寒冷，可挡不住人们对香火的热情，整个景区人山人海，场面壮观，禅院都被挤爆了。

没想到当今烧香拜佛竟然这样疯狂，关键是花样百出，愈演愈烈。一声叹息里，汉子说，今天你来柴泊湖，保准值。

摩托继续前行，穿过右侧的水汽，一片松树林显现出来，墨绿绿的一团，卧在湖畔。松是普通的落叶松，郁郁葱葱的，成片占领着山头。吴刚任由目光散过去，好在松针上跳动。那儿该是清莲出事的地方。没来由地，他的心头一悲，目光一直紧紧盯着，盯着那片松树林，直到摩托车缓缓停了。

摩托车停在柴泊禅院门前的广场上。广场并不宽大，大理石地面静静地，由院门向四周扩散开去，扩散的尽头处，粼粼的湖光闪着，跃升而起，泼了广场一地的金光。

吴刚跳下摩托，双手叉在腰部，稍微活动了一下，同时，深深吸了吸空气。空气甜润，有些浓烈，和缓缓飘来的香烛味碰撞，然后一起混合成禅院的味道。

吴刚看向柴泊禅院，金光闪闪的“大雄宝殿”四个字亮透了背后依着的整座山，高大雄伟的门楼居高临下，直接对着柴泊湖。一湖的清水，倒映着远处的山，金钵和木鱼声隐隐传来，佛法禅意缓缓升腾，覆盖大地。他还没接触过这样的熏染，心不自觉地随了诵经声，在柴泊禅院领地上虔诚叩问。

吴刚挪了挪肩头上的画夹，掏出手机，师傅来个号，一会儿完后，送我下山。汉子撩起衣服，擦额头上的汗。不好意思，老板，我使不惯那玩意儿，我叫甄奇，你尽情地玩，我等你，多晚都等。

一丝温暖细细延伸，在此时的天地间传递。素昧平生倒也罢了，难得这样的生存理念，已是到了细微处。

背着画夹，吴刚缓步行走。神清气爽里，没来由觉得像一个背弓携盾的侠客。朗朗阳光下，柴泊湖岸边，香火袅袅的意境下，这个谁都可以来的世界里，寻与被寻，爱与被爱，都在手里，都是过客。在天地大同里，化作一缕香火。

香火燃着，照亮前路。

眉子驾驶着宝马，顺着车流前往滨城高新区。对于丈夫白怀平，她已是失望透顶，并打算和律师联系，正式拉开和白怀平离婚的序幕。

当年，眉子和丽云在滨城一中同一个班读书，丽云跟花一样，被同班的赵明、白怀平两个大男孩宠着。后来，他们四人一起进到大学里，虽然不在同一所大学，但都保持着紧密联系。

眉子和白怀平慢慢地走到了一起，平淡岁月过着，和白怀平谈不上多恩爱，却也是顺风顺水顺心意。随着白怀平的职务由科员转换为科长，又转换为主任，再转换为秘书长，转换了又转换，白怀平回家的次数和频率就转换少了，开始一周一次，再后来，半月难见着人影。眉子不高兴，却也没办法。日子这样过着，平如镜，淡如水。直到有一天她去查白怀平的相关信息，才惊觉除给她营造一个世界之外，还有一些世界在滨城悄悄营造着，并且颇有风采。

这样的景致，这样的风采实在要命。眉子找丽云诉苦。最初的时候，丽云没怀上，还能陪眉子一起喝喝酒，解解愁，骂骂人。现在有了身子，也便只是劝，劝不了一会儿，就干脆说你们离了吧。

说心里话，这样的念头在眉子心里有些日子了。她很希望有人这样说，好与心里一直想着的决定相应和，以有效证明决定并非随便下的。多年来，眉子其实很在意这样的应和。滨城的生活圈子很小，大家隔三岔五在一起相聚，因为常常见到，一些话无法说出来，也就积压着，任由其在心里生锈，并且慢慢腐烂。

眉子想通了，不能这样活一辈子，得和白怀平离。

越往滨城中心走，车流就越密集。眉子耐心把着方向盘，保持缓慢行进。女人不宜烦躁，容易脸泛潮红，色素沉着。

眉子收了收腹，好显得有气质一些。这气质在淡紫色衣裙映衬下，散发着清爽味道。作为女人，只有时时保持好，处处吐纳好，一呼一吸之间，任由气质的分子弥漫，才能活得光鲜，才不枉来世上走一回。话是这么说，其实这会儿眉子的心里堵满了火，粗口随时都可爆出。甚至想有把刀，刺溜一下插进胸膛，然后猛地拔出来，任胸前开出一朵绚烂的花。花好看不好看另说，主要是心翻腾出来，红红的一大团，有模有样，叫白怀平起歪心思，不懂得欣赏，更不知道珍惜，白白浪费她一身的高贵气质！

一个女人始终被这样的氛围包裹，哪怕再有气质，也会在这包裹她的一应琐事里研磨得支离破碎，不成模样。眉子一声叹息，心就乱乱的，事情也就在这个时候发生了。准确地说事故就在这个时间发生了。事故发生在马路的另一侧，一个横穿马路的女人被一辆快速行驶的车撞了个正着。女人在地上的一汪猩红里独自“舞蹈”了一会儿，然后不动了。

这样的场景眉子没想去关注，只是随意望了望。没想到，就是这一望，正好和一缕光迎面相碰。光线绵柔，一闪而过，以潜泳的姿势，扎进她的脑海里，随着一个激灵，她的身子“腾”地升了起来，宝马就直接冲前面吉利车的后屁股而去，并来了个亲密接触。

大街上稍稍安静了一会儿，旋即喧闹起来。眉子暗自埋怨，犯哪门子神经啊，这样一个没质量、没姿色的屁股值得去“吻”？这些年下来，为了保持气质，往脸上抹的东西足可以论斤计量，怎么就轻易露了原色？白怀平的事还堵在心里，现在又无端添上个追尾事件，真是倒霉透了！眉子摊开手脚，长长吐出一口气。气息不紧不慢，却是莫名的舒松。

交警从路边的岗亭走了过来，白手套一闪，眉子还有车就受了一个礼。一团燥热从车外袭过来，冲淡了她的舒松。眉子坐在车里不动，想刚才那一缕舒松来得有些怪异。有气质的女人都会关注这些细小的感受，哪怕这舒松会让人陷入奢靡，会消融生命，但只要是有，就会不自觉伸开手去抓住，然后聚拢过来，供漫长岁月消化。

礼毕后，交警并不问眉子叫什么，而是伸手要驾驶证和行车证。看交警的态度，眉子立刻有了逆反情绪。她闭了闭眼，将一脸的漠然丢给交警。交警的礼敬得过于专业，让人没法接受，开口就要证件，实在是太冷漠了。这一大活人难道还不如一个小小的证件？哪怕你问声名字，都会让人觉得这是起码的尊重。

如今名字已经到了肆意乱用的年代，如眉子这个名字，公安、通信、街道及银行等一些单位和部门为了行使知情权，随意使用着，已取代了家人、亲朋地位。在这些单位和部门面前，一个人再怎么高贵，一律只是个符号，一个名字符号。与符号相配的是一串又一串的数字，唯有这数字的多或少才决定一个人是否高贵。

眉子和白怀平生活着，近些年相安无事。她知道并懂得，别看白怀平的日子光鲜，可如今的工作越来越难做，事越来越难办，越来越需要充足的耐心和细心来处理，丝毫马虎不得。或许是碍于身份的原因，在一些事情的处理上，白怀平不好也不宜亲自出面，只得安排相关人员去办理。于是，一些投机的人，一些弄巧的人，当然包括精心设计提供金钱、色相的人，都会一拥而上，争着去办理，这些情况最终将是一条又一条的枷锁，深深地锁住他的喉咙。

白怀平用心地、安静地、巧妙地将一些事情做着，处理着，不显山露水。别看这样专注，这样执着，眉子还是能够感觉得出来，处理得越多，白怀平的心就越发没底，许多时候云遮雾罩，遮遮掩掩，仿佛在针尖上舞蹈，连睡觉也会时常惊醒，浑身大汗淋漓。

眉子知道，一直这样下去的话，会让人不快乐的。她不希望这样。这个早晨，滨城四下穿透着延绵不绝的噪声。眉子安静地坐在车里，闭着眼，不理会前面被追尾的车，以及来处置的交警。不自觉地，她的思绪开始转向那缕一闪而过、绵柔扎进她脑海里的光。

第二十二章

柴泊禅院硕大而厚重的门敞着，一缕浓浓的桐油味从里面飘了出来，混合着香烛味，丰富而神奇，令人遐思。

站在高高的门槛前，吴刚屏住呼吸，双手合十，闭眼观心，做虔诚的吐纳，好感应一番柴泊湖的山水和神灵。木鱼声声，香烟缭绕，佛法升腾，心性超脱，好一派清静修行的所在。随后，他轻轻抬右脚，在宽大、锃亮的铜质门槛上踩了踩，然后换左脚，重复了一次，以任由铜黄的质地入侵，染得一脚的金质。禅院里面的世界，他一时还没想好如何在内心里展现，也就没有勇气走入。哪怕什么也不带，什么也不求，他还真就不敢轻易把心放下，然后去迎接一种恩赐。

清莲曾和他说过，隔着高高的门槛，当未知世界不能全面展现的时候，就用双脚去踩踩，表明自己抵达过，一样能够和神灵对接。

吴刚转身，沿一条已踩出的小道，上了禅院旁边的山头。站定在一处平缓的地上，吴刚放松脚步，调整了呼吸，左侧处一大片松树林就映入眼帘，和山头右侧处的柴泊禅院安静面对。林子很密，如一款墨绿的雨伞，撑起柴泊湖畔一片清明。几只叫不上名的鸟飞过来，振动翅膀，然后朝闪着金光的大殿飞翔过去。

吴刚支好画夹，调着油彩。风缓缓游荡着，在他耳畔吟唱。吴刚长舒一口气，准备定神下笔，丽云的影像就在眼前的画板上晃动了起来。宁静而细腻的丽云，温婉中闪着俏皮，安然中透着圣洁。四周就此柔和起来，直到一阵急促的鞭炮声在大殿前轰隆炸响，一串串冲天炮朝着天空升腾，金耀的火光在天空中闪烁，轰隆隆地折腾了半天，然后落下一片片烟尘。在山的掩映下，有云雾的意境，一时还回旋着声响，久久不散，在湖水的波纹里静静消退。

别看景区是滨城重点防火区域，四处都设置禁止放鞭炮的警示牌，可难挡香客们的虔诚和意愿。特别是那些遂了愿而来还愿的，恨不得拉上一车鞭炮，漫山遍野地放着，放出愿望实现后的美好生活。

吴刚深吸一口气，一笔就画了下去。画笔延绵，或浓或淡，或轻或重，或急或缓，一起和着这山水，这禅院的气息，共同跃动。要不了一会儿，山的模样在画板上活过来，随后又是几笔，禅院、树林、湖水等就跳跃着，随后又是添彩，铅白、紫红、橘黄、藏青、普蓝等穿插其间。细看那山，绿绿的透着纯净。细看那水，哗哗的闪着金光。纯净和金光之间，一溜白猛地闪现出来，吴刚惊呆了，赶紧将笔收住。怎么来的？这儿不需要，也不应该有。他定了定神，随后细看，那一溜白竟然在蠕动，蠕动的速度很快，超越目光的速度，不一会儿，就蠕动成一个女人的身体。

女人的身体是裸露的，散着温热。吴刚不忍呼气，盯着画板发呆。这不是他的构思，也不是他的意愿。此时，在这神灵之地，就算有这样的念头，也该是含蓄的，隐藏的，怎么可以有这样的裸露？

吴刚赶紧调了色彩，拿画笔蘸了颜料，往那裸露的身体上抹，好用色彩覆盖住。没想到，那裸露很有质地，调和了好一会儿，才慢慢覆盖住。

看着画板上多出的一款色彩，吴刚好半天不能坦然呼吸。既然不是自己的思绪，难道是柴泊湖的禅意？如果说有禅意的话，那么清莲定然是其间的主角。十年前清莲的境况并不好，她精心积攒着心劲，点燃自身的香火，想着为滨城尽份责，为人民尽份心，在多番奔波无望、身心无力之后，她毅然辞了政府参事之职，只把一应关系放在了滨城史志办，声明以后只专心研究学问，不再过问俗事。

丽云说起过，说她和眉子一起去劝慰清莲，说女人随遇而安的好，那些想干的，费力不讨好的事，留给男人们去做就行了。只是，这劝慰并没起作用，随后的夏天，清莲一袭长裙，一款雨伞，去了柴泊湖景区。那个时候的吴刚，正在紧张筹备个人首次画展，圈内的知名人物一个又一个地去邀请，疲倦至极时接到了清莲的电话。清莲说想和你一起听这柴泊湖的雨水声，还有风吹声。吴刚的耳畔雨声哗哗的，很大，他的整个世界一片清朗，忽然觉得世间再纯净，都没有这柴泊湖的雨水纯净，世间再美，也美不过这柴泊湖的清风。

吴刚的声音在柴泊湖传递。清莲，我愿意陪你一起听雨，多年了，一直是这样的！吴刚没能听到清莲的应和声。清莲在这片松树林里躲雨，正和他打电话的时候，声息忽然中断，从此阴阳两隔。

忧伤的情绪蔓延，慢慢包围吴刚。他和清莲都说好了，等他回来一起听的。可吴刚没能等到，等来的只是无尽的伤痛和遗憾。

电话响了起来，铃声在山头上显得清脆，然后散落到湖面上。白怀平在电话里说，湖上风大，待一会儿就下来啊！

吴刚笑，说当了领导就是想事周全，我一会儿就回转的。领导这般用心，不想我在湖边多待，是不是怕我染了阴气？

白怀平显然笑了，话语也跟着轻松些了。你经历过大场面，熟谙生存之法，也懂得经营之道。其实，说滨城开放也好，包容也好，那是一种表面现象，这偌大的柴泊湖实际上是个是非之地，香火旺是表面，背后众多的人虎视眈眈，想着把权力以及地位置于其间，搭建一支供奉权力的香火，寻找可供租售的场所和平台。说来这应该属本地土特产，可当下的事，大多相仿，都差不多的。你也看得见，柴泊湖四周的宾馆和休闲别墅越建越多，一个比一个高档，一个比一个奢华。虽然国家明令禁止建高档楼堂馆所，可小气候已成，哪儿能彻底阻止得了？如此下去，能没问题？能不出问题？不出问题才怪！

六年前的夏天，当清莲遭受侵害时，怕也是这般景致。兴旺的香火，该是照亮世间的，不会没有人，更不会连神灵都没出现过。可最终什么也没有，整个柴泊湖区陷入一片死寂，默默地俯瞰一切生灵。

白怀平迷上烧香拜佛有一段时间了。但凡有空，就开车直奔柴泊湖，去柴泊禅院焚香。家里也摆起了香案，香烛袅袅，白怀平跪倒在地，口里默默念着。

眉子不喜欢这种味道，也看不得白怀平这副模样。白怀平倒体贴，在城北给她买了套房，眉子远离香火味，安心静气地过着。

前些日子，不知道白怀平动了哪根筋，在弹跳和振动里，征求眉子的意见，让她做一份高级白领的兼职，以某公司负责人的身份，去趟银行，将一个物件存在贵宾保险箱里，然后掌管一家公司。

长久以来，白怀平做事大多瞒着眉子。眉子呢？对此早已习惯，早已接受，如一只在白怀平欺瞒下独自挣扎的玩偶。

眉子好久没跑银行了。眉子记得那天到银行后，银行工作人员礼貌地将她请到VIP间。眉子高雅地坐着，品着咖啡。工作人员的眼神一个劲往上挑，流露在他们脸上及眼神里的不屑，像糊在一堵白墙上的泥，毫无分寸地裸露着，散发出令人作呕的气息。

怎么这样看人？怎么能这样看人？太势利了吧。眉子不屑，顺势在大厅里闹腾起来。银行经理赶紧过来安抚，然后快速办完了相关业务，一把精致的钥匙就到了眉子手里。

经理伸过手来握眉子的手，显然是告别。眉子忽然想着经理这双手应该接触过白怀平的东西，是时候来点突破，至少得知道，也好活个明白，不能看着吃亏还有模有样地靠近，面无表情地说吃亏是福。

眉子优雅地伸出右手，拇指和食指合力，轻轻触了触经理的手，然后温婉地冲着经理微笑，如一团浓得化不开的蜜，连同温柔的话语一起传递过去。

经理犹豫了好一会儿，说我们银行有制度，不允许随便泄露客户的隐私，尤其是存放在保险箱里纯属个人的东西。

眉子小声道了谢，并把目光迎上去，闪烁着寻求经理的应和。经理一时还没摸清眉子的底数，不便贸然行动，加上眉子闪烁的目光后面并没有实质内容，久经考验的他，随即稳定了心神，淡定地鞠躬，要和眉子告别。眉子从坤包里摸出一张卡，递给经理，这里有5万元，我只想知道白怀平在里面放了些什么！

然后便是之前那一幕，城市车流中，眉子专注开车，和前面的一辆吉利保持着距离。城市行车是最无聊的事情，眉子被这缕无聊包裹着，就有些无趣。无趣了好一会儿，自然就想到惹她生气的事情上了。白怀平的手伸得长啊，平常与相关人穿连裆裤，甚至连到床上去，倒也罢了，现在连银行里都敢放东西。更气人的是那些东西竟然和她的单位领导有关，一大沓的医院检验证明，直指吴刚。

眉子头大。她想起赵明和白怀平走得近，这些东西该不会是赵明的吧，又或者说？眉子茫然地摇了摇头。接着，马路另一侧的事故就发生了，与此同时左侧左拐车道急驰过一辆车，然后迅速向前超了过去。一闪而过的驾驶位上，长发倾泻。等她反应过来的时候，车已经奔出了好远。眉子的目光留在那辆车的副驾驶位上，那儿的车窗落下，一只手正横陈在上面。手看上去十分粗壮，显然是一只男人的手。眉子对搁在车窗上的手不感兴趣，所以，她准备收回目光，然后专心开车。偏偏一缕光闪烁，掠过她的眼，精准而强烈，使世界出现了短暂的失明。

那闪烁的光十分绵柔，从那个粗壮的男人手上的一枚玉扳指儿上慢慢析出。玉扳指儿喜欢阳光，见到了就四处炫耀，恰好和眉子的眼来了一次亲密接触。偏偏眉子熟悉这样的接触，曾经多次在接触里感悟人生。所以，她没来由地一愣，副驾驶位上坐着的那个男人是白怀平。

眉子心下一慌，脚一滑，原本准备踩到制动上的脚就滑到了油门上。眉子移动的脚出现了越界，宝马就亲密地，毫不犹豫地朝前面的吉利车屁股顶了过去。眉子有好几年驾龄，却不知道撞车后该怎么办。眉子不知道怎么办的时候倒一下子安静了，面对这样的事情最好是不出面，损了气质不说，搞不好失了身份。这样一想，便索性坐在车里不动，任由车外的世界喧闹一片。

马路另一侧，地上的女人没有动，身子软着，头贴着地面。围观的人慢慢走了过去，却不靠近，眼睛直勾勾地看着，目光落到那摊猩红里，然后静看那女人的生命一点点同这个世界告别。

恼人的交警还在车外，吉利女人依然在叫喊。眉子趴在方向盘上，觉得身体连同车子一同飞了起来。飞着飞着，前面出现一条河，河面上是成群的天鹅，天鹅翅膀一起震动着，朝远方飞去。

眉子和车不得已缓慢地回到地上，回到现实里。

阳光很好，安静地泼洒。街道上有一会儿没动弹，很快，车流又动起来，缓缓朝滨城纵深流动。

阳光还好，吴刚没有心情欣赏，随意捡了块石子，朝柴泊湖里扔。湖水含笑接纳，一会儿就没了踪影。吴刚再扔时，柴泊禅院那头的鞭炮声又一次密集响了起来，声音回旋处，湖水把这番景致倒映过去，汇聚成一缕黑流，然后在波纹里慢慢消融。

微风吹起，吴刚仰头长叹，为着这样一个世界，为着这个世界里曾经在意却没有把握住的过往。原想和丽云一起来的，一起到柴泊湖看清莲，安静地感知点什么，应和点什么，好给空旷的内心一些慰藉。等到此时一个人来后，内心依然难以解脱，反而越发沉重。

眼前的这些好无趣，天知道以后还会发生什么奇异的事情，眼下竟直愣愣地闯入吴刚的脑海。幸好丽云没跟来，没瞧见他失落的模样。

木鱼声声，经幢重重，径直传过来，没有一丝婉转。

吴刚起身伸了伸腰，“嘎嘎”，有鸟叫声从天而过，几只鸟在他的头顶飞翔着，他赶紧拿手贴近额头，遮挡刺眼的阳光，好看清鸟飞翔的轨迹，防止袭击。

群鸟振翅飞天，不一会儿就没了踪影。再看湖水，平静依然。再看青山，翠绿依然。柴泊禅院里，正密密麻麻闪过一群人影，像泼了彩的水流。水流里，柴泊湖的山水、气息，甚至神灵，都模糊开来，无法清晰看见原本模样，甚至连影子都捕捉不到。

第二十三章

吴刚忽然想着早晨打电话的一幕，莫不是丽云预见到了什么，或者感应到了什么，便找了个理由，回避了同往？

吴刚收回视线，在画板上停留。画面已经恢复了平静，那一大溜白色和其他色泽融为一体，使得整个画面鲜活起来，也变得有质感起来。吴刚提笔准备落款，猛然间眼前一亮。画面里，一头长发、一袭长裙的女人显现，并且正微笑着，缓缓变得清晰起来，微笑细腻，在柴泊湖的水和山之间缓缓扩散，十分醒目。吴刚赶紧定眼看，画面显现出一个女人的身影，十分熟悉地在他眼前活络起来。

清莲，清莲！吴刚轻轻喊着，清莲活在画里了。

吴刚轻轻俯身，拿食指抚摩清莲的脸。清莲的脸细腻、光滑。随后，他的手指移到清莲的眼睛上，移到鼻子上，移到嘴巴上，每一次移动，他都细细地抚摩着。吴刚的眼里涌着泪水，然后慢慢蠕动，继而流了出来，顺着脸颊，那留在脸上的痕迹，带着巨大的磁力，吸附着他的全部身心，抽得他空空的，浑身没了力气。

一声浑厚的钟声传来，敲在云深处，敲在山水间，敲在吴刚的心头，久久回旋。吴刚慢慢循着钟声朝松树林走了过去，一直以来，他心里都在想着有一天能到柴泊湖的松林里坐坐，和清莲说说话。这里的每根松针，每个松果，每缕穿过松林的风，都会发出声来，一起和着清莲的声音吟唱。这样的吟唱是他所梦寐以求的，陪伴着他，温热情怀，成为心的依靠。清莲该是还在的，一直在某个角落，在这片松林里躲藏着，等待着，等待着他的身影亲临。

一缕松香析出，在鼻翼处盘旋。吴刚小声喊着清莲，然后任由细密的思绪在松林里飞翔。他轻轻抚摩着一棵松树，用手指去碰触苍老的松皮，犹如碰触着清莲的脸。

清莲，我来了，来看看你，和你一起呼吸。

吴刚望着天，长长舒出一口气。决定去请一串香，在禅院门前烧一烧。无论有无神灵，总该是要敬畏的。

香燃过后，吴刚背着画夹，穿过阵阵木鱼声，绕过林立的商铺，然后慢慢地下山。他四下看了看，寻找那个叫甄奇的汉子，还有他的摩托车。环视了一会儿没见到后，想着干脆不坐车，走着下山好了。就在他往肩后挪动画夹的时候，松树林边闪出一个身影，甄奇走了出来。

周围的光线似乎暗了一下，紧接着明亮起来，照着甄奇的身影，慢慢拖长，拖成一个黑壮的皮囊。皮囊闪着光，蓝色的，一点点升腾。吴刚不经意瞥见了，惊得心跳。这缕光在林子里积蓄久了，并非一时半会儿，要不然，不会有这样的色泽。

丽云电话打了过来。吴刚深吸一口气，调整了一下情绪，接了电话。电话里半天没有声音，好一会儿，丽云说话了。丽云说没事了，和你说一声，怕你记挂。安心回吧，好好做你的事。

吴刚望着柴泊湖感叹。怅惘了一会儿，背上画夹往山下走。甄奇的摩托车在他后面跟着，不离不弃。吴刚笑笑，说你走吧，赶紧拉其他的人去，我想走下山，活动活动身子。

甄奇说老板不坐也行，你是我的香客，既然收了酬劳，就得保障好你的安全，一路平安地送你下山。

吴刚说用不着这样，顺心就好。你住在这柴泊湖景区，可以说是紧挨着菩萨，肯定没少享受菩萨的恩泽！我想说的是，不管怎么样，所有的恩泽最终都归于平静，归于顺心。

甄奇愣了愣，好一会儿，嘴角微微收起，就有一缕浅浅而晦涩的笑显现。老板，菩萨时时显灵的，闪烁的光芒一直环绕大地，照耀在每个人的身上。你来这一趟，同样也照耀着你，感受到了吧！

吴刚朝前走着。他的眼前，鸟儿飞翔，木鱼呢喃，随后是冲天雷，声音交杂，转化为自然的声响。那耀眼的光亮，把湖水点着，光彩熠熠的湖水缓慢向四周蔓延，势不可当的模样，淹没了一切！远处，雄伟的大殿以及众多的菩萨，都在香火里闪着光。光，升腾着，旋转着，不知道会照耀着谁，但应该不是他。

不是就不是吧，没必要强求，也强求不来，还不如就这样保持着。清莲的案子至今一直悬着，只因那样一场大雨，将现场冲刷了个干净。丽云说起过，说最开始那会儿赵明他们紧张得很，上头要求命案必须破，没想到一晃六年时间过去了，案件依然没有进展，全局的人都很萎靡。赵明也因此受打压，职务一直得不到提升。

吴刚默默地叹了口气，脚步有些沉。甄奇在后面不紧不慢地跟着。吴刚下意识询问，干这行几年了？

一丝腼腆掠过甄奇的脸，以前在七仙山区里打过工，后来受了点儿伤，没法在城里待了，就选择了回家，种点儿田地，农闲时节，看跑摩托车不错，就跑了起来，一晃跑了快六个年头。

吴刚缓慢走着，脑海里一缕光芒闪过，记起甄奇说拉过成千上万的人，自然掌握着这里的基本情况。于是，他试着询问，说六年前这柴泊湖松树林里发生过一起凶杀案，甄师傅你说这灵验的菩萨怎么不好好显显灵，把凶手抓住，绳之以法，还社会一片安宁呢？

甄奇抬眼望了望吴刚，然后平静地把目光挪了过去，顺势抛向前方。老板，有这样的事情？你从哪儿听到的？我从没听说过。

吴刚下意识地一愣，甄奇的回应不合常理，仿佛在掩饰着什么。至少，他没说实话。

因为清莲的事，吴刚处处持质疑态度，哪料到事与愿违，一些伪装的东西，总是让他看不明白，还找不到原因，只好自我欺骗，并装模作样认为这是规则。当眼前的这一幕，再次在他面前呈现的时候，他猛然间意识到，有一块帷幕已开启，他能做的，必须做的，就是勇敢地迎上去，然后拉扯开。

一直悬而未决的柴泊湖松树林清莲被杀一案，终于出现了转机。按照吴刚提供的相关信息，赵明等人紧急磋商后，迅速带人直奔柴泊湖，将甄奇控制。一番突审，甄奇就全盘交代了。

突审前，按照工作程序和惯例，警察对甄奇随身物品进行了清点，并对其身体进行了查看。甄奇左臂上的伤疤引起了关注。

警察说，你叫甄奇吧，多年前在滨城打过工，做过一些事。说说吧，你该知道我们想知道些什么。

甄奇低头，警察递了支烟过去。烟里有香橙味道，这是滨城特制的一款香烟。甄奇吸着，看烟从嘴里缓缓吐出，成圆圈，一个套一个，直到在空气里消失。

好吧，我说！

烟圈散尽，甄奇说，那痕迹是多年前被刀划伤留下的，我不知道你们想知道什么。你们就直接问吧，我知道的都告诉你们。

警察说我们不着急，你慢慢想。我给你提示一下，你的左手臂是让两个流氓用刀扎的，你不会不记得吧。你曾经救过一个人，一个女人。那个女人叫清莲，想来你也是知道的。你救了人家后，心里偷偷地喜欢上了人家。你知道你一个打工的，没有喜欢的资本，于是，你便“潜伏”了下来，等待时机。

甄奇半天没说话，整个人躺在烟雾里，缩在审讯室的椅子里。警察同志，你这说得够邪乎，是有救人这件事，当年我青春年少，正好遇上了，便顺手救了她，随后不久我就离开了滨城。

警察盯着甄奇，是吗？就这么简单？要这样我们找你干什么？还是我来给你叙述一下吧。你救下清莲后，霉运便找上你，你对象病重，你对象一家人逼你拿钱救治，随后工地老板不给你工钱，轰你出门。事后你回到了柴泊湖。就在这个时候，清莲出现了。她因一个项目到柴泊湖来实地蹲点。你常常躲在清莲出没的松树林里，偷偷关注，静静欣赏，同时寻找亲近的机会。你知道你的身份，清莲不会对你产生想法，你也明白，你不可能带给清莲什么。在失落还有纠结面前，你失去了理性，就在那个下雨天，你觉得你的机会来了，趁着清莲打电话没有防备，你从背后靠近清莲。原本你只是想着亲近，没料到那个下雨天，清莲惊吓之时，本能地全力反抗。你一时惊慌，紧紧地掐住清莲的脖子，然后制造了轰动滨城的一桩大案。

甄奇大口吸着烟，嘴唇不时抽搐着。不可能，你们肯定搞错了，凭什么就说是我做的？我为什么要这么做？

警察并不急着回答，只是拿出几张照片来。甄奇你好好看看，这是清莲临死前眼里的图像，图像里有个人，你细细看看，这个人是谁？

好一会儿，甄奇安静了下来。

柴泊湖松树林沉寂多年的案子就此浮出水面。

之前的黄昏，快到景区入口处停车场的时候，吴刚示意甄奇，说了声谢谢，谢谢你陪我走这一程。

甄奇笑了笑，身子稍稍动了动。这动作静悄悄的，和出没松树林时的情景差不多。吴刚没来由地想着，这样一种安静，其实是在掩饰，掩饰一种内心的慌乱。

回滨城的汽车已经发动，吴刚抬脚跨了上去，背后的画夹携着风，准备一起和柴泊湖告别。他踩着车门，思绪仍在甄奇那里，总觉得哪个地方不对劲，焦灼了好一会儿后，他眼前一亮。

吴刚猛地回头，站在身后的甄奇没有动，身体僵硬，目光呆滞。他定然是看到画板上清莲的画像了。当若干年后，清莲的画像猛然间出现的时候，强烈的震慑力道连同惊恐一起涌入，使甄奇手足无措，心情无法平静，心神就暴露开来。整个柴泊湖景区犹如一枚硕大的印纽，呼啸着，朝他盖了过去。

吴刚给赵明打电话，说我很想知道清莲被杀案目前的进展情况。赵明声音很低，似乎在会议室里。几秒钟的工夫，电话那头声音大了起来。赵明说，春花酒楼的酒还等着你喝哩，赶紧回来！白怀平马上就到，我和丽云、眉子都招呼了，她们一起作陪！

吴刚说我好不容易来一趟柴泊湖，就多待会儿，你和白怀平，还有丽云、眉子一起好好聚聚，庆贺你续上了香火！

赵明那头声音大而急促，没你来聚有什么意思？你等会儿，我派车去接你，你给我老老实实地等着，别到处跑。那地方危险！

千万别，赵明，我想好好求求菩萨。你说你都有香火了，我这不得好好求求啊！说心里话，很想你们。这想念也是香火，一点点在心头燃烧，灼得肺疼疼的，呼吸不畅。

赶紧回来吧，我们好好说说话！赵明那头声音有些走样。

缓缓吧，赵明，你知道我的。我好好陪陪清莲，她孤单单地在这儿，我心里不是滋味。对了，有个情况和你交流一下，我是坐摩托车上山的，下山的时候是走着下来的。人家跑摩托车的客气，见我钱给了又不坐，就一路跟着，一直跟到山下，很让人感动啊。当然，更让人意外的是，当他看到我画的画，表情很不自然，正好和我心头的一些疑虑重叠。

赵明下意识应和着吴刚的话语，画里该不是清莲的身影吧！

吴刚微微一笑。我只是这样怀疑，想来你们该查的都已查过了，香火闪烁处，我只是一个无意识间，恰好看到了这点。

不仅看到了这点，他的脑海里还闪现出若干年前四水和五土结婚时的场景。四水被一个叫甄奇的人拦住了，然后进行了一场劈甘蔗的比拼。甄奇功成名就，而四水的身体还有心灵从此被深深地划了一道印痕。

赵明说你是当代知名的超写实主义画家，你的眼光一般人哪比得上。你等会儿啊，我们全都过去。

丽云接到赵明的电话时，小腹悄悄动了动。她轻轻按了一下，以示应和。赵明说你赶紧收拾一下，一会儿局里有人到家接你，然后一起来柴泊湖。多穿点，保护好身子。丽云刚想问什么事情这样急，赵明说是关于清莲的，赶紧收拾。说着，就挂了。

丽云心跳加速，忙打电话给眉子，赶紧去柴泊湖。

眉子已和律师碰面，并谈妥了相关事项。她给白怀平打电话，说一起去趟柴泊湖吧。白怀平说我没兴趣，大老远地折腾什么？明天我还有一个重要接待。说着，没好气地挂了电话。

白怀平刚挂了电话，赵明的电话打了过来，说抓紧收拾一下，一会儿柴泊湖见。

平静了好一会儿，眉子给五土打电话，好半天，五土才接上电话，电话那头很静。眉子说，记得有一次你和我提及过，当年，一个叫甄奇的人，让你记忆深刻，一会儿你收拾一下，一起去趟柴泊湖吧。

君子兰的叶子，“啪”地碎裂了。丽云出门的时候，清晰地听到碎裂的声音，在头顶上方旋转。

眉子同白怀平一起出现。丽云横身过来，眉子迎了过去，两人抱在了一起。五土也出现了，身后紧跟着四水。

隔着审讯室的玻璃，丽云朝里望过去，一个身影单单薄薄的，正缩成一团。这是那个替清莲挡住刀子，后又残酷夺走清莲生命的人吗？她不敢相信，但事实就在眼前。

四水急急地挤了过来，如今依然隐隐作痛的脚，此时硬生生地挺立着，支撑着他看过去。五土则安静地看向柴泊湖，许久以来，她一直想着找个时机到湖边走走，看看当年临风庄园所在的地方，嗅嗅里面的气息，找找青春的身影。只是繁杂的生活，无序的心绪，让她一直没有这样的机会，不想，这意料之外地涉足湖边，却是这样的一种状况，心头涌满了苦涩滋味。

夜色里，柴泊湖那边的方向隐约正透着光亮。那该是香火的光芒，正在燃着，照亮众生。

间章七

出租车一路沿着发展大道，转到解放大道，然后朝着堤角方向驶去。吴刚叮嘱司机，不赶时间，慢慢开就好。同时，调匀呼吸，和陶立一起，趁着夜色，慢慢抑制回家的兴奋和激动。

许是身子暖了的缘由，吴刚竟然犯了困，迷迷糊糊之间，他和陶立一路向前冲，没有任何阻挡，占领一个又一个山头，又将它们都朝后抛了出去。吴刚望见村后山了，方圆四处都见不到人，入冬后的萧条景致占驻了整个世界。吴刚一时茫然，一缕细密的孤独感涌入心怀，他侧目看了看陶立，好半天没有思绪。

陶立的情况，是在一次和母亲聊天的时候提及的。吴刚说他在天津遇到了一个长辈，竟然是老家一个村的。吴刚说的时候倒是轻松，下意识想母亲应该会吃惊，应该会问情况。可好一会儿，母亲并没有开口，只是默默地叹了声气。

吴刚当时并没怎么在意，加上母亲后来也没问起，便放下了此事。若干年后，当陶立去世的时候，他再次向母亲提及。母亲那头一直沉默着，一直到挂了电话，也没听到母亲的声音。后来听村里人说，母亲那天又在村前那棵水杉树下出现了。

一晃十多年过去了，吴刚再与母亲联系时，不经意间提及陶立，母亲这次没有回避，而是开始接话，询问了解情况，说也是时候该回来了。

吴刚不明就里，人老了老了，尤其是身在异乡，是不是都要回归到故乡啊？母亲说是的，但凡是人，都要这样。

母亲的话，吴刚心思百转，心里有一缕怀疑在涌起，想着当年母亲站立村头，等待的应该是陶立吧。

一个人离开家乡太久了，故乡就永久镌刻在心里。一拨又一拨的人慢慢熬着，熬出无尽岁月的感慨。吴刚也是这众多人中的一个，还有曾经的铁道兵陶立。吴刚对母亲说：“这一晃过去了十多年，我带陶立回家吧，让他入土为安！”

母亲沉默了好半天，说：“在外漂着，终究无法安身。”

吴刚郑重地点头，接陶立回家，他怎么回家？回家后埋在哪儿呢？吴刚紧握着手机，心咚咚跳个不停。

这是吴刚一直藏在心里的犹疑，毕竟陶立在村里早就没有其他家人了。母亲并没迟疑：“埋在祖坟旁吧，你和他有缘，村里都认同。”

吴刚对身旁的陶立说：“这就安心了，我们可以安心回家了。”

第二十四章

早晨醒来，靳美的鼻子里出了血。她尝试堵了会儿，没堵住，血就直接冲到被子上去了。

靳美歪着身子喘气，拿眼探了探吴刚。吴刚正睡意蒙眬。靳美说这被子不用洗啊，我的血流在上面了，还有我的气息。再过上三个月，等我没了，你就多看看这被子，心里头有个念想。

吴刚身子剧烈震颤，好半天才呼出口气来。说什么哩！我们结婚到今天才满8个月，靳美你再躺会儿，我起来煮点儿稀饭，再炒一盘你爱吃的空心菜。吴刚说完，鼻头一酸，心里没着没落的。半年前，煮饭、炒菜等这些活儿都是靳美来做的。靳美做这些特别精细，米要反复洗，菜就更不用说了，洗好切好了，还得在水里泡上好一会儿。

靳美这样做还十分得理，如今的菜和米都脏，多洗洗，就是为把眼前这关过过去。吴刚嗤之以鼻，再洗还是脏，哪儿还有干净东西？靳美不作声，团到沙发里绣十字绣。

其实，吴刚哪儿都好，就是总没谱儿，爱把话说绝。刚才那话，之前也说过，明显是针对靳美说的。

靳美嫁给吴刚之前两年的光景里，和梁伟走得比较近，曾暗地里处理过留在肚里的东西，只是处理得不好，留有些后遗症。原想结婚后好好休养，安安心心备孕，哪料到身子不打招呼地出了问题。而吴刚一直都在为结婚做着准备，等待慢慢品尝婚姻的幸福和甜蜜。显然，眼前的这些与他的原意相去甚远，有从世纪钟到天塔的距离那么远。这个距离不以长度为计，高度即可。明显的高度有差异，悬殊得解放桥都已经许久没开启了。

吴刚曾对靳美说过，等解放桥开启的时候，我们就穿上礼服，照一套独一无二的结婚照。

靳美闻言一愣，笑着望吴刚。还照吗？有必要吗？

吴刚抚摩靳美的头，照啊，我们要把每一步的印迹都留下来。靳美心里说，我之前和梁伟谈起过，说要到水上公园好好拍一套漂亮的婚纱照，只是一直没有实际行动，反倒成了内心的隐痛，触及不得。

岁月流逝，日子过着，心里的疙疙瘩瘩慢慢扯清了后，靳美竟然关注起解放桥来。想着这桥会在什么样一个时候开启，开启的时候，会是怎样的一种景致？到那会儿，自己在哪儿呢？

这真是个问题。滨城每天都在开启，渺小的个体只是那一呼一吸之间，活在生存轨迹里的一条爱干净的虫子，每天不停挣扎蠕动着，成为惯性生活中的一缕风景。

靳美身体出现问题是在一次感冒之后。那会儿，她正准备进行一次受孕，每天的运动、饮食都进行了合理的安排，甚至一周一次的碱水冲洗都进行了好几次。这冷不丁的感冒及随后的高烧，搞得俩人一下子手忙脚乱起来。

吴刚说要不去医院看看吧。靳美当时的反应极大，哪里闻得了那里的气味？再说了，会直接影响肚子里的生态。吴刚说由你，我画一会儿小景，今晚我们一起到外面吃大餐。

靳美说不许画，赶紧去买菜，我想吃多宝鱼，去买一条回来，我来做清蒸的，你也趁机喝点。

靳美让喝酒，倒是让吴刚意外。为了保证生育质量，他已经被靳美管束得清心寡欲了。他曾问过丽云，说大家是不是都这样？需要不需要这样？得到的答案竟千篇一律，都是这样的。在滨城，要个娃，得把小两口折腾熟了，成了精，才能在养育方面游刃有余。

吴刚就不说什么了，对靳美的话言听计从，倒也省了许多的心思，可以用来纵横美术世界，也可用来养精蓄锐。

靳美母亲来看闺女，见靳美精神恍惚，拿手一摸额头，“哎哟”一声，惊得吴刚奔跑过来。靳美的身子你知道吗？

吴刚说知道，这几天一直高烧！

知道了还不管不顾，赶紧吧，开车去医院，都这样严重了，你怎么还拖？

于是，医院例行检查的一套程序走下来，时间就到了黄昏。

时间到了黄昏没事，靳美的身体出了点问题可是大事。医生初步诊断，说肺上出了点情况，感染了，得去炎消肿。

随后，靳美父母都赶了过来。靳美精神头来了，还让吴刚去买菜，正好在家摆上一桌，好好聚聚。

吴刚使了眼色，靳美竟然没看到。要不是靳美母亲眼尖，轻轻扯了扯靳美，吴刚就真出门买菜去了。

晚上，吴刚安排在登瀛楼饭庄吃了饭。老店老味道，环境也合心。靳美状态不错，有说有笑的，只是其他人都很沉闷。靳美就说，大家不要这样，我的身体我知道，好着哩，暂时亮灯，是为怀孕打前站。

转天，靳美一人出了门，沿着解放北路步行穿越金融街，走过解放桥，到世纪钟前小坐。时钟有模有样地在她身边走着，嘀嗒，嘀嗒，不曾停歇。不管她听到听不到，感觉没感觉到。她其实是想看解放桥的，而且想着从这个角度看过去，看桥上来往的车辆和行人。靳美看不到时间走向，脑海里却闪现出一个放风筝的人来，在风中，在广场上，用力拽线，一伸一缩间，风筝就在河两岸飞翔。

这放飞风筝的人，这走在桥上的人，这行走的车辆，这穿行在世纪钟上的时间，一起，成为滨城的景致。

靳美默默看着，一缕伤感跃上心头。自己是这座城市，是这个世界上的匆匆过客，是临时生命的一个缀饰，终将和其他生命一起，和城市一起，无声无息，永久消逝。

风向变了，重心也就随之转移。

接下来的日子，吴刚和靳美的战场从备孕转向治疗。备孕时，心里都明白怎么运行，怎么操作，并且对结果或者说成果都能预判。可治疗就不一样了，尤其是长在身体里的部件，出了什么状况，状况的深浅，以及如何变化等情况，大家都不知情。只能听医生的，只能由着医院说。因此，这个时候，吴刚和靳美的心都木木的，和不时袭来的雾霾一个色泽。好在电脑还有手机里都有，将不知不会的，往搜索引擎里输入，总能得到热心答疑。

吴刚带靳美前往双湖医院，按照医生的安排，进行一番细致而全面的检查。靳美不心疼钱，她心疼那一管又一管从身体里抽出来的血，暗红的，之前在身体里流动，维系着生命的正常和新鲜，不由得叹息。

吴刚在旁边嘟囔着不能叹息，让靳美听了个正着。靳美白了吴刚一眼，我不是她二姑，我能叹息。吴刚一屁股坐在凳子上，你呀，滨城老话怎么说的？看病叹息，生命没戏！

靳美转了一下眼球，我去！说的工夫，医生喊她，从会诊的情况看，有些小问题需要住院解决，建议赶紧。

吴刚顺势答应，我们住，马上住。

靳美仰起头来，说你别起哄，这医院是好住的？

还真被靳美说中了。医生说，这个季节人群中肺病高发，医院的床位十分紧张，我先给你们排上，等有了病床，再喊你们来。

身体出了问题，哪儿还能等？吴刚让医生想想办法。医生说你也看得见，医院的床位是流水作业，一环扣一环，一床接一床，紧张得跟市场上火热的房号一样。许多病床两个月前就排上了，你现在要不排，三个月后住进来都难。

医生那里走不通，吴刚一琢磨，这事不能马虎，打电话问靳美父母，有没有牵得上线的，他好赶紧搭桥，让靳美早些住院。

托人、打听，打听、托人，一晃过去了三天，一点儿眉目都没有。吴刚着急，待夜深人静时，他一拍脑袋，当即去银行办了存储卡，约了白怀平，说了爱人的情况。

白怀平没有推辞，说我找领导协调一下。转天，吴刚就去双湖医院办了手续，靳美随后住了进去。

医院是住进去了，可吴刚不敢进，他怕医院那个门槛。其实医院没有门槛，但不知为何，他分明感受到了医院那道隐形的门槛，大大的，高高的，正矗立在自己面前。当他迈步通过的时候，腿就不由得发软，不听使唤，只有扶住门框，才能勉强站住，然后慢慢地挪着步子。等他稳定身子，忍不住抬头看，医院就像一个张着血盆大口的怪物，将他活生生吞了进去。

穿上白色病号服的靳美，输上了液体。在医生护士来回走动的阵仗里，靳美就觉得自己像个病人了。医院的气味和城市的味道很不协调，她想着再迟钝些，或者说肺部的症状再严重一些，那样就可以不去感受。可吴刚不这么想，医院还是个干净的地方，要不怎么住进来的人都白净了？连身体里泛着青色质地的血管都能看得见。

靳美不说话，想这个家伙唯恐天下不乱。想的工夫，视线越过灰蒙蒙的城市，在一线鸽哨里跳动。滨城的色调越来越灰了，源于树木越来越少，而房子却越来越多。这不该是城市发展的模样。记得小时候，她会背靠院子里的树，咬着辫子看知了叫。有一次她还和吴刚说起，吴刚觉得奇怪，说这样优美的动作你也会有？简直不可思议。

靳美就说怎么没有？我打小生活的安乐村被树围满了，被同树一样充满生机的生命围满了。那些陪她一起生长的树，每一棵树就好比一个人。房子呢？就没什么概念了。那个时候，一栋单元房里，四下奔跑着许多孩子，大家都在一起玩闹。饿了，哪家有现成吃的，就可以随意吃两口。困了，在谁家玩，就在谁家倒头便睡。那时的快乐是集体的，城市是集体的，人们热情而随意，过着快乐的日子。现在呢？没过多少年，恍惚间，一切都变了样。

吴刚从花市买来一束正含苞待放的百合，顺势插在窗台上的一个大医用量杯中，病房里的氛围一下子就温馨了。

靳美安静地躺着，想着不是在家里，就有些不自然。别扭了一会儿，身子却格外地懒，一点儿劲都使不上，说不出状况，也道不明哪里难受。好好的身子，怎么就出了问题呢？

晚上，靳美说吴刚你回家吧，家里也要人守着。吴刚说不行，你一个人在外我不放心，也睡不着觉。

俩人好一会儿没话说，只是任由心扑通跳着。跳着，跳着，就心手相应了。半夜里，吴刚被一阵窸窣的声音惊醒，靳美正拿头发当刷子，在吴刚的脸上扫着。和衣躺下的吴刚跳下床，靳美不说话，示意他继续躺着。吴刚哪还敢，说去厕所。靳美示意憋着，这天都憋了好久了，就是下不来雨。吴刚告饶，靳美眼泪啪啪往下掉，夜深人静的，虽然外面有护士值班，但这样的掉法，吴刚还是觉得不妥，赶紧抱住靳美。靳美说我怕，一躺下眼前全都是医生的影子，他们要拿我开刀，要拉开我的胸。那刀明晃晃的，锋利极了。我不能躺了，我要回家。这里不是我的家，我要回家。吴刚说回的，我们天亮了就回家。你这床还不错，比较软，让我躺会儿。说着，将靳美往旁边挤。

靳美坐了起来，眼泪一个劲地掉。吴刚说，多大了啊，别让人家看到了。咱回家时再掉，随你掉多少都行。

靳美就坐着，吴刚不敢睡，想这医院还真不适合人待，无形的压抑四处充斥，让人喘不过气来。俩人结婚以来，平时都松散、悠闲惯了，还没有过这样的经历，心里自然就焦虑，不知道如何应对。俩人不说话，木木地守着，将这夜快点打发过去。

天亮了，吴刚买来早餐。平时靳美对嘎巴菜和水煎包爱不够，可今天这冷不丁地瞧见，抢了过来就倒厕所垃圾桶了。

吴刚手指头抖着，有抬起的动作，但随之又放下了。吴刚小声问靳美，想吃点什么，我给你做去。靳美的吼声都有些变形，不吃，不吃，我要回家，我只要回家。声音从病房里穿透而出，然后向城市飘去。

吴刚闷闷不乐，没来由地觉得失望。有一段时间，他努力朝着靳美的心靠拢，可靳美总是游离着，有时感觉还特别的远，远得仿佛不在一个星球，如同国际大厦和经联大厦，在一条路上，两两相望，根本无法在一起，哪怕握个手，哪怕来个拥抱。

吴刚觉得内心苦苦的，还无法言说。生活面前，人类只是一个学徒，笨拙不堪，永远都出不了师。

第二十五章

等待检验结果是一个漫长而艰难的过程，医生给靳美安排输液。输的时间超长，由早晨一直延续到晚上。液体在体内奔腾，川流不息，靳美活动一下身子，都能听到液体的声音在体内涌动。起初，她还能安静听这涌动的声音，渐渐地，这声音就占领她的世界，濡湿她，囚禁她，腌渍她。那众多药的集合成分，正在她的体内横冲直撞，围攻击杀她体内的病毒。

靳美单位的领导来医院了。一番慰问之后，领导的话就转入正题。领导说这个时候提及工作上的事，还请你多体谅，那个幼儿家长已向法院提起了诉讼，你得有个心理准备。

靳美说我早有准备，不怕他们上法院去告。我既没动手打孩子，也没教唆其他孩子动手，虽然有伤是事实，可难保孩子不是在家里受了伤，然后到幼儿园里大闹，企图嫁祸幼儿园。我不怕他这一套，也不吃他那一套。你听听，游动在我身体里的水，都能淹没天塔湖了。

领导笑笑，伸出大拇指。这件事发生在上半年，当幼儿园老师的靳美有一天忽然觉得内心躁动不安，做什么事都静不下来，便在教室里来回走动。恰好一个平时就爱哭的孩子没来由地哭开了，而且歇斯底里哭个没完。靳美很气愤，于是上前训斥，举起的手，在即将落下的时候被硬生生收回。这样的印象，她记得很清楚。后来，那个孩子不哭了，却在放学后喊疼，说是被打了。家属先前没在意，后来见疼痛不减，问谁打的？孩子也说不清。家属赶紧送医院检查，身上的一根肋骨竟然断了。相关教育机构、公安、属地管理部门的人员等都出动，一起参与调查了解。靳美坚称自己没动手也没有其他孩子动手，因教室没有监控设施，所以调查工作就一直继续着。

幼儿家长就不停地闹，要幼儿园给个说法，要严惩凶手，不能姑息养奸。幼儿园专门由一位园长安排解决此事，多次找当事老师也就是靳美询问情况，后来甚至动之以情，晓之以理。靳美说我是一名幼教老师，知道身上的责任和使命，怎么可能打孩子，怎么会教唆孩子打孩子呢？

眼见家长天天闹，园领导有心想让靳美认一认错，然后由园里私下和家属进行和谈，把这件事处理好，不能因小失大。毕竟幼儿园现在正在创建一级幼儿园，而且正处在申报和评定的关键时期，容不得半点儿闪失。

靳美坚持不妥协，说这事不能纵容，一旦开了口，后续将无法收拾。于是这件事情就拖着，一直没有结论。

吴刚忽然意识到，靳美这段时间有许多不同寻常的思想和动作，显然与身体内的病毒有关联。幼儿受伤之事，到底在家还是在幼儿园，似乎无关紧要，重要的是，这事有可能成为一种诱因，引导着靳美走向极端。吴刚忽然隐隐有些担忧，想着靳美的身体，最终怕要成为一颗炸弹，不知道什么时候爆裂开来。

一个星期后，检查结果出来了，中晚期小细胞肺癌。一行字沉甸甸的，在这样一个季节，和空气一样重，和花朵一样重，和城市一样重。医生办公室，吴刚想了好半天，许久，一直在想，用什么样的方式告诉靳美呢?

这样的事，不用多想，无论如何不能让靳美知道。吴刚兴冲冲跑到病房，搂起正躺着的靳美，说亲爱的，炎症哦，是炎症，你再委屈一下，住上十天半个月，将炎症消完了就回家，回家我们接着准备长征。

靳美看着吴刚，说别打岔，你行啊，骗人的把戏练得炉火纯青，脸不红，心不跳，赶紧从实招来!

吴刚心猛地下沉，心说，难道她知道了?不会的，医院有规定，医生也有规矩。嗯，这小丫头，心思活着哩。

吴刚也不说话，一份报告单，确切地说是一份检验报告单在靳美的面前晃了晃，然后从他的手里自由落下。

靳美没有看，就算她看了，也是另外一个版本，所以屋里的气氛一下子就放松开了。

吴刚说你这几天没吃什么对胃口的东西，你躺下休息一会儿，我回家给做点儿你爱吃的来。出门的工夫，他有意识将那诊断书放在窗台上，旁边就是正开着的百合。百合开着粉白的花，屋里就有粉白气息，浓浓的，覆盖了病房，覆盖了这个城市的一切。

出了医院的门，吴刚倦怠地朝住院楼看了看，他生怕此时靳美站在窗口，朝着他望。他明知道这个角度靳美看不到他，可还是蹲在了地上，双手在头发里紧紧地捏揉。他知道，他要放松一下，给紧张的心、紧张的眼一个缓冲的舒松。

蹲了一会儿，吴刚缓缓站了起来，觉得有液体在脸上蠕动，才想着刚才不知怎么哭了。许久以来，吴刚不知道哭，他还没遇到让自己哭的地方，却不知怎的，在这样一个时刻，他不声不响地哭了，偌大的医院依然宽阔地矗立着，他忽然觉得那不是高楼，而是坟墓，无情地将里面正挣扎着的人们以及准备挣扎的人们埋葬。

吴刚打了辆车，往滨城庭院家里走。滨城的灯火混浊，夹杂着树影，落在地上，人看上去都模模糊糊的。这倒是好。吴刚想，人与人要是这样相处也不错，至少能回避清晰的争执和亲近的纠缠。

吴刚煮了枸杞百合粥。刚才在车上，他专门搜了粥和食疗的一些知识，他觉得该是静下心来做点什么的时候了。他还有精力，得好好做点什么。为靳美也好，为这个家也好，他知道逃避不掉。

转天上午，吴刚征求主管医生徐主任的意见，问题及时得到了发现，且靳美年轻，体力不错，看什么时候安排手术？

徐主任说，从核磁共振、穿刺活检、病理分析以及综合情况判定，靳美的癌细胞已扩散到整个胸腔，这样的状况算得上严重的，从综合考虑的情况来看，不宜也不适合手术，只能保守治疗。

吴刚的心不自觉地紧缩。靳美正年轻啊，主任您想想办法，救救她吧！用最好的药，我们全力承担。

徐主任说，理解你们家属的心情，手术治疗适用于原发癌症的患者，当癌症已经转移时，就不宜做手术了。简单地说，手术是切除体内所有的癌细胞，在手术前会使用X射线、CT、核磁之类的方法寻找转移的癌细胞，但在大的病灶周围会有大量小的癌灶蔓延到周边器官，由于体积小，无法被观察到，也无法被切除，这是一方面。另一方面，肺部的手术是大手术，术后几周内患者都无法进食，体力消耗大，对癌症的抵抗能力变弱，反倒会给癌细胞的扩散带来机会，起不到治疗的效果，所以还是建议先进行化疗好一些。

这些情况十分专业，吴刚多年从事粗线条的解构和填充，一时消化不了这些细致入微的知识，便上网搜寻相关的情况，全面细致去了解，并就如何加强治疗、护理及照顾等情况找出方法，做到心中有数。平日里不关注倒也罢了，现在关注起来，心里不自觉满是悔意。夫妻一场，对靳美的疼爱、照顾纯属停留在了口头上，要是平时多点儿关注，多点儿关心，也不至于到今天这个地步。

伽马射线立体定向治疗的方式，适合无法进行手术的病体，即采用伽马射线几何聚焦方式，通过精确的立体定向，将经过规划的一定剂量伽马射线集中射于体内的预选靶点，一次性、致死性地摧毁点内的组织，从而达到外科手术切除或损毁的效果。吴刚从网上找到了这样一种手术方式。

徐主任毫不犹豫地否定了吴刚的建议。你这是外行想法，伽马刀经过CT和核磁共振等现代影像技术精确地定位于某一部位，使之聚焦于病灶的某一点，形成一束边缘锐利的伽马射线来摧毁病灶，从病人目前患病的部位和扩散的情况来看，面积太大，用这样的治疗方式显然不适宜，只是忙中添乱。

吴刚不怎么能理解。对肺部局部地区病灶清晰、细胞活跃的地方实施呢？徐主任没否定，只是叮嘱好好调养，保持好心情，我们研究确定出一个具体的治疗方案后再商议。

徐主任提出对靳美进行化疗，这也是唯一适合的治疗方案。吴刚并不清楚这行业，想来医生都是有素质的人，也有相当丰富的实践经验，知道该怎么治，所以也就听医生的。

为了保好密，吴刚向徐主任提了个小要求，即用的药，输的液，将上面的功用都隐藏起来。徐主任表示理解，也尽可能配合着。

十多天下来，吴刚积攒下的六万多元钱都搭进检查及治疗之中，换回一大摞看不明白的单据。楼道里，吴刚给曾在他绘画工作室打工的张元打电话，让赶紧找找车市的朋友，将他的车卖掉。家里现在就车闲着，以前也开得少，纯属和尚头上的虱子。靳美也不喜欢，只在大街上开过几次。

张元离了工作室，进入车市圈，如今混得风生水起。张元拍了拍吴刚的肩膀，先留下吧，有困难和哥们儿打个招呼，大家一起想办法。吴刚说赶紧帮我先给车找个下家，就是最贴心的帮助了。

车开走了。车其实是靳美的嫁妆，哪有新娘不爱自己嫁妆的？按说这样的事，应该先和靳美商量一下，这是过日子基本的尊重。可吴刚这个时候没办法跟靳美沟通，想着先把事办了，以后再找个时机和靳美好好说说。

原想张元的嘴紧一点，别说出去，但还是被靳美的舅舅，也就是表哥周鲲鹏的爸爸知道了。于是，靳美父亲给吴刚打电话，说赶紧到家里来一趟。

靳美父亲清瘦的身子窝在沙发里，半天没站起来。吴刚上前扶了扶，颤抖的手里满是心痛。靳美父亲语重心长，说我们做父母的，没有多高的奢求，就只盼着你们好好过日子，我们也就安心了。在偌大的滨城，好好过日子还是有一定标准的，车子、房子、工作，虽然之前并没要求你有多少，想着你们俩一起去创造，可眼见靳美有点小情况你就开始卖车，这要是患了重病，还不得将房子卖掉啊？

别看平时靳美父亲的话没什么影响力，或者说他和靳美明面上都是装出一副认真的模样来听，过后就都放到一边，但不管怎么说，吴刚对只生养靳美这么一个女儿的老丈人还是深怀敬重的，这样的敬重并不是说要在表面上表露出来，哪怕一辈子也不可能表露出来，但一个认同，一次陪伴，就是最好的表露。毕竟在都将面对孤独，都将面对个体的只影独行时，这样的感觉会更强烈一些。到一定时候，吴刚想着，他会这样做的，将房子卖掉，来治疗靳美的病。而现在要做的，就是决定好，然后放开手脚去做。

这样的事不能让靳美知道，只能背地里做。善意的欺骗也好，无情的回避也好，此情此景，这样的方式是最好的选择，免得两个人的世界起正面冲突，闹得不可开交，双方因为互相猜疑而产生隔阂。

自靳美生病之后，吴刚一直在做着主。他不知道哪儿来的主意，或者是谁赋予的力量，让他这样勇于放手来做。一个家是需要用心来经营的，之前在陶立家，看着陶加和秀兰相处的模样，其实，他并不认同。一个家，得一起经营，才有生机，才有活力。光指着陶厂长和孙阿姨，显然是脆弱的，事实证明也是不长久的。当然，这也得看生存的环境，那个时候，陶加和秀兰是完全可以洒脱的，而此时的自己，眼见着就洒脱不起来。反倒有一股力量，正将他向前推行，仿佛只有他冲锋在前，才能显示出他作为一个男人、作为一家之主的地位和重要性。

每个个体的生命其实都是临时的生命，靳美的病自然就逃不过临时性的规律，好好治疗，精准治疗，应该会有奇迹发生。靳美的病不能让靳美知道，这都好办，可靳美的父母，自己的父母呢？天下做父母的，哪个不是把全部的爱给了孩子？

因为是临时的生命，也都倾注全部，那份浓浓的爱，呈散射模样，映照得满天下都是。满天下的爱，从父母那里徐徐升腾，无处不在。

吴刚被一缕巨大的恐惧包围着。这个时候，在这样一个后独生子女的时代，他知道，自己得坚持住，为着都好好活着的人们。

很快进入正常的治疗阶段。徐主任给靳美用的药以诺维本加顺铂或卡铂、紫杉醇加顺铂或卡铂、健择加顺铂或卡铂为基本。靳美在医院里输着液，有针对性地治疗，节奏比较平缓，要不是忽然觉得乏力和恶心的心慌，她还会一直以这样的节奏过下去。

那是个早晨，安静的靳美用耳机听着文艺台节目，正在浩然富有磁性且浑厚的声音里陶醉。忽然，她觉得心口慌慌的，没有停滞的意思，一缕巨大的担忧在她脑海里形成，这几天输的液体会不会在体内燃爆？这真是一个骇人的念头，迅速占据了整个大脑。因为她实在认不出，也猜不准那输液瓶上的英文意思。那些药到底能治什么？能给她的身体带来些什么。因为这众多的不知道，一下子堆积起来，就让她慌乱了。

最近两天，靳美幼儿园的领导还有同事，甚至个别孩子的家长都来看她，和吴刚相处不错的文艺圈朋友也三三两两地来看望。她就觉得温暖，继而有些在意。平日里没有这样的情况，她和这些来看望的人接触并不多，来往的大多只是家里人。想着在这样一个世道，她还是愿意和周边小范围里的人进行交流，说说话。当然，主要是和父母，还有吴刚的父母说说话，她知道他们其实是想多交流的，每每他们到来或一起外出吃顿饭的时候，她都能够感觉到他们的高兴，以及一如既往对她的关心和疼爱。

靳美知道，她的生命里有这些就够了，至于说还需要多少，这些对她来说，并没有多少意义，自小就独立惯了。如果再细究一下，或者说能够细究的话，这不是她愿意独处的问题，而是社会将一个独生子女的标签加在她身上，明晃晃地对外展示，任由这样的力道将她和这一切紧紧拧在一起。有时候，她很清楚，这无关社会什么事，可处处又都被社会干预，得不到释放。随着时间的推移，她在这样的生存环境里用心地生存着，觉得生命本该如此，也应该如此。

说起来对以前那些大家庭的概念，靳美心里并没有一个地方来接受，来安放，只知道活着，好好地活着，要去牵挂的就那么几个人，有那么几个人就足够了。这是她生存的环境，根本就没有想着去改变什么，或者能去改变什么。在她临时的生命进程中，并没有写着这一条，她要做的，就是顺应。这个社会越发精致起来，时时处处都在淘洗，将一些精品留下来，将一些人静止下来。她无比畅快地认定，做个独立的精品真是痛快。

有段时间，靳美坚持认定生活中的自己就是一台割草机，谁来割谁，谁挡割谁，不在意去培育，去交流，去奉献，并怡然自得，且这样的念头持续不断。找了吴刚，和吴刚进入婚姻殿堂后，她就更加坚定地认为吴刚就是自己的天，在这片天空下，自由地种植，自由地经营。

吴刚迟钝，好像不在意这些，或者说，他压根儿就对靳美这样的念头不屑一顾。那是一次吃饭的时候，靳美说同事家有个特别能吃的孩子，拍了他的吃相的视频，传到网上之后很火，我也能吃的，我来学一学，你帮我拍拍，也传到网上去晒晒。吴刚摆弄着，勉强录了两段，靳美怎么看都不满意，觉得吴刚的心思似乎不在她身上，对她，多的只是在应付，根本不懂得欣赏美景，更不懂得欣赏自己，空留最美好的神采在世间。这样的人，怎么去交心？

靳美不知道这是不是一种病态。到目前为止，她不愿意去触及这个问题，偶尔，她会透过窗户望向城市，看五大道上的小洋楼，看南京路沿线的高楼，看大块的白云流动，她想着上去躺躺，甚至想着撕下一大块来，装到被窝里去，让晚上都有白云飘动。想飘动的时候，被子里的云会动起来，带她飞翔。

这样的念头一直在靳美胸中涌动，然后化作一股动力，支撑着她。有一次，她觉得特别新奇，还和吴刚说了。吴刚轻轻地抚摩着她，说拜托，你好好看看，里面什么也没有，只有我。

应该是这样？还是不应该是这样？这疑问萦绕心头，让靳美对生活还有这个世界有了别样的想法。按说当下独生子女都不会想这些问题，有父母疼，有爱人疼就够了，其他想那么多累不累？

第二十六章

靳美似乎从来没停止过这些非常虐心的纠结，并且在心里逐步形成一个基本的框框，想着去改变，或者添加围墙，都是困难的。她甚至都能隐约感应到，内心里某种隐性的东西正在酝酿，在她的临时生命里，做着发芽的准备。为此，她不得不打起精神，鼓足力气，以不间断地提供水分，提供阳光，提供食物，提供发芽生长的一切动力。

生活就是这样一个扯不断理还乱的过程。这些，靳美没处说，唯独能做的，要做的，就是好好珍惜吴刚。吴刚的手，有着一种魔力，只要抚摩她，她就能够安定下来，觉得天下都在怀里了。

吴刚静悄悄进到病房，靳美正在床上发汗。吴刚轻轻给她掖了掖被子，只这一小小的动作，靳美就感知到了，然后睁开眼，说好你个吴刚，走了那么长时间，也不管我了，你看看他们给我打的什么针，输的什么液啊。我想知道，我必须知道，要不然我蒙在鼓里，得不到翻身。我不能让我的生命就这样被蒙着，什么也搞不清楚。

吴刚轻轻地笑，说我走了才五个小时，我也觉得好长的，画室里有些事处理了一下，好烦人的。我刚才与徐主任说了说，准备偷偷带你去KTV转转，好长时间没一展你迷人的歌喉了。

靳美开心了，身子也轻松了。窗台上的花开得正浓，吴刚格外小心地看着，其实是看靳美。他的目光在靳美的枕头上停留。幸好靳美的头发不长，因此，掉落在枕头上的时候并不显眼。当然，也可能是刚开始掉，加上这个时候吴刚眼尖，会以一个小小拥抱或一个欠身，顺手将头发捉了，或放口袋里，或一把紧抓。总之，不能让靳美看到。

吴刚坐在走廊的椅子上，虽然是皮的，摸上去很有质感，他却感觉到心冷。他必须找个时机与靳美的父母说说了。他不是不愿意来承担，残酷的事实面前，他觉得费力隐瞒，已经没有多大意义。他们必须知道，只有知道了，才能一起想着如何处理。另外，他不想让事情因为过于突然而变坏，至少，让大家先有个思想准备，然后再商定解决的办法好一些。这一步总是要走的。

这一夜，吴刚怎么都不踏实。他实在想不出用什么样的方式来和靳美父母说这件事情。这事情太过残酷，叫谁都受不了。他不想成为制造残酷的人，更不想成为残酷的隐瞒者。

此时，靳美已经睡着。这两天，吴刚忽然觉得靳美没有咳嗽了。有一段日子，靳美会每天轻轻地不停地咳嗽，上气不接下气的。她竟然没往身体出了症状方面想，而只是慢慢习惯。

眼前的这间病房似乎也已经适应了靳美的声音和气息，要是靳美忍着不咳嗽，或者治疗时没了咳嗽的动作和声音，就会觉得冷清。

吴刚忽然觉得好无奈。一个人生病了，与所住的房子没什么关联，虽然严格意义上来说，有密不可分的关联，可在当下的生存环境里，还缺乏专业的论证，说来说去，都是个人的臆想。

靳美父母闹起了分歧。这样的情况并不多见。靳美后来说，她父母极少争吵，顶多意见不合或争端升级的时候，彼此不理会，转天早晨一准晴天。这次不仅时间长，而且靳美母亲还无助地哭了。

靳美让吴刚探听原因。吴刚白了她一眼，这样的事情糊涂些好。靳美就侧卧，显然有些生气。吴刚轻轻拍了拍她瘦弱的背。随后，吴刚去见靳美父母。吴刚半天没说话，屋里写满了冷清。吴刚实在不知从何说起，在靳美父母再三追问下，他才犹豫地说出了靳美的病情。说的时候，只说是初期，并按照医生的建议，正在进行化疗。这样的病症医院里很常见，治疗的手段也比较先进，靳美很快就会好的。

屋里好半天没有动静。吴刚痛恨这些说出来的话语，不仅伤人，更让人伤心。吴刚起身准备回去时，靳美父母吵了起来。靳美母亲流着泪，招呼吴刚，说孩子你坐，听我们俩先吵完。屋里的氛围顿时就有些尴尬，吴刚的去与留，似乎并不能让这缕尴尬消散，便索性坐下来听。

那个时候，靳美父母都刚参加工作，一前一后进入滨城食品厂。那个时候，年轻人都选择往企业里走，都在为改变自身命运和生活而劳作着。食品厂的效益非常好，福利待遇也不错。生靳美那年，国家基因库细胞中心正在和妇产医院合作，尝试建立脐血库，让年轻的父母将孩子的脐带血保存下来，以备将来有需要时使用。

因保存需要一笔费用，靳美母亲提及了几次，靳美父亲都装作没听到，之后，这事就过去了。不想，当吴刚说了靳美的事情，靳美母亲的眼泪啪嗒掉落下来，随后开始数落，责怪靳美父亲。

吴刚忽然觉得人类力量太渺小，无助又无奈。当有能力留下点什么来的时候，偏偏过去了时效，而没能力的时候，只能任由有价值的东西慢慢消逝。

出门的时候，吴刚止不住想，当年就算靳美父亲罄其所有，今天就能无忧地解决靳美的问题？事情还真不能肯定地说。当年那样的一个环境，让一个男人来做与生存与生命无所关联的决定，显然是难的。连生命都是临时的，有谁能清楚地知道若干年后的事情呢？谁都不敢轻易说，谁说了都不一定算。

靳美父亲拍了拍吴刚的肩膀。孩子，你回家休息几天吧，靳美那里我们来照顾。我也想借机好好休息休息，食品公司改制有十好几年了，越往现在发展，越举步维艰。事实也越发表明，没有技术支持的产业，是长久不了的，没有可持续发展的技术革新，也是长久不了的。近两年来，公司早就资不抵债，银行贷不出款来，当年改制入股留下的那一拨人，大多没事干，离开又都不甘心，也就那么耗着，社保和医保空挂着不说，想申请破产都难，遗留和要解决的问题太多，根本进不了程序。多年前，十分火爆活力四射的食品厂，如今早已是一副垂暮的样子，满满写尽了无奈。

吴刚能体会靳美父亲的心思，也便收拾着准备回家。不想，靳美不许吴刚走，说你小子回家了一个人谁知道干什么坏事，就在这里陪我。吴刚上前拉靳美的手，说好的，我陪!

这一夜，吴刚倒踏实，觉得心理负担卸了下来。想着这份轻松和踏实是建立在亲人的沉重和伤感基础之上，就又不痛快起来。这些不痛快，犹如虫子，一点点噬咬身心，血液和骨骼都能听到声息。

后半夜，吴刚被一阵细微的声音惊醒，慌慌地起身，揉眼的工夫，看到靳美母亲正在和靳美说话，说话的场所是在厕所。吴刚本想起身，然后碰出点儿动静，让她们的声音停止。可他停住了，觉得还是给她们娘儿俩单独说话的空间为好。

转天，靳美意外地没喊吴刚起来，而是由着他睡。其实吴刚先是趴在靳美的床头，让靳美母亲睡陪伴的床。后来，靳美母亲和他倒了一下，于是，他便躺在了床上。此时，他睡到自然醒，便觉得气氛有些不对。病房里太安静了，安静得仿佛不是热闹的医院，而是郊外某栋别墅，安静得只有阳光和新鲜的空气在屋内轻轻抚摩一切。

靳美母亲买了早餐，靳美盘腿坐在床上，张口要吃的，还对正愣神的吴刚说，今天我得休息休息，不输液了。

吴刚望着靳美。靳美避开吴刚的目光。是这样的，我想到人民公园去转转，看看那里的湖水、亭台，还有滑梯。

吴刚沉下脸。靳美的手伸过来，拉了拉吴刚，我要你陪我去，陪我去嘛。吴刚说可以，等把今天的液输完就去。

靳美把碗一放，靳美母亲跑过来，看俩人的眼神不对，默默收拾着。吴刚说好吧，我这就准备，一会儿我们去。

虽说是去，但吴刚还是担心医生不放。医院的一些规矩，他到现在还没学完学会。如病人要外出，必须经过同意才行。别看这里看病自由，可要是住进来，就得服从规矩，不许擅自行动。

吴刚有些搞不懂，为什么医院要搞得这样紧张。

尽管搞不懂，可有一点吴刚明白，医院就不能谈这些。病体都是给医院来医治的，医治得好就顺利，就高兴，病体就恢复了自由。反之，就得在医院待着接受治疗。除非你不想治。人的生命只有一次，得了病，谁都不会放弃，哪怕因此债台高筑。

吴刚赶紧回家，找了一套靳美的裙装，然后到医院里接靳美。病房里，靳美在母亲的掩护下，顺利出了监控区，然后轻松出了医院。

这个季节，滨城的空气还是不错的，天都是蓝的，云都是白的，只是车来车往，混合的汽油分子味道不用专业的仪器检测，也能知道含量。离开了医院，靳美是兴奋的。靳美大口地呼吸着，说还是外面的空气好，甜甜的，带着一股清香，可比病房里的味道好多了。

吴刚将车直接开往人民公园。靳美已经好些年没来了，滨城每天都在发生着变化，连以前常去的青少年活动中心也早已经被推平，建成了气派的文化艺术中心。

公园里，老年人偏多，吴刚跟随靳美走着，好几处地方靳美的脚是跳起来的，一路满是欢快。湖畔，靳美安静地坐着冥想，亭台，靳美眺望着做思索状。吴刚不干预，只在旁边立着，不说话。吴刚好几幅人民公园的油画作品影响都不小，其中有一幅靳美紫衫白裙点缀其中，多了许多的灵动，添了许多的美感。

靳美在自言自语里穿行，往日足迹历历在目，一起在阳光下重现。只是时间已经老去了一大圈，岁月也把人折腾得圆了一大圈。

中午，吴刚提议在外面吃点西餐。靳美说不想了，有些慵懒。吴刚知道不能让靳美累着，就说要不回医院吧。靳美说你知道吗？这里曾经有一个露天学舞蹈的场所，打小我就想学跳舞，学跳芭蕾，特别羡慕那些穿着舞蹈服翩翩起舞的人。有了这个地方后，我经常偷偷跑来，在旁边偷偷看，直到有一天，就是在这湖畔，我亲眼看着一个穿舞蹈服的人一头扎进湖里，连犹豫都没有一下。那时候的我，甚至许久以后的我，一直都沉浸在这样的场景里，不能自拔，导致后来所有的梦想都成了泡影。虽然最终没有学成舞蹈，可这个地方，是我梦想开始的地方，尽管阴影存留，可我控制不住自己，总是想着来看看，看了后，这心就踏实了。

吴刚没多说，只是轻轻握住靳美的手，任风缓缓吹，任人来人往，任由昨日的场景在公园里泛起，岁月悄悄流逝。

那天回到医院后，靳美便没再说话，只是积极地配合徐主任。偶尔做一些各项指标上的检测，然后一个一个数据进行比对，从中挑出变化项，对变化超标的着重画出。然后和徐主任交流，针对某种药物的用量情况提出增减意见。时间不长，一大厚本治疗资料建立了起来，摆在面前，整个世界沉甸甸的。

抽空，吴刚去了靳美的单位；就医保报销事项进行沟通。接待他的副园长正焦头烂额处理上访事项，见吴刚来了，便拉了吴刚到里屋里说话。原来那个受伤的孩子家属不服法院判决幼儿园只负管理失当的次要责任，继续到幼儿园里闹。

吴刚刚想谈及正题，门被撞开了，那个孩子的家属进来了，一把抓住吴刚的衣领。我孩子是你媳妇打伤的，不要跟我说不是她打的！如果不是她，那她心虚什么？愧疚什么？然后积压转化为癌症。这就是报应啊。今天我也豁出去了，先揍你一顿出出气再说。

园里其他人赶紧上来，将两人扯开。吴刚郁闷，想着今天来得真不是时候，尤其是面对张牙舞爪向他扑过来，恨不得撕了他的孩子家属。他忽然觉得人心不古，是什么样的思维方式，竟然让人成了这样呢？

回到医院，靳美问情况如何，吴刚回避着，只说幼儿园给予了积极支持，只是用药大多进不了报销体系，都得自费。

靳美无助地望着吴刚。我也不知道上辈子造了什么孽，你也不用瞒我，其实我早就知道，我得的是绝症。咱回家吧，不治了，这治疗是个无底洞，家里的车也卖了，再治就得卖房了。为了治我这病，我爸妈连同你，将多年的积蓄都拿了出来，往后大家的日子可怎么过啊。

吴刚紧紧地抱着靳美。说没事的，医生都说了，这病没什么问题，加上你年轻，体力好，很快就能治好的。从现在的情况来看，我们三个人来供你一个人治病，到目前来说，没什么负担的。所以，现在的你，要和徐主任好好配合，你要有信心，一定能治好的，要相信你自己，更要相信医院，相信科学。

安抚靳美的同时，吴刚的心情也一下子复杂起来。想着现在都治疗了不短的时间，可效果并不明显，决定着病情的几个关键指标飘忽不定，如天外飞来的毒箭，肆意横行，无可阻挡。他现在没有别的念头，只是唯愿每针打下去的，在靳美的体内能够精准地形成子弹，打向那病灶的靶心，彻底将病毒杀掉，早日结束战争。

起先，吴刚并没在意，只是看着打点滴的药水默默念叨，快快快，进到靳美的身体里，将这些有病的细胞杀掉，还靳美健康的肌体。这样的动作和期待的速度并不快，而是缓缓地，在他的心里激荡着，鼓胀他的胸腹。后来，他的心开始迫切起来，双拳紧紧握着，快快快，杀杀杀，仿佛看到那滴入靳美身体里的液体就是一把剑，一副无我状态，谁阻挡杀谁。吴刚在这样的状态里，忽然觉得自己的心灵正在不可遏制地扭曲着，他一时分辨不清这到底是怎么了。在靳美治疗期间，他的一切也在不自觉地变化着，彻底颠覆了自小就一直灌输的中华民族传统里与人为善的美德教化。

这样的颠覆令人可怕，却又奈何不得。

化疗用药过程中，徐主任在综合考虑靳美的身体状况和各项指标情况后，加大了剂量用药，药物以多西紫杉醇和力比泰为基本。随后，又采取靶向药物辅助治疗，靶向药用易瑞沙。这种药是针对致癌基因开发的，能特异地杀伤癌细胞，效果好，副作用小，只是比普通的治疗药物贵很多。

吴刚也不多想，态度也明确，只要有效果，多贵都要用。

看着靳美的手，吴刚感觉到了凄凉。那手正变得苍白，逐渐失去了细腻。偶尔有汗滴，有液体渗出，那是药的味道。他知道，这个时候的靳美，完全靠各种药养着，说是治病，其实是拿药来养病，让身体生病的部位在各种化学成分调和出的药水里，得以重生，焕发活力。

这种状态显然和拿着别人的地图，找自己的位置类似，违背了人类基本的生存规则，这样下去，人活着的基本模样也都没了。吴刚有些心疼，心疼自己，也心疼靳美，在这样用药养着的岁月里，他嗅到了深深的悲哀和浓浓的腐浊，正在他的世界里滋生蔓延。

抚摩着当下生存的环境，这个城市，以及许多见不到阳光的地方，它们有一个共同的模式，都在用一种药来腌制，继而调和出大众能认同、能接受、能喜欢、能耐烦来好好生存的社会模样。

会是你说的这样吗？靳美幽怨地叹息。说想吃江米条了。

吴刚就近在桂顺斋店里买了两袋，芦庄子的江米条，还是那个味。靳美一把抢了过来，一个，又一个，很快，塞了满嘴。

吴刚喊靳美，慢点，一个一个地吃。

靳美不听，大口嚼着，江米条的粉末慢慢从嘴角溢了出来。好半天，靳美不动了，她才想着，半天竟然咽不进去。靳美哭着，把手上打着的点滴拽了出来。吴刚一把抓过靳美的手来，靳美啊，不急，我们有的是时间啊。说着，背过身去，眼泪悄然掉落。

吴刚就是在这个时候再次碰到丽云的。丽云已经从滨城药物研究部门转岗到了这家医院，并负责医政工作，平时一个大号口罩遮面，认不出也算正常。

这天，吴刚正卷了靳美的呕吐物往外走，准备扔到楼道的垃圾桶里。近些天来，靳美的药物反应很强烈，头发不可逆转地掉着，吃什么要不了一会儿就都得吐出来。吴刚不停地收拾残局，因此，这会儿可能走得有些散漫，也可能心不在焉，从布卷中脱落了一些纸团，吴刚弯腰去捡，斜起的布卷就硬生生地朝着白大褂扑了过去。

白大褂跳了起来，就把一头乌黑的秀发散在吴刚的视野里，那秀发轻漾，在只露一双眼睛的人面版图上，开出千丝万缕的情结。

吴刚笑了。自靳美生病以来，他还没笑过。何况在这医院，能笑的人不多。所以，丽云不自觉地感觉发蒙，继而愣愣地望着，无需灯光，就将吴刚的神情和模样瞧了个透。

间章八

鸡们已经在屋里来回走着了，母亲一只手扣着衣服扣子，另一只手伸进米缸里。满满的一把米，带着她的温度，划着洁白的弧线，直接洒在鸡的身上，然后弹跳而下，地上就闪出一个半圆的米场。这场，吸引了鸡们欢快地啄，一天的光景就开始了。

母亲烧水洗头的工夫，顺便在电饭煲里煮了粥。昨晚吴刚在火车上和她通了电话，说带着陶立一起回家，回家前，还要去一趟那条穿过乡政府的铁路，在上面坐上一坐。那条铁路早就废弃不走火车了，但陶立说，家乡的印象大多模糊，但打小就喜欢到那条铁轨上走走坐坐的印象一直在心头，甚至火车从上面奔腾而过的气息一直都在，融进他的生命里，化作了血脉里的一座雕塑。

母亲没有偷懒的习惯，哪怕经常是一个人，或者地里活儿多，累得不想动，也要按时做饭，然后按时吃饭。吃饭的时间乱了，身体肯定也会乱了。这样的意识一直串起母亲的日常，并且随着年久呈现出一抹如土地般的色泽，深深地别在她近心房处的口袋上。

母亲的早餐比较简单，随意炒了一个蔬菜，并就着一些腌制的萝卜干喝着粥，屋里的气息丰厚而饱满。母亲吃完收拾碗筷后，顺便再检查一下昨天买的肉和鱼，这些都已经准备好了，等着一起迎接吴刚中午回家。母亲慢腾腾地锁了门，阳光就从后山里泼了过来，黄亮黄亮的，很舒服地照在脸上，心里就踏实了。

这个时候，出租车已经沿着汉施公路一直东行，过江岸，过黄陂，进入新洲。吴刚紧紧盯着前方的路，以防司机走过了。当曾就读过的武湖中学，在眼前一闪而过的时候，吴刚急忙喊司机停车，身上早就背好了背包。吴刚抱着陶立缓缓下车，踏上故乡土地的时候，一路跳着的心才渐渐安稳下来。

吴刚慢慢朝长江边的方向走去。这是两个人在行走，吴刚也是有意识放慢步子，想着，这该是陶立最后在这片土地上行走了。

天还黑着，不过黎明前的光晕正在东方地平线尽头酝酿，都能嗅到破空而出的味道了。路很漫长，吴刚抱着陶立一路走，一路算着距离，很快就精准地来到铁路边。天上的霜露正寒，吴刚紧了紧衣服，因时间还早，四周看不见人。

吴刚将陶立从背包里抱出来，轻轻地放在铁轨上。陶立面朝东方，那儿的光正在转红，正在生亮。吴刚跟在陶立的身后，一起向天空，向家乡致注目礼。这儿是陶立一直牵念的地方，其实也是吴刚一直牵念的地方。附近的武湖中学有吴刚曾经求学的身影，放学或课间之余，会奔跑着到路基上，随意捡着基石，信手扔向前方，看石子落下，牵引着目光望向远方！

梦想，在铁轨上一路奔向远方，有那么一天，与外界接续起来，顺着这轨道走出这里，到外面去，到大城市里去。“这里是梦想生成的地方。”吴刚对陶立说，“人生终究是个圆，走了一生，追寻梦想，终究是要回到这个地方的。现在好了，回家，回家！”

吴刚俯身下来，趴在轨道上，将脸贴近陶立，细细听他的声音。有风掠过铁轨间弥散出来的声音轻轻传来，也有亲近乡土激涌的声音轻轻传来，这是欢迎陶立吗？吴刚不能肯定。

听堂妹提起过，这条铁轨已废弃多年，吴刚侧躺下来，依偎陶立，好让身体和铁轨融合在一起。远方的光亮强烈起来，浓浓地泼在闪着光的轨道上，闪过一层细细的光晕，然后，将世界融了进去。

好半天，吴刚看到母亲的身影了。母亲从阳光里缓缓走了过来。吴刚帮陶立收拾好，然后蹲下身子，轻轻低下头来，在他刚才安坐的铁轨上，留下一个满是热气的吻。

第二十七章

吴刚和靳美说在医院里遇到了丽云。靳美说她不是在药物研究部门吗？来医院做什么？正说的时候，丽云进来了，抱了好一会儿靳美。

丽云将全部的诊疗记录翻来看，吴刚说了前些日子与徐主任商议用药和治疗的相关情况，虽然现在靳美体内的癌细胞得到有效控制，并在药物的辅助之下，得以部分清除，但几轮化疗下来，各项指标并无明显改观，如按在水里的葫芦，时起时落，漂浮不定。这中间，尽管还不时辅以中医，共同攻坚，但结果仍处于徘徊状态。吴刚不怀疑个体的抗药性和排异性，靳美平时身体就弱，相关指标上不来，可以理解，但药未必用到了点上，也未必发挥了功效。

丽云对靳美一番安慰，增加剂量或尝试用一些新的国内疗效显著的药，从现在情况看，显然用处不大，而且会耽误治疗的最佳时机。因身份问题，她让吴刚出面，与徐主任协商，改用进口药。虽然价格高出不少，但现在要的是疗效，是治愈，不能再拖了。

随后，徐主任就上了进口药。吴刚信心大增，抓紧将他和靳美共同拥有的滨城庭院住房挂在了中介，并注明加急。

靳美生了病，罄其所有为其治病，不仅她心安，我们这后面的人也都心安。如若有能力而不去做，有办法而不去实施，那就说不过去，日子也过不过去。

在这个生命都是临时的时代，就得折腾，将属于自己的，不属于自己的无奈也好，无助也好，都折腾清楚，然后共同来接受这折腾后的一种模样，一种状态，共同记到行走的旅程之中。

陪伴靳美在医院治疗的日子缓慢而沉闷。

这里每天都有生死，都有离别。死，在一个并不远的角落里，始终朝他们这边张望。吴刚胸怀画境，分散思绪，回避着，不去想，不去看，更不走近，每天保持着生的旺盛活力，带给靳美阳光和欢笑，也支撑着自己坚守下去的决心。靳美则沉浸于音乐乃至儿歌的氛围里，坦然而欢快地呼吸，保持清爽和平静的心情，于是众多关键数据慢慢接近正常，生的气息一点点拂面。

按照徐主任的治疗方案，这个阶段可以加入中医辅助治疗，共同形成一个保护网，来呵护靳美饱经沧桑的肺部。

于是，靳美开始在双湖医院、家以及中医院之间奔走。按照靳美的病情，中医二附院的专家开出了治疗药方，中药房里有关白花蛇舌草、半枝莲、蜂房、鱼腥草、山豆根、山慈菇、地丁、薏米、海藻、昆布、大贝、瓜蒌等吸收中华大地气息的药草都集合在一起，在一个专门用来煎中药的罐子里经过水的浸泡、高温的沸煮，慢慢染成酱灰色的药体，里面是一个期待治愈的飞翔的心。

煎药的活儿不难，吴刚用心应对，全身心投入，不带一丝懈怠。他从清洗药罐开始，到浸泡药草，到把控火候，都睁眼盯着，生怕药液漫了出来，失去了那一部分的药力，对治疗有影响。嗅着中药气息，吴刚的心思在这渐渐变着色调的药液里，得以升腾。想着，要是自己也能成这股气息就好，就可以进到靳美的体内，将里面的病毒一点点清理干净，直到没有一丁点儿残余。说实在的，他不想在和平年代成为一名专门杀病毒的战士，那样会让他的心涌满残暴的气息，可他此时没有其他办法。在靳美的病体面前，他和靳美，还有全部的家人都是门外汉，都毫无目标、毫无经验地做着不知结果，也无法预测结果的试验。

一剂药，进入靳美体内，肆虐地游动着，势不可当。靳美呼出的气息，皮肤渗出的汗液，都有着一股浓浓的药味。有一段时间，吴刚仿佛都能看到白净的靳美皮肤里有中药的液体在流动，药一样的身体，偏偏对这小小的肺病毒束手无策。

靳美渐渐烦了，连皱着的眉头里，都能弹出中药的粉尘来。尤其是中药引起的厌食，吃什么都没味道，看见食物就想吐，使得她的心情慢慢地坏起来，病情不仅没有得到有效控制，身体反倒越发虚弱。

后来，医院加大药量，添入了党参、黄芪、白术、陈皮、茯苓、猪苓等中药。靳美闻不得吴刚身上的药味，便建议让医院煎药。大量的药费都花了，也无所谓煎药的费用了。也许那煎药的机器性能好，能将全部的药效都激发出来，达到药效的最大化。

后来一些日子，吴刚就直接去药房取已煎好的中药，按时按量温热了，让靳美喝下。这样的状态倒也维持了两个来月，靳美的状况总体还是不错。之前她的面色苍白焦枯，口唇发紫，舌尖淡，苔黄燥，呼吸困难，胸部疼痛，心烦，失眠，身倦，四肢无力等病状有所缓解，只是中药在个体生命里致命的弱点显露了出来，那就是药效太慢，赶不上癌细胞再生的速度。

靳美母亲不知道从哪儿打听到，有专门治疗肺癌的中药偏方，一家人全都出动，共同来调制秘方。

去了皮和刺的仙人掌苍翠欲滴，上面撒上些研磨碎了的白糖，以压腥和涩味，同时，将一些冰片研磨碎，然后饭后按照一定的比例服下。

靳美服用的感觉不错，脸上便有了欢喜的神情。靳美母亲趁热打铁，在秘方中加入壁虎粉进行巩固。壁虎粉药店没有专门卖的，吴刚便自己解决。

一场中药战争打下来，不能说没疗效，也不能说有疗效。中药也好，西药也好，有一个重要的参考指数，那就是受体的吸收和承受能力。经过近四个月的中药煎服，从各项指标情况看，基本是没有什么变化，也就是说，中药对靳美个体的病症治疗的可能性几乎没有，顶多只是维护或者辅助平和她的身体。面对这样的情况，吴刚默默承受着，咬紧牙关请教专家，徐主任还是建议继续进行化疗。

于是，靳美新一轮的化疗开始了。前段时间的中药治疗，多少为靳美的身体机能提供了一些活力，也便使得新一轮的化疗总体在靳美可承受范围内，并且可以适当加大药剂量。等到靳美较为顺利地度过四个阶段的化疗之后，医院专门组织专家进行了一次会诊，从各项检查的指标情况来看，还是很乐观的。尤其是几个关键性指标，都有所降低。

那天，靳美脸上飞了红，不只激动，而且高兴。靳美说我要回家慢慢地养去，这里的味道和花费我受不了。

徐主任建议继续住院巩固。吴刚和靳美父亲商议，靳美的事情正朝好的方向发展，在医院里也只是输输液，不如回家，在家里休养，家人可以轮流照应，做什么也方便。

丽云一直关注着情况，建议换一个好的环境休养，那样更有利于身体的恢复。滨城市区灰尘污染治理虽有成效，但反复无常，而靳美的肺弱不禁风，最是需要一个安静清新的生活环境。

吴刚说我们到七仙山区去租个房，住上几个月，那边空气清新，负氧离子含量高，最适合休养。

这个提议很快得到全家人的认同。靳美母亲说我已给食品公司打了内退报告，好一门心思照顾好靳美。我都快连人也耗没了。

吴刚上网查询柴泊湖风景区里的农家院，靠湖和山近些，旁边如有医院那就最好。这个时候，他倒是想着找孙阿姨，可电话将要拨出时，又犹豫着挂断了。自从陶立走后，他去孙阿姨那儿越来越少了，只是偶尔电话联系，询问一下情况。虽然知道这样不好，可他实在找不到一种方式来安放身心，坦然面对。滨城博物馆筹建的那年，吴刚以陶立、孙桂花名义，将那杆古秤捐给了博物馆，那儿才是古秤最好的归宿。

三天后的早晨，阳光不错，空气很好，靳美父亲开着车，举家前往柴泊湖风景区里的一个农家院。原想着每天早晚都到湖边走走，散散步，到山林里呼吸新鲜空气，每天吃山里的蔬菜和水，回归到大自然中来。可第三天的夜里，吴刚不小心碰了一下靳美额头，觉得有些烫手。吴刚和靳美母亲慌了，赶紧去医院。

因之前的各样病历都带着，而且都有电子档案，一番检查和化验后，很快就有了结果，红细胞急剧减少导致发烧，显然是癌细胞经过一定时期的潜伏之后，又开始活跃了。

一家人心有不甘，却也只能默默选择回返，并连夜入住双湖医院。

经过这样一番折腾，靳美的身体和意志明显败下阵来，反应迟钝，目光呆滞，不说话，也不理会人，只在自己的世界里，安静，无神。

这样的结果让一家人深深不安，也深深自责。生命面前，疾病面前，大家开始更加小心翼翼，积极地用心面对即将到来的各项情况。

吴刚支起画板，用各色颜料呈现和靳美初会人民公园时的各种场景。自靳美生病以来，他的生活因“蝴蝶效应”而受到波及，也记不清有多长时间没碰画笔了。不只是靳美生病住院需要照顾，更多是在这杂乱生活里，他无从缕清思绪，从容构图。那曾经的精神和生活支柱，在靳美出了情况后，一下子与他隔离了起来，没有过渡时期，一切都是那么自然。眼下靳美的心理状态到了危险边缘，他得去疏通，让靳美把心门打开，乐观面对一切。用他俩在一起的点滴，勾勒时光，架构整个日子。

吴刚握住靳美的手，一起用画笔，在湖面上的鸭子船中勾勒着俩人的身影。偌大的画布上，广阔的天地间，两个身影重叠，紧紧依偎在一起，混合着爱的勃发，积起新的色泽。

蓝天白云，清气提神。吴刚推着靳美到人民公园转转。坐在轮椅里的靳美渴望看到绿色，渴望亲近绿色。吴刚搀着靳美到新修建的民园广场里的草坪上，任由其放松四肢和身体。近一阶段，除在医院里输药及液体外，靳美都回到父母家里住着。吴刚也没闲着，加强与其他病患之间的沟通和联系。他开始做一个有心人，一点点囤积，彻底将靳美的病搞清搞透。自靳美生病以来，他一直忙于应付，听从徐主任的安排，还没有仔细想想或研究一下靳美的病，做不到知己知彼，当然就难以有一个好的成效。

年轻的病体更容易得到关注和同情。这是吴刚突破这一关口后的体会。如今虽然患恶性肿瘤疾病的患者居高不下，但还是与年轻人无关，从生病的概率来说，年轻人都是强壮者，并不容易得上。所以，当他说出年轻的靳美得了这个病时，便明显感觉到交流的病友们眼神里的可惜，更有一缕同情。许多病友都毫无保留地向他伸出了援手，提出看看你们的指标和数据情况，我们曾经在这个阶段吃的什么药，用的什么药，多大剂量，等等。一个新世界在吴刚的面前打开，要是早些知道，说不定早就解决了战斗。

好在还有时间，靳美的身体状况还不错，毕竟年轻，而且有着这么多的关心及精心治疗。眼下的场景里，让她更有感触的是，与其说生了一场病，不如说因病而充实地体味了一把爱情的滋味。在她的意识里，还没有哪一次能像现在这样真切地体味到爱情的味道。

夜深人静的时候，靳美醒了，她并不嗜睡，觉得睡得已经够多了。许多时候，作为一名“职业”病人，她是想着清醒，来数眼前生命的声音，一天天强壮，一天天浓烈，发出生的召唤。尽管许多时候，她感觉到生生的闷，感觉到隐隐的疼，在吞没着她，让她没有力气来面对，更没力气来抚摩一下吴刚，手也好，身子也好。这样的一种状态让她很迷惘，觉得自己快不行了，快坚持不下去了。好在这一天，这一刻，她轻轻睁了眼，然后听到细微的呼吸声，那是吴刚发出的。这样的声音其实之前并没太在意，只是当一个人的呼吸，一个和自己是夫妻关系的人的呼吸，其他的就没什么可以说的。真的，婚姻在她意识里，其实就是这样的一种状态，没有什么可喜，也没有什么可悲，只是顺着生命来走，一起来走，把彼此之间的日子拢在一起来过着，挑对方的好滋养生活，不好的则消融掉。

在经历了这样一番心的纠结后，靳美忽然就觉得好可惜，之前没有这样用心，更没有去珍惜，把面前这个好好的人放置于心上。

因此，靳美没来由地心疼，为自己，也为面前这个男人，在一番清醒的觉察之后，她忽然有了冲动，想拿手来摸摸他，哪怕是呼吸。只是当她伸出手来，放在脑袋后面的手就碰上了自己的头。头发已经脱落了，光光的头上，找不到一根头发，她忽然一下子沮丧起来，觉得世界就是她的头，光光的，什么也没有。她想哭了。她哭开了。于是，这个夜里，她的哭声转化为泪水，在她的脸上肆意泛滥。

许久，黎明，阳光，还有鸟叫。

靳美说，亲爱的，我想吃煎饼馃子。

吴刚奔跑着出门，靳美父亲在后面慢慢地跟着。吴刚到一个煎饼馃子摊前，一阵交流后，煎饼大嫂将“世界”交给了他。吴刚凝了口气，双手合十，然后舀了一勺绿豆面，酝酿了一下，轻轻倒在传热铁板中央，拿起旋转的小平推，一点点将面摊开，铺平。随后，他将鸡蛋也均匀地摊在面上。绿豆的清香飞翔，在一缕又一缕温热的气息里，将一团浓烈的希望和味道酝酿。吴刚拿铁铲围着面饼的四周铲动，然后够着身子，抓起面的一端，小小扯动一下，换个方位继续扯动一会儿后，屏过气来，双手用力一抖，将面饼从铁板上揭下来，待翻面后放下，火候正好，靳美父亲都能听到鸡蛋还有豆面正在温度的作用下，噼啪奏起成熟乐律，一起丰富着这座城市的清晨景致。

靳美父亲在楼道外没有进去，他在想着，别干扰这样的气息了。靳美此时轻轻嗅着煎饼馃子，说面没和匀，味道飘忽，面酱太少，腐乳多了，你怎么不找个正宗点的地方呢？西安道有一家，锦州道也有一家，都是正宗的。

吴刚说是的是的，我这就去。

靳美没理会，细细咬了口，好半天，煎饼在嘴里轻轻磨着，磨出了日子里的习惯和味道。

靳美父亲一把拉住吴刚，说歇会儿吧，今天你找个时机，跟你妈妈聊会儿。吴刚应着，想着靳美母亲细腻的心思，怕是依然还没转过弯来。

靳美母亲的卧室摆设很简陋，吴刚才想着，这几年，老两口将心思都放在他还有靳美身上了。吴刚就特别过意不去，靳美生病以来，两个家庭手边及存在银行里的钱基本上都拿了出来，前不久，他安排画室人员，对他这几年来画的画，凡有需要的，不用去在意什么价格，都卖掉，包括园林有限公司的股份，能兑现就都兑现。按照医生的安排，还要进行两轮的化疗，然后用药物来巩固。药都是进口药，都进不了医保体系，只得自己掏钱。近阶段治疗费用居高不下，车的8万块钱早进去了，卖房子的50万元也已花了进去。医院严格执行制度，经费到了，药就输上了，经费不到，就先等着。

靳美母亲说前两天我和你爸又吵了起来，你知道的，你说你爸当年为什么不把生靳美时的脐带血保存起来，要是保存下来，现在正好就可以救靳美的命。你说你爸糊涂，我怎么也糊涂了呢？怎么就不知道为孩子的将来着想啊！

吴刚就安慰，说这事怪不上您，当然也怪不上我爸。那个年代大家一门心思过日子，保存脐带血需要一笔高昂的费用，那会儿普通家庭哪掏得起？再说了，保存的技术和水准还在尝试阶段，技术都在完善当中，保不齐还会出问题的。您不用多想，我和靳美都知道，这事不能怪谁，反倒是感谢您和爸，把靳美养大，养得这样好。

靳美母亲说话是这样说，你知道我这心里有结，不好轻易解开的，我想，这就准备，趁现在身体还允许，赶紧再生一个，到时，用新生的孩子的脐带血来救靳美。

吴刚惊奇地望着靳美母亲，心里涌满了感动。纷纷攘攘的生活里，在没有遇到真正让人揪心的事情之前，是感受不到也体味不出，所做的事，所做的决定，对一个人，对一个家的影响所带来的深远和重大意义，只有在遇到之后，才有资格来理解和感受。

出门的时候，吴刚没有说什么，知道说什么也不能代表心意，只是心里盼靳美能适应药物，将体内的癌细胞彻底消灭光。

第二十八章

癌症对生命的毁灭近在咫尺。此时，吴刚真切地望着靳美的身体因长久的服药而产生了耐药性，相关机构也无能为力，这些常吃的药已经失去了效用，在靳美的体内，不仅达不到杀死癌细胞的作用，反倒都是毒药，深深地，缓慢地毒害着、蚕食着靳美的身体。

吴刚坐立不安，嘴角的疱起了一个又一个，有时手脚莫名的冰凉，手心没来由出汗，每天会多次去找徐主任了解靳美的病情，询问有没有好的新药。

丽云看着吴刚，说你冷静些，就我们来说，健康的个体，病患的个体，在某种意义上是一样的，都只是生命的一种个体，一种模样，都是一样的对待，一样的尊重。

吴刚不置可否，也无从提出异议。想想，你治病救人的医院和医生都束手无策，我一个被医治的，只有任宰，对空长叹。

随后的一段时间，吴刚一有机会就找一些病友聊天，沟通了解掌握情况。因病患大多忌讳，宁可麻木，宁可封闭，也不愿也不想公开病情及治疗情况，免得提及伤神，伤心。许多时候，为了解掌握某位病患的情况，吴刚得反复交流、沟通，取得信任，打开对方的心扉，如同探听相关绝密情报。以前，他向画坛前辈请教绘画技术，临摹名画，也没做到这般潜心，靳美的一场病，愣生生改变了他的意愿和初衷。而他所做的，平心而论，比起靳美母亲的决心和意志，简直不值一提。

如今已经进入智能化时代，手机的微信里，病友们建了一个互助群。群里，有着同样遭遇和心态的病友们相互鼓励，相互交流平和心态的方法，同时，沟通并提供一些治疗方面的信息。

通过一番精准的调查和了解，一个问题侵入吴刚的思绪，从目前国内的情况来看，靳美这样的病只能维持，并无断根及治愈的可能，因为临床用药，哪怕是昂贵的进口药，也无法解决癌细胞的问题。说直白些，靳美在医院里，只会是一个劲白扔钱，耗干家人的血汗。

夜深人静，吴刚在街道上转着，他是真的无助，怎么就保护不了靳美呢？这么好的社会，这么大一家人，怎么就保护不了一个弱小的女子呢？

行走在滨城河岸，看着两岸的高楼林立，吴刚忽然觉得特别无助。他忍不住叹息，不知道为何生在这样的城市里。这个时候，他竟然想着能替代靳美得病就好了。和众多有着病人的家庭一样，他也无可救药地有着这样的念头。只是此时的他更清醒一些，知道他得做点什么，至少不能这样放任靳美在医院里，无望地等待死亡降临。

这样的残酷，他承受不了，更接受不了。他要去抗争，在靳美的生病治疗进程中，他要跨界，使出浑身解数，研制一剂肺活贴，打开一个世界，开启一片天地。

耐药—新药—耐药—更新的药……由于癌细胞对治疗药物不断产生耐受性，癌症的治疗就像不断进行和更新的升级对抗，科学家不断射向癌症的阿喀琉斯脚跟之箭，都轻巧地被这帮癌细胞换了只脚，就躲过了一劫。国内能用的药都用过了，甚至国外的进口药也进行了尝试，靳美的病症仍不可避免地出现了转移。

无奈当头，失望尽头，一个大胆的想法在吴刚的脑海里滋生，他要自制抗癌药。

自靳美生病住院以来，应该说，是医院，是药物致使靳美的身体抵抗力减弱，失去了自身的抗体，无端地在病毒面前败下阵来。眼下，让靳美继续接受医院的治疗，等同于无谓地消耗生命，和等死没有什么两样。在医院里接受治疗近一年时光的靳美，头发都没了，牙也松动脱落，精神垮了，信心也逐渐地丧失。不仅仅是她，两位老人也是身心交瘁，全都陷入孤立无助之中。

就在这个早晨，靳美流了鼻血之后，吴刚决定要好好搏一次。他要购买原料药，自己来配制，组装出一种代号为9291的治疗肺癌的抗癌药给靳美服用，以此来去除靳美体内的病毒，达到治愈目的。这是他认定的最后撒手锏，一剂肺活贴。他要创造奇迹，来维持保护靳美的生命不受任何病毒的侵蚀。

“2992、4002、9291”是靳美患病以来，吴刚在患者互助群里最常听到的一些数字。这是病友们之间称呼的关于某种原料药的代号。在某种药品上市之前的研发阶段，新药都有属于自己的数字代码，换句话说，这些数字被当作某个原料药的简称。9291，说详细明白一些，即AZD9291，是第三代抗癌靶向药奥斯替尼的代码，目前该药还在临床试验之中。

吴刚这个时候豁出去了，想着人总还要活，还要朝好的方向活。在医院里按照这样的套路，无异于死亡，他不信这个，他要勇于突破，做一番试验，哪怕最后失败了，也不会后悔。

和许多的试验一样，只有在路上走着，才可能沿路鲜花，否则，只会是一潭死水。

丽云对吴刚决定带靳美出院之事表示理解，想着再这么坚持下去，也不会有什么转机。在她的眼里和工作视线里，许多患者大多在后期采取这样的方式离开医院，或寻找民间药方治疗，或寻求其他医院以解病患，大多不会安静地住院，安静地放弃生命。

吴刚脸上是一股满满的信心涌动，丽云好奇，就询问。吴刚不说，只是觉得都住疲了，不如回家静养。丽云说，你肯定有你的计划。吴刚犹豫了一会儿就说了。丽云半天没动脚步，听我的，吴刚，你不能这么做！制药也是有规矩的，不是一时热情，更不是一时冲动。

吴刚知道这事没人会支持，也就并没怎么放在心上，微笑着道别。丽云说真的不行，风险巨大，从药理上说，自制药的杂质、配比和质量安全都不可控。从临床上来说，万一没吃对剂量，低剂量会造成耐药，高剂量则会中毒。我见过许多例这样的情况，绝大多数都是维持，治愈率极小极小，闹出的纠纷也越来越多。

吴刚说，我就是那极小的一个，尝试来做，因为不想让靳美这么年轻就和这个美好的世界告别。我有信心来尝试。

丽云瞧见吴刚一意孤行，说知道你做的这件事情所带来的后果及要担负的责任吗？我可不想你无端背负本就没有意义的重担。吴刚猛然意识到丽云说话的意思。事到如今，夫妻也好，亲人也好，都在一起生活着，一起相伴过着日子，就算有私心，也不至于想着让靳美不好的，反倒是想法让她好好活着。活着，才有这样的一个氛围，才有这样一次又一次的决断。

吴刚平静地说，我先尝试着做吧，不做，连良心都不得安宁。对了，一直想和你说说，你抽个时间看看莲姨去吧，她一直在等你。

靳美生病以来，吴刚的生活节奏全都出现了改变。他记不清有多长时间没碰画笔了，那曾经的精神和生活支柱，在靳美出了情况后，一下子就都隔离了，没有过渡时期，一切都是那么的自然。自然到他现在要做的，就是照顾靳美，用每天和靳美在一起的点滴，来勾勒时光，架构整个日子。

自从有自制药的想法之后，吴刚就一直在寻找，在探听，在等待，有那么一个可以卖给他原料药的人，那个能够给靳美重新带来健康的人。无论这个人如何，只要能给靳美带来生的希望，他就会罄其所有，来做一场交易。靳美患病之后，他才强烈地意识到，生命才是最可贵的，有了生命才有了一切。

互助群里有个叫梁伟的人，比较活跃，不仅因为他得了肺癌已经四年了，早已超过了医院判他中位生存期不超过14个月的期限。之所以奇迹般地活着，绝招就是自制药，在很好地活了下来之后，他开始琢磨以“药”养“生”，即“经营”原料药，填补多年来消耗在医院及治疗上面的巨额亏空。

临出院前，吴刚在走廊里愣神。刚刚和徐主任交换了意见，说是交换，其实就是套套话，想知道现在国内，甚至国际上什么样的药对治疗这个病有效果，而且保证有长期的效果。这是每个患者都希望得到的话，可徐主任久经考验，太极打得纯熟，只是含糊应着。吴刚也便想道，怕是不具备掌握的可能。

交谈了好一会儿，吴刚还是没能得到想要的，也便有些气馁。

吴刚失落地准备回病房，不巧，迎面与一个瘦高个的人相撞。吴刚的心思没在这上面，根本就没有防备意识，也便失去了重心，横卧在地上。那个瘦高个还好，晃了晃身子，然后稳住自己，只是手里的一些工具散落在地，走廊上就响起异样的声音，声音怪异，没有节律。

吴刚一个跃起，刚想着找对方出口气，楼层负责人、医生、护士长什么的，都奔跑了过来，将那瘦高个扶住。

吴刚意识到这个人的分量，心里就越发的反感。瘦高个主动上前，拍了拍吴刚的肩，吴刚没好脸色，初步断定是这里的病人。既然是病人，而且那气色，那身子，好不到哪儿去。这样一想，吴刚也便作罢。生活中难免磕碰，得饶人处且饶人。

果然，那个瘦高个微笑着，说朋友，不错，有什么难处就找我，别的能耐我没有，不好搞的药我还是可以搞一些，而且保证高纯度。

吴刚感觉到了一股力量，此时在这医院里飞腾，能有这样的气场，定然不是一日之功。吴刚也毫不客气，当场说那就拜托了朋友，给来几克9291，我配着吃吃。

事后，吴刚觉得他的话说得太过轻巧了，在医院这样禁忌森严的地方，自己和那瘦高个旁若无人地交谈，是多么的不识时务。可有时候事情还就得这么来办，要是顾忌这顾忌那的，最终什么也办不成。

吴刚在网上平台购买了药勺、精确到千分之一的电子天平、称量纸、筛子、混匀器、捣药研磨器、口罩、一次性乳胶手套、糯米胶囊外壳和医用淀粉等自制药的器材和辅料。如今网络就是方便，需要的东西轻易就能够买到。这也给了吴刚更大的信心，觉得还是幸运的，靳美也是幸运的，遇到了这个开放的新时代，还是有很多很好的方法来求生存的。只要会动脑，善于动脑，就一定能生存生活得很好。

有那么一会儿，吴刚看着这些辅料堆积，心里忽然升腾起一缕豪气。他觉得他作画的冲动显现。已经好长时间没这样的感觉了。他要马上动手，将这些一起，在一张偌大的可以治疗靳美病的平台上调和。

黄色粉末代号为9291的原料药并不好买到，而原料药被视为假药，售卖是违法的。哪里想到，那个瘦高个恰好就能通过相关渠道搞到这种东西。经过再次接触后，吴刚知道了瘦高个叫梁伟。是的，正是互助群里的梁伟。

现在，吴刚手里有了一份《装药工具、副作用处理、装药指南合集》的小册子，上面事无巨细地写着制药的全过程。此文并无密级，早已在患者群体中广泛流传，贴心的病友，甚至在指南每一个名词下附了详细的用法说明和购买链接。吴刚连着花了几个夜晚读着，搞通，弄懂，直到学透。他不敢马虎，因为这之后的结果将关乎靳美的生命，关乎家庭的幸福。他必须保证做到万无一失。

按照约好的时间和地点，吴刚和梁伟在一家商城里的咖啡厅见了面，钱货两清。货是一个月的量。3克，每克1800元。吴刚紧紧地握在手里，这样的分量在他的手里根本就没感觉，他自己也恍惚了一下，想着，这样的一些粉末，能够治好靳美的病吗？可目前已然这样，没有别的选择。不知是心存疑虑，还是想着要留好证据，交易过程中，吴刚随手打开了录音和录像的设备。

自制药环节中的装药是严肃而考验耐心的体力活。吴刚不缺乏这样的精力。他在精心做着准备，心里反复按照自制药的程序和方式来制作，并让这样的程序熟烂于胸。

第二十九章

别看靳美躺在家里养病无所事事，可她并没有停止观察身边的人和事。用医生的话说，她要用这样的方式，始终保持一份敏感和活力，以激活因用药而渐渐迟钝的大脑。

这几天，吴刚一直神神秘秘的，面色凝重，动作却轻巧。靳美就想，这家伙一定在秘密地干着什么。吴刚没说，显然是不想让她知道，这还了得？于是，靳美捉过吴刚的手来，在手里搓揉，说近来你辛苦，我这病也渐渐好了，等我彻底好了，我们全家人一起去国外转转，好好放松一下。

吴刚连连点头，此时，他的思绪是一些自制药所需的辅助设施和设备，他得赶紧在网络上下单，早些将这些准备工作做足，做出成效，为后续配制打下基础。因此，他的心思并不在靳美的询问之中。

靳美有些受不了，忽然就背着吴刚流起了眼泪。吴刚赶紧转过话锋，说我们明明白白治病，不藏着也不掖着，你现在正在与死神进行搏斗，而医院的药，目前都束手无策，我没有办法，不能失去你，就想了个法子，自己动手来配制“救命药”，哪怕面临触犯法律、中毒甚至死亡的重重风险。正好，我碰到了一个叫梁伟的专业人员，从他那里买来一点能根治你体内癌细胞的药。我们这样的家庭，到目前为止，已经消耗得伤了元气，只要你的病一天不好，就得花费一天的钱。这钱不是小数目，你知道的。你父母还有我们，都还要过日子，都还要好好生存。你明白吗？还需要你的支持和配合！

靳美慢慢厘清了状况，想着从一年前开始发烧，到住进医院，接受化疗，尝试各种能消除身体里的癌细胞药物。一个漫长的日子，让她经受药物的桎梏，也从中体味着解脱的喜悦和欣慰。只是近来，当所有能用的药物在她的身体里运行，并残酷地被顽强的癌细胞打败之后，她是真的很无奈。上月，医院传来消息，从国外进口了一些对症的药物，可是价格昂贵，一周就得花费十多万元，她还有她的家庭眼下正苦撑着，好发现是否有更好、更有效的方法。当吴刚说出准备自制药时，她的眼前一亮，旋即又阴暗了下去。吴刚哦，你不知道，我这身体对药物没有亲和力。

吴刚说知道，这是我现在正考虑并着手进行的问题。你安心养身体好了，别的不要想，一切由我来安排！

靳美赶紧让母亲来趟医院。母女俩说了会儿悄悄话，等吴刚不在眼前的时候，靳美直接说了情况，安排抓紧时间去找梁伟。靳美母亲对这个名字也是熟悉的，只是一晃有三年多没提及了，没想到命运一拖再拖，竟然在这样的环境和场所里重新提及起来。

靳美母亲说这事你可得瞒着吴刚，千万不要让他知道你曾经和梁伟的关系。靳美说我不傻，也没被这样那样的药物毒傻。这样的季节是流动的季节，任何有活力的东西都会相聚相约相知，以显示在这个世界里活着的分量。之前的岁月过去也就过去了，如果还不能过去，或者让现在的人再参与进来，显然不合时宜，也不明智。

靳美拨通了梁伟的电话。这个号码一直在手机里保存着，安放着，不轻易拿出来。现在好了，正是需要的时候。

梁伟和靳美母亲见面了。瘦高个的梁伟云山雾罩，话说得没边没际，阵线拉得能从海滨到长江。切入正题后，梁伟问靳美的情况。靳美母亲没好脸色，只是冷冷地说，托福，还能好好活着。

梁伟紧张地四下张望，搜寻进入视线的人和事，当感觉有不利情况时，他便可以低头弯腰快速离去。

靳美母亲直截了当，说我闺女不幸得了肺癌，晚期的，活不了多久，想来一听说这，你就该知道是怎么回事了。今天找你，不说别的，听说你卖处方药，我们想买点，纯度高点。虽然对你的人品不看好，但相信你还会心存一点良心的。

梁伟尴尬地笑笑，说我知道情况了，前几天13床的病人刚买走了我手里的药，我抓紧去准备，明天与你联系。

靳美母亲腾地站了起来，惊得梁伟一哆嗦。你说13床的病人买了药？他叫什么名字？梁伟说我不知道，我们这一行的，都有规矩。靳美母亲呸了一口，是不是叫吴刚？我告诉你，那人是我女婿。

梁伟一拍脑袋，说我赶紧去找吴刚。靳美母亲看着梁伟，眼泪不自觉地流了下来，说你可真的无德。

晚间的时候，吴刚接了个电话。电话是梁伟打来的，约他到音乐厅门前见面，说是关于原料药的事情。

靳美母亲和靳美说起与梁伟见面的情况。说你知道吧，梁伟四年前从肺结核转化为肺癌，和你一样的病。

靳美说，真的吗？靳美母亲说，是真的，没有错。

靳美若有所思，把头低低埋在双腿间。是的，我终于明白我的病是怎么回事了，全都拜梁伟所赐啊。

吴刚轻轻从房门前走过，靳美和靳美母亲说的话，都进入了他的耳中。阳台上，他安静地站着，愣愣地发着呆。

这夜，安排好靳美躺下休息后，吴刚在卧室里安静地坐着，过往的岁月扑面而来，满溢着回忆的气息。

许久以来，凡是他经历和处置的事，凡是他面对和交往的人，他都尽心全力去做好、维护好、周全好，以让神安、眼净、心坦然，哪怕面对非议和猜忌，依然欢笑从容，自然以对。并以一剂剂自己所掌握的“肺活贴”，疏通引导，调解宽慰。这是他为人做事的责任，也是他无愧良心的坚守。

吴刚将和梁伟交流、交易的对话和视频进行了整理，转化成若干文本后，邮件分别发送给了医政、市场等部门。他要将眼前这一剂亲自熬制的“肺活贴”，向社会公开，期望能为社会做出一点儿微不足道的事情。

将这些办妥，吴刚缓缓躺下，迷迷糊糊之间，他竟然做起了梦。梦很清晰，一点点在他面前呈现，仿佛都提前做了周密细致的安排，在此时只是依照他的意愿，徐徐展开。

药品制剂发生药效的部分被称为原料药。原料药不能直接服用，需要按照一系列严格的加工流程进行称量、配比、加入辅料混合并灌装。对于一心自制药来救靳美生命的吴刚而言，他已经等待好些时日了，并且做了充足的准备。

吴刚关闭房门。他戴上医用超薄手套，防止手出汗而沾上药粉。他戴上N95口罩，把脸部武装起来，以避免药的粉尘附着，预防粉尘进入鼻腔而导致打喷嚏。自制过程中，一次不经意的喷嚏，会超过一次十级地震的当量。

吴刚严格按照网上及指南中的要求准备，一丝不苟地执行着。他用剪刀把饮料吸管口斜剪成椭圆，以让吸管盛上更多的药粉，然后灌到胶囊里备用。为防止不必要的损耗，他按照病友们总结的经验，用锡纸来称量和灌装药粉，锡纸讲求四面高一些，以在这个搭建起的空间里做一次剧烈的摇晃运动，避免药粉无组织无纪律脱离“队伍”。

吴刚将锡纸的四边慢慢地折高，放到精密的电子秤上，然后屏住呼吸，用小勺一点点将原料舀到锡纸里，等刚刚到达1克的指数后，开始舀辅料，待达到4克数据后，主辅料混合在一起，然后在100目以上的筛子里细细滤筛。

配药明确要求一定得均匀，只有充分混合均匀，服用后的副作用才会最小。相关的规程要求，反复滤筛、摇动在30次以上，才能够达到基本的标准。于是，吴刚将配制好的药一起在锡纸搭建的空间里用力均匀地摇动。一下，两下……等手摇酸了，酸得胀痛，痛得没了力气，他才小心翼翼地用吸管将药粉装到事先准备好的糯米胶囊里。通常是5克能装10粒胶囊，按照一天三粒的标准，需要装成90粒胶囊才能够一个月的服用量。因此，这样的动作他随后再重复，直到9克原药和36克辅药配制完成。

吴刚瘫坐在地上。在一番高强度工作后，他觉得神经一直紧紧绷着，而且眼下还没有到放松的时候。他知道，得备好各样的心态，来面对，来接受，甚至法律上的审判。无论哪项，他觉得都是用心来做的，用心来对待靳美，心无旁骛，一丁点儿都没有。

患者群里，对AZD9291的狂热期望由来已久。因对疾病的恐惧和对生存的期望，有人就开始试药，并详细记录下服药的剂量、效果及副作用。患者关于病情得到缓解的自述，口耳相传，试药的人如滚雪球般越来越多，论坛上一度形成了详细的“指南和标准”，针对不同阶段病人推荐。拿不准时，病友们把报告发到群里。服用后，出现皮疹了怎么办？心慌是正常的吗？服用两周后，还没见效要不要加量？等等，这些本应该由专业医生解答的问题，成了病友共同讨论和研究的话题，在群内火爆呈现，吸引着众多病友参与。

吴刚密切关注着群里的动向，尤其是自制药服用后的反应和效果情况。他得选准一个时机，然后隆重地让靳美服用。

从目前现实的角度看，安全不安全已经不那么重要了。相对于无药可用来说，原料药的副作用就显得微不足道了。在这顽疾面前，没有了药治疗，那就是等死。吴刚决定选择尝试。或者说，他和靳美共同选择尝试，以一款自创的肺活贴，与生命抗争。

抗争，是为了寻找生存的意义，这是挽救还是救赎？似乎是，又似乎不是。这些个体的行动，对这个城市来说，是渺小的，甚至是忽略不计的。一个城市，一个区域，都是由这样单一的细胞组合而成，继而组合成一个五彩缤纷的大世界。

一个个体的病人是无能的，无助的，是这个城市流动的一滴水。水，涌满人间大爱，沉淀至善至纯。在阳光的映照下，折射出来的不仅仅是这个城市的颜色和模样，更是这个城市的筋骨和情怀。只有自主产生动能，自主呼吸，自主生息，才是最大的希望。

许久以来，这样的意识一直盘桓在吴刚的心头。他一直关注这座城，一直看着这座城长大长高，繁华精彩起来，比个体的人活得有希望，有力量得多。而现实里，这些再怎么精彩，再怎么有力，都不及这里生存的人们有生机，有色彩，有韧劲。这样的景致和时空紧紧地相触在一起，然后向四周扩散，点亮一个又一个视窗，安静地淘洗时光，注视生灵。

当天晚上，靳美挣扎着起身，拉着吴刚的手，一起说说话。

这样的情况现在越来越少了。吴刚意识到有一种危险慢慢降临。靳美说，我想早些走，这身子已经越来越废了，原指望死了可以有一个完整的身体，现在看来是一种奢望了。死有什么可怕的呢？那些车祸、安全事故，时时都在上演。我不怕，只是忽然想着，我的身体再往下发展下去，整个就都烂了，到时你搬动我的时候，可得小心一点，哪怕一个小指头下去，身体就破裂了，整个腹腔里的东西就都流了出来，弄你一身可怎么办？你还要好好活着，可不能让这样的场景在你身上出现。真的，我不愿意这样的场面出现。所以，今天想跟你说，我这就停药，顶多半个月，再拖长点，一个月，我就可以走了。走吧，是人就都得走，我心里轻松。你看，我都看见我的血液在血管里流着，像河流里的水一样，特别是夜深人静时，我都可以伸出手去，在血液里划动，划啊划啊。我喜欢这样的动作，可以去一个想去的地方，那里，有我的梦想。对了，吴刚，你从哪儿来的？我怎么就不知道呢？

吴刚木木的，嘴张了一会儿，又闭上，又张开。他想说点儿什么，至少这样的时候，他得有个态度，男人的态度。

态度决定世界的走向。到目前为止，吴刚还不知道怎样来决定这个世界，在他的意识里，世界还只是曙光，正有着各色的光线进入，他还没来得及梳理，更没有一缕光线来照亮靳美。

这样一想，吴刚就觉得他该来好好做点什么了。

就在这个时候，吴刚醒了。身旁，靳美轻轻喊着，吴刚猛地从床上跳下来，然后一把将瘦弱的靳美抱住。吴刚一只手轻轻拍着靳美的后背，一只手缓缓伸向自己的口袋。

来，亲爱的，我们吃药！

吴刚说着，摊开手掌，空空的，是这大地的一切。

后　记

为深入学习贯彻习近平文化思想，打造健康文明、昂扬向上、全员参与的职工文化，天津市总工会联合天津市作家协会、中国工人出版社开展天津市职工作家培育工程，深入挖掘中国职工文学起源地的深厚宝贵资源，创作职工文学精品，大力传承和弘扬职工文学，积极推动天津职工文学繁荣发展。通过培育工程，力求发现培育一批职工作家，点燃天津职工文学创作之火，推出讴歌新时代、颂扬主旋律、增强职工精神力量的现实主义小说作品，讲好中国故事、天津故事、职工故事，大力弘扬劳模精神、劳动精神、工匠精神，凝聚起为实现中华民族伟大复兴中国梦而团结奋斗的强大精神力量。

2023年4月培育工程启动以来，面向天津市职工征集5万字以上中长篇小说，先后召开两次专题工作推进会，举行职工作家培育工程座谈会，举办职工读书分享活动，基层工会认真组织，广大职工文学爱好者积极参与，共收到53部应征小说作品。天津市总工会、天津市作家协会成立专家评审组，推选出了10部小说作品，由此确定10名职工作家培育对象，随后邀请知名作家、评论家对10名职工作家培育对象作品进行指导，小说作品都在原有的基础上进行了结构和文字上的拓展完善，2023年底完成10部小说作品的成稿，经过中国工人出版社专业出版团队精心打造书稿，2024年4月出版发行天津市职工作家创作文丛。

感谢著名作家蒋子龙对培育工程的关注和支持，特别是蒋老逐篇审阅了文丛书稿，提出了修改意见，并亲自为文丛作序，倾注了大量心血，他对晚辈和新人的倾心扶植与关爱，让我们感动。全国总工会对天津市职工作家培育工程给予充分肯定，全国总工会宣教部专题听取汇报，提出指导意见，对丛书出版和推介也提出具体意见。感谢天津市委宣传部、天津市作家协会对丛书编辑出版的指导和支持。还要感谢王震海、狄青、张楚、邵衡宁、宋曙光、徐福伟、黄桂元（按姓氏笔画排序）等作家、评论家对职工作家培育对象进行了一对一悉心培育，对作品给予了一对一倾心指导，在此对各位领导和专家表示衷心的感谢。

由于编者水平有限，疏误之处，敬请广大读者批评指正。

天津市总工会

2024年4月